Zu diesem Buch

In diesem neuen tolldreisten Roman aus der Feder des englischen Humoristen Richard Gordon finden wir den Schiffsarzt-Casanova Dr. Grimsdyke von dem attraktiven Fotomodell Ophelia umgarnt, die wie ein Tornado in sein Privatleben einbricht und ihn den Boden unter den Freiersfüßen verlieren läßt. Nicht genug, daß der Steward des Kapitäns immer gerade dann auftaucht, wenn er sich bei Ophelia am Ziel seiner verwegenen Wünsche wähnt – er muß auch ohnmächtig zusehen, wie Besatzung und männliche Passagiere der «Capricorn Queen» sich eifrig um ihre Gunst bemühen und wie die kokette Schöne mehr und mehr zu einer «Braut für alle» zu werden droht.

Der Autor, der im bürgerlichen Leben Dr. med. Richard Gordon Ostlere heißt, war zunächst praktischer Arzt, dann Schiffsarzt, gab aber schließlich seine medizinische Laufbahn auf, um sich ganz dem Schreiben widmen zu können. Er veröffentlichte eine Reihe humoristischer Romane, die ausnahmslos in der Welt der Medizin spielen und, als Weltbestseller, alle verfilmt wurden. Richard Gordons größte Erfolge sind: «Aber Herr Doktor!» (rororo Nr. 176), «Doktor ahoi!» (rororo Nr. 213), «Hilfe! Der Doktor kommt» (rororo Nr. 233), «Dr. Gordon verliebt» (rororo Nr. 358), «Dr. Gordon wird Vater» (rororo Nr. 470), «Doktor im Glück» (rororo Nr. 567), «Doktor auf Draht» (rororo Nr. 742), «Finger weg, Herr Doktor!» (rororo Nr. 1694) und «Wo fehlt's, Doktor?» (rororo Nr. 1812).

Gesamtauflage der Werke von Richard Gordon in den rororo-Taschenbüchern: Über 1,3 Millionen Exemplare.

Richard Gordon

Eine Braut für alle

Roman

rororo

Rowohlt

Titel der Originalausgabe «Doctor on Toast»
Aus dem Englischen übertragen von Luise Wasserthal-Zuccari
Umschlagentwurf Jürgen Wulff

1.–30. Tausend	Juni 1964
31.–38. Tausend	Mai 1965
39.–45. Tausend	Juni 1966
46.–50. Tausend	August 1967
51.–58. Tausend	September 1968
59.–63. Tausend	August 1970
64.–68. Tausend	April 1972
69.–73. Tausend	September 1973
74.–78. Tausend	Januar 1975
79.–83. Tausend	April 1976

Ungekürzte Ausgabe
Veröffentlicht im Rowohlt Taschenbuch Verlag GmbH,
Reinbek bei Hamburg, Juni 1964

Gesetzt aus der Linotype-Cornelia
Gesamtherstellung Clausen & Bosse, Leck/Schleswig
Printed in Germany
380-ISBN 3 499 10648 5

I

«Doktor Grimsdyke», kündigte unsere hübsche kleine Empfangsdame an, «im Wartezimmer ist ein Herr, der sich sehr eigenartig benimmt.»

«Oh, wirklich?» Ich löste meinen Blick von der Sportrubrik der Morgenzeitung. «Was macht er? Lacht er über die Witze in den alten *Punch*-Heften?»

«Nein, er steht vor dem Spiegel und schneidet Gesichter.»

«Großer Gott!» rief ich bestürzt. «Er wird doch nicht am Ende gewalttätig werden?»

Es war ein scheußlich nebliger Dezembernachmittag, und man konnte sich recht gut vorstellen, daß noch immer Jack the Ripper in Londons finsteren Winkeln lauerte oder Sherlock Holmes mit Watson in einer Droschke zur Baker Street fuhr. Bis Weihnachten waren nur noch zehn Tage, an denen man einkaufen konnte, die Läden wimmelten von bärtigen Weihnachtsmännern, die Wirtshäuser waren mit Papierketten und Schrifttafeln voll munterer Wünsche geschmückt, und ich hatte eben als Stellvertreter Doktor Erasmus Potter-Phipps' Einzug in die Park Lane gehalten.

«Lieber Junge, ich bin absolut urlaubsreif», hatte er mir vor ein paar Tagen im Umkleideraum des Golfplatzes von Sunningdale erklärt. «Die Praxis übersteigt langsam meine Kräfte.»

Er hieb versonnen einen Driver durch die Luft.

«Du kennst doch diesen Hang der Patientinnen, sich in unsereinen zu verlieben? Ist natürlich eine völlig harmlose Sache. Man braucht sich nicht in *sie* zu verlieben, und dabei wirkt das Ganze äußerst nervenberuhigend auf die Damen. Aber diese junge Schauspielerin, deren geistige Entkräftung ich behandelt habe – du hast wohl in den Zeitungen drüber gelesen? –, besitzt einen Mann mit regelrechtem Verfolgungswahn. Sehr lästig, vor allem deshalb, weil ich mir einbildete, der Kerl kraxelt im Himalaja herum. Äußerst rücksichtslos von ihm, nach Hause zu kommen, ohne vorher ein Kabel zu schicken. Das arme Kind ist durch den Schock um einige Wochen zurückgeworfen worden.»

Er inspizierte seinen Putter.

«So ungern ich die Behandlung unterbreche, glaube ich doch, einen kleinen Urlaub im Ausland einlegen zu müssen. Um diese Jahreszeit können einem ein paar Wochen Skifahren mächtig guttun. Aber es ist nicht leicht, einen geeigneten Stellvertreter zu finden. Du bist dir doch im klaren, lieber Junge, daß meine Praxis ganz spezieller Art ist?»

Ich nickte. Razzy Potter-Phipps hatte bis jetzt gut und gern dem halben Adelsalmanach Diagnosen gestellt.

«Diese jungen Ärzte heutzutage sind durchwegs unmöglich. Die Spitäler scheinen ihnen nichts als Medizin beizubringen. Mein letzter Stellvertreter hat mit seiner Untersuchung eine Herzogin in die peinlichste Verlegenheit gesetzt. Aber vielleicht bist du selbst augenblicklich durch Zufall beruflich nicht gebunden und könntest einspringen . . .?»

«Gemacht, Alter, du kannst auf mich bauen», willigte ich sofort ein.

Ich hatte für Razzy einiges übrig, war er mir doch in vergangenen Tagen oft mit nützlichen Posten, Darlehen oder Renntips an die Hand gegangen. Außerdem standen Weihnachten vor der Tür und die Grimsdykeschen Schatztruhen unzeitgemäß leer.

«Lieber Junge, ich bin dir auf ewig verbunden. Zieh in meine Wohnung und betrachte die Handkasse als dein Eigentum. Die näheren Einzelheiten können wir bei einem netten Dinner besprechen, wenn ich nach Neujahr zurück bin. Findest du nicht auch, daß es unter Gentlemen würdelos ist, in der Öffentlichkeit über geldliche Dinge zu reden?»

Aber ich hatte mich gerade lang genug in Potter-Phipps' Appartement in Mayfair aufgehalten, um draufzukommen, in welchem Instrumentenkästchen er den Sherry verwahrte, als dieser Wahnsinnige erschien. Ich blickte mich im Ordinationszimmer um, das eine Art Kreuzung zwischen den Fürstengemächern im Dorchester-Hotel und Schauräumen für Wohnkultur darstellte, und erachtete es keineswegs für Tobsuchtsanfälle geeignet.

«Wie sieht er denn aus, dieser Patient?» fragte ich die kleine Empfangsdame.

«Oh, der Gesamteindruck ist durchaus solid, Doktor. Er ist ungefähr Ihres Alters und tadellos angezogen.» Sie lächelte. «Recht groß, brünett und eigentlich sehr gut aussehend.»

«Und schneidet vor dem Spiegel Gesichter . . .?»

Eine im Bett meines Unterbewußtseins sanft schlummernde Erinnerung meldete sich unter leisem Knarren.

«Trägt er am Ende Koteletten, Wildlederschuhe, eine rote Nelke und eine Harrow-Krawatte?» fragte ich rasch.

«Wie merkwürdig, Doktor! Gewiß, Koteletten und Nelke –»

Ich lachte auf. «Führen Sie bitte Mr. Basil Beauchamp herein.»

Ich hatte Basil Beauchamp – sprich Beecham – seit meinen Studententagen nicht mehr gesehen, als wir dieselbe Bude teilten; ich erinnerte mich, daß er ständig abgebrannt war und die Hauswirtin ihr Töchterchen zur Tante senden mußte. Doch jedermann, der je das Mißgeschick hatte, mit ihm unter demselben Dach zu wohnen, konnte sein Gesichterschneiden vor dem Spiegel leicht als sein normales Benehmen diagnostizieren – der Arme war unseligerweise Schauspieler und konnte sich, wie alle Schauspieler, sozusagen nie abstellen. Es war an den Abenden recht schwierig gewesen, für die Prüfungen zu büffeln, während im Nebenzimmer ein Othello raste. Und wenn ich ihm einen Shilling für den Gasautomaten lieh, damit er ein Bad nehmen und mich dadurch ein bißchen in Ruhe lassen könne, war er die nächste Woche bestimmt Heinrich V., der bekanntlich noch geräuschvoller ist.

«Allmächt'ger!» Basil erschien auf der Schwelle des Ordinationszimmers, wie eh und je ein Bild der vereinten Bemühungen erlesener Schneider- und Friseurkünste. «Gaston Grimsdyke steht vor mir!»

«Hallo, alter Junge!» begrüßte ich ihn. «Scheint schon etliche Zeit seit den Tagen verstrichen zu sein, da wir uns gegenseitig das Badewasser geklaut haben.»

Er starrte mich an wie Macbeth den Banquo beim Gastmahl.

«Ja – ja, was tust du denn hier, um alles in der Welt? Wo ist Dr. Potter-Phipps?»

«Der erfreut sich eines wohlverdienten Weihnachtsurlaubs in St. Moritz», klärte ich ihn auf. «Ich amtiere hier als sein Stellvertreter.»

«Was? Du willst doch damit nicht sagen, daß du am Ende ein qualifizierter Arzt bist?» Er brach in schallendes Gelächter aus. «Nein, so was! Undenkbar!»

Seine Bemerkung verletzte mich zwar einigermaßen, doch eingedenk des eigenartigen Sinns für Humor, den manche Schauspieler haben, wies ich ihn mit immerhin höflicher Geste an, Platz zu nehmen.

«Und wie steht's mit dir, Basil?» fragte ich, ihm Potter-Phipps' silberne Zigarettendose anbietend. «Hast du deine großen Träume von Erfolg und Ruhm auf den Brettern, die die Welt bedeuten, glücklich von dir getan?»

Genau genommen hatte ich von dem Burschen nichts mehr gehört, seit ich nach einem fürchterlichen Streit mit dem Gasmann – wegen der Shillinge – plötzlich auszog, und ich hatte doch die ganze Zeit darauf gebaut, seinen Namen in Neonbuchstaben aufleuchten zu sehen und Freikarten für die Londoner Theater zu erhalten.

«Natürlich hab ich die Bühne nicht aufgegeben!» Nun war's an Basil, aufgebracht zu sein. «Woche für Woche weise ich Rollen zurück, die mir nicht konvenieren.»

«Oh, entschuldige –»

«Von einem Auftreten in einer neuen Revue unmittelbar nach Weihnachten ganz zu schweigen.»

«Du kannst drauf zählen, daß ich sie mir ansehen und dir Beifall klatschen werde, bis ich umfalle», sagte ich, noch immer auf einen Freiplatz hoffend.

«Sie findet – äh – natürlich nicht im West End statt.» Basil wetzte leicht hin und her. «Blackport-under-Tyne ist dir doch ein Begriff? Regsames Städtchen droben im Norden. Im Grunde handelt sich's um eine Pantomime. Ich bin der Geisterkönig.»

«Eine Pantomime?»

Es wollte mir nicht einleuchten, daß der Bursche, der am Sonntagmorgen in der Badewanne den halben «Coriolanus» rezitierte, in ländlichen Bezirken Geisterkönige mimen sollte.

«Weißt du, das ist sehr lustig und kommt mir durchaus gelegen. Ein Junge, den ich in einem Wirtshaus der King's Road traf, empfahl mir Potter-Phipps», fuhr er, das Thema wechselnd, fort, «obwohl ich mir, wie ich gestehen muß, nichts so Großartiges erwartete.» Basil sah sich im Ordinationszimmer um. «Eure Patienten müssen wohl schauerlich reich sein?»

«Nicht mehr, wenn sie die Rechnungen bezahlt haben.»

«Nun, es tut mir wirklich von Herzen wohl, Jungchen», eröffnete er mir überschwenglich, «dich unter so gedeihlichen Umständen wiederzusehen.»

«Na, so ist's wieder nicht. Ich glaube, Razzy gab mir den Posten nur, weil er annahm, ich würde mit der Einrichtung schonend umgehen.»

«Ach, du warst schon immer so bescheiden.»

«Nicht doch –»

«Gewiß, so bescheiden. Und so großzügig.»

Er streifte die Asche seiner Zigarette auf dem Chippendale-Schreibtisch ab.

«Unsere liebe alte gute Bude!» Basil ließ eine Kette von

Rauchringen aufsteigen. «Was für dicke Freunde wir doch in jenen unbeschwerten Tagen waren, nicht wahr, Grim? Erinnerst du dich noch, wie ich dir meinen Abendanzug borgte? Und dir die Haustüre aufmachen kam, wenn du Steine an mein Fenster warfst?»

Ich bekräftigte es höflich, wiewohl ich ziemlich sicher war, daß sich die Sache mit dem Abendanzug genau umgekehrt verhielt. Und da Basil so fest wie ein Friedhof schlief, hätte man ihn auch nicht aufwecken können, wenn man ihm Ziegelsteine ans Fenster geschmissen hätte.

«Im Hinblick auf unsere alte Freundschaft», fuhr er fort, «will ich dir nun reinen Wein einschenken.»

«Oh?»

Basil zögerte. «Jungchen, als ich dir eben erzählte, daß ich allwöchentlich Rollen zurückweise, hab ich leicht übertrieben. In Wahrheit haben die Rollen, die man mir seit unserem letzten Zusammensein angeboten hat, ein schönes Mittelmaß gehalten – zwischen verdammt wenig und überhaupt nichts. Glaub mir, Grim», fügte er düster hinzu, «ich hielt den armen hungerleidenden Schauspieler seinerzeit für nichts anderes als eine komische Figur, die man nur in Büchern antrifft. Nun aber kann ich dir versichern: ich weiß es besser.»

«So ein Pech!»

Ich empfand echtes Mitleid mit dem Burschen, um so mehr, als ich mich erinnerte, wie er stets darauf aus war, sich eine zweite Portion Pudding und die ganze Marmelade zu ergattern.

«Wie denn anders», entrang es sich Basil gequält – er war aufgesprungen und schritt auf Potter-Phipps' pfirsichfarbenem Teppich hin und her –, «wie denn anders hätte ich mich sonst dazu erniedrigt, vor einem Haufen entarteter Bälger den Hanswurst zu spielen? In einem Theater, dessen übliches Vergnügungsprogramm darin besteht, eine Reihe überreifer Bardamen zu entkleiden? Die schiere Not zwingt mich dazu, Jungchen, die schiere Not! Obgleich», fügte er voll Wärme hinzu, «mir nichts und niemand meinen Stolz rauben kann. Diesen Geisterkönig werde ich spielen, wie er niemals zuvor gespielt worden ist. Nach der Methode: man *lebt* seine Rolle, bei Tag und bei Nacht, wachend und schlafend. Seit Wochen ist mir regelrecht satanisch zumute.»

«Nun, unsere Empfangsdame hast du jedenfalls bereits zu Tode erschreckt», versicherte ich ihm trostvoll.

«Inzwischen aber heißt es leben.» Er bediente sich mit einer zweiten Zigarette. «Dieser Abschaum einer Theaterdirektion zahlt nicht für Proben. Deshalb kam mir der Gedanke, ob du mir nicht, auf Grund unserer langbewährten herzlichen Kameradschaft, ein Sümmchen borgen könntest – sagen wir hundert Pfund?»

Ich brach in Lachen aus.

«Basil, du Esel! Verstehst du denn nicht, daß ich hier nur Stellvertreter bin? Zweite Besetzung», erklärte ich ihm, als er mich offenen Mundes anstarrte. «Ich krieg nichts anderes als ein ganz bescheidenes Salär, sobald Razzy Potter-Phipps es satt hat, auf den Schweizer Bergen herumzuhopsen. Übrigens sahst du so verflixt elegant aus, als du hier auftauchtest, daß ich, im Hinblick auf alle noch zu tätigenden Weihnachtseinkäufe, bereits entschlossen war, *dich* um eine Kleinigkeit anzupumpen.»

«Mich? Allmächtiger!» rief er verstört.

«Aber nur Mut», fuhr ich nach einer Pause fort. «Man liest doch stets in den Zeitungen von Stars, die über Nacht entdeckt werden. Und ich möchte wetten, daß all diese imposanten Londoner Schauspieler mit den großmächtigen Titeln dereinst selber Geisterkönige waren. Oder, noch eher, kleine Agenten.»

Aber Basil schwieg. Er saß nur da, schüttelte sein Haupt und sah aus wie ein abgebranntes Feuerwerk.

«Nein, leider, Jungchen», brachte er endlich über seine Lippen. «So einfach wird einem der Erfolg nicht gemacht. Es läuft immer wieder auf dieses dreckige Geld hinaus. Könnt ich's mir doch leisten, auf der richtigen Adresse zu wohnen! An den richtigen Orten gesehen zu werden, die richtigen Leute in den richtigen Restaurants zum Lunch auszuführen . . . Mein Talent freilich ist über jeden Zweifel erhaben.»

«Klar.» Eingedenk dessen, wie er sich über dieses Thema auszulassen beliebte, fügte ich eilends hinzu: «Aber was führt dich eigentlich heute hierher?»

«Fast hätt ich's vergessen.» Basil erhob sich. «Ich möchte eine komplette Untersuchung haben, bitte. Kannst du sie vornehmen?»

«Selbstverständlich. Aber zu welchem Zweck? Lebensversicherung? Auswanderung? Oder höhlt dich der Umstand, den ganzen Tag lang Geisterkönig zu sein, dermaßen aus?»

«Weder noch.» Er atmete kurz den Duft seiner Nelke ein. «Ich stehe im Begriff, mich zu verheiraten.»

«Oh, meine herzlichsten Glückwünsche!»

«Da ich irgendwo gelesen habe, Ehekandidaten sei dringend

eine ärztliche Untersuchung anzuraten, habe ich mich hier eingefunden.»

Ich erinnerte mich nun auch, daß er ein entsetzlicher Hypochonder war, der stets in meinem Zimmer herumschlich, um etwas Neues aus Conybeares «Medizin» aufzuschnappen.

«Freilich schwant mir, daß die Ehe so ungefähr das hirnrissigste Ding ist, das ich mir in den Kopf gesetzt hab», fuhr Basil trübsinnig fort. «Fassen doch zwei Koffer unterm Bett der Bude bequem meine irdischen Habseligkeiten. Du hast völlig recht gehabt, Grim – ich hätte schon vor Jahren der Bühne den Rücken kehren und statt dessen lieber einen netten kleinen einbringlichen Dauerposten annehmen sollen, etwa von Tür zu Tür mit Wörterbüchern hausieren. Aber du weißt ja, wie's geht. Kein wahrer Schauspieler gibt je seine letzte Vorstellung, außer sie ist von einem Blumenregen und langsamer Musik begleitet. Und nun hat die süßeste und reizendste Person auf Erden – Ophelia O'Brien – geruht, meine Hand anzunehmen. Du kennst sie doch?»

«Leider glaube ich, noch nicht die Ehre gehabt zu haben –»

«Sie ist das Mädel auf den Waschmittel-Reklamen, die man überall in den Autobussen sieht.»

«Ach ja! Die mit den schneeweißen Dingsda.»

«Jungchen, du sollst sie kennenlernen!» Basil blühte plötzlich auf. «Sie kommt mich gleich abholen.»

«In diesem Fall verfüge dich lieber gleich hinter den Wandschirm in der Ecke und leg dein Hemd ab», wies ich ihn an. «Über die Rechnung brauchst du dir nebenbei keine Sorgen zu machen. Diese eine Untersuchung geht auf Kosten des Hauses.»

«Schrecklich lieb von dir!»

«Betrachte dies als mein Hochzeitsgeschenk», sagte ich.

Hingerissen vor Begeisterung war ich nicht darüber, Basils künftiges Gespons kennenzulernen. Habe seinerzeit ein paar Fotomodelle gekannt, und wenn sie auch auf den Seiten der *Vogue* in knappsitzenden Schottenhosen oder ähnlich zweckentsprechender Kleidung recht reizvoll aussehen, entpuppen sie sich im allgemeinen als dürre Geschöpfe mit lauten Stimmen, die sich fortwährend vier Pence von einem ausborgen, um mit ihren Agenten zu telefonieren. Deshalb bedeutete es einige Minuten später eine nette Überraschung für mich, der entzückendsten kleinen Blondine, die ich je im Leben gesehen, die Hand reichen zu dürfen.

2

«Bist du wirklich fest überzeugt, Gaston, daß du dich von deiner Operation völlig erholt hast?» fragte mich mein Cousin Miles Grimsdyke, Mitglied des Königlichen Chirurgenkollegiums.

Wir saßen, Papierhütchen auf dem Kopf, über den Resten des Weihnachtsmahls; seine Gattin Connie hatte sich eben zurückgezogen, um deren weitere vom Gesicht ihres zwei Jahre alten Söhnchens wegzuwischen.

Miles schenkte sich Portwein nach. «Im Vorjahr warst du die Seele unserer kleinen Feier –»

«Und diesmal sitze ich da und stoße so tiefe Seufzer aus, daß der Pudding davon fortgeblasen werden könnte», bestätigte ich.

«Du scheinst wirklich kaum mehr der alte zu sein, das muß ich schon sagen. Klein-Bartholomew war auch recht enttäuscht, glaube ich.»

Ich entzündete mir eine seiner Zigarren. «Die Sache ist die, Alter, ich befinde mich augenblicklich in einer einigermaßen schwierigen Lage.»

«So? Das hör ich nicht gerne.» Miles schob mir die Karaffe herüber. «Aber sosehr ich dir behilflich sein möchte, bitte ich dich, dessen eingedenk zu sein, daß ich nun ein Kind zu erhalten habe. Glaub mir, die Kosten, die die Fortpflanzung der Menschheit bedingt –»

«Mein Zustand kann, Gott sei's geklagt, diesmal nicht durch bloße Geldzuwendungen erleichtert werden.»

Er fuhr auf. «Du hast doch nicht am Ende etwas Fürchterliches angestellt? Dich betrunken oder ungebührlich aufgeführt? Oder – der Himmel sei davor! – dich Drogen verschrieben?»

«Ich habe mich verliebt.»

«Was, das ist das Ganze?»

«Du hast leicht den Blasierten spielen», seufzte ich. «Gewiß hab ich in vergangenen Tagen da und dort getändelt, in jenen munteren Zeiten, da ich Schwestern nächtlicherweile über das Gitter bei der Leichenkammer des St. Swithin hob, um sie heim zu befördern. Doch das waren reine Windpocken, verglichen mit dem akuten Leiden, das mich jetzt mit all seinen Komplikationen befallen hat.»

«Hm. Wie ist der Name der Glücklichen?»

«Ach ja.» Ich knackte mir eine Nuß. «Den kann ich dir leider jetzt noch nicht nennen. Weißt du», erklärte ich ihm, «sie ist zufälligerweise mit jemand anderem verlobt.»

«Wirst du zur Hochzeit eingeladen sein?»

Es hatte mich nicht einmal Mühe gekostet, Ophelias Telefonnummer zu erfahren. Ich hatte Basil an jenem Nachmittag in Razzys Ordination eine Laboratoriumsprobe abgenommen, und da er den Mitternachtszug erwischen mußte, um in Blackport zu proben, schlug er vor, ich solle seiner Braut das Resultat telefonisch mitteilen. Am nächsten Morgen kamen Ophelia und ich auf diesem Wege ins Plaudern, und so lud ich sie auf einen kleinen Weihnachtstrunk ein, und am nächsten Tag zum Lunch, und am übernächsten zum Dinner, und bald machten wir die Runde bei den Nachtklubs, und jetzt war ich bereits soweit, daß ich den Boden anbetete, in den sie ihre spitzen Absätze grub.

Und die ganze Zeit tauchte Basil aus Bühnenversenkungen auf, um «Abrakadabra!» zu murmeln. Ich kam mir wirklich wie ein gemeiner Kerl vor.

«War vielleicht nicht sehr nett von mir, diese Bemerkung zu machen», lenkte Miles ein. «Vor allem im Hinblick auf diese weihevolle Zeit des Jahres.»

«Ach Gott», kam ich ihm entgegen. «Schließlich haben wir Grimsdykes alle unser Ehrgefühl im Leibe. Selbst unser alter Opa, der solche Schwierigkeiten mit dem Dienstpersonal hatte, wo er doch fortwährend im Dachgeschoß hinter den Hausmädchen her war.»

Nun hielt mich auch Miles für einen gemeinen Kerl, was ich ihm nicht übelnehmen konnte. Mein Cousin war ein reizbarer Geselle mit strengen Grundsätzen, in der Familie galt es als ausgemacht, daß er meinen Anteil an Intelligenz-Erbmasse mitbekommen hatte, und unsere Beziehungen hatten seit dem Tage gelitten, da er mich in der Schule durchprügelte, weil ich seine Kricketschuhe mit Sirup angefüllt hatte. Zugegeben, er war etwas freundlicher geworden, seit er dem Spezialistenstab des St. Swithin angehörte und sämtliche schmückenden Zutaten eines aufstrebenden jungen Londoner Chirurgen errungen hatte – einen neuen Alvis, ein Messingschild in der Welbeck Street, ein nettes Frauchen, Löschmappen auf einem halben Dutzend Komiteetischen, und sogar die Ehrung, daß eine etwas unappetitliche Krankheit nach ihm benannt wurde.

«Zumindest hab ich dazu beigetragen, daß der Ruf der Familie weiterhin so unbefleckt ist wie ein Eisbär im Schneesturm», führte ich zu meiner Verteidigung an.

«Das entspricht durchaus der Wahrheit, Gaston. Und bestimmt

wäre niemand glücklicher als Connie und ich, wenn es dir endlich gelänge, dir ein eigenes Heim zu schaffen.» Miles griff nochmals nach der Portweinkaraffe. «Vor allem jetzt, nach dem Schreiben des Premierministers, das ich letzte Woche erhielt.»

Ich blickte auf. «Großer Gott! Er fordert dich doch nicht auf, dich als Kandidat fürs Parlament aufstellen zu lassen?»

«Ach wo!» sagte Miles, doch diese Vorstellung schien ihm gar nicht so zu mißfallen. «Er fordert mich auf, im neuen Jahr der Wincanton-Kommission beizutreten.»

Ich überlegte rasch, ob das die sei, die sich mit der Untersuchung der Zustände in den Strafanstalten zu befassen hat.

«Die königliche Kommission zur Überwachung der öffentlichen Moral», erklärte Miles; er wirkte sehr selbstzufrieden unter seinem Papierhut. «Selbst du wirst wohl einräumen müssen, daß dies eine große Ehrung bedeutet. Es wird zwar, wie ich fürchte, eine harte Arbeit sein. Wir müssen uns Nacktdarbietungen ansehen, mit Frauen der niedrigsten Sittlichkeitsstufe in Kontakt kommen und einige der anrüchigsten Kneiplokale Londons aufsuchen.»

Mir klang das alles recht munter, doch eingedenk dessen, wie ernst Miles selbst als Medizinstudent seine Wohlfahrtsarbeit genommen hatte, beglückwünschte ich ihn mit schlichten Worten.

«Ich würde ganz besonderen Wert darauf legen, in diesem Amt Erfolg zu haben», fuhr Miles fort, mehr zu sich selbst sprechend. «Wer weiß, wohin das alles noch führen könnte? Man könnte Dekan des Spitals werden . . . Rektor der Universität . . . Pair auf Lebenszeit . . .»

Der Kerl war natürlich voll des Portweins.

«Wie ich höre, hast du's übernommen, Sir Lancelot Spratts Biographie zu schreiben?» fügte er, sie ermahnend, hinzu.

«Ja, ich gehe sogar morgen zu ihm, um mit dem Sortieren des Materials zu beginnen. Der Alte hat soviel zu tun, daß er sich offenbar nur am zweiten Weihnachtstag ein bißchen Zeit abknappen kann.»

Die Aufgabe, Sir Lancelots Biographie zu schreiben, war mir durch einen kürzlich erschienenen Roman meiner Feder eingetragen worden, der sich eines bescheidenen Erfolges unter allen jenen erfreute, die sich noch kein Fernsehgerät leisten konnten. Basil hatte selbstverständlich nichts von ihm gehört, aber Schauspieler pflegen ja auch nie Bücher zu lesen. Und von unvorhergesehenen Notfällen abgesehen, wie etwa Zugzusammenstößen oder Razzys Liebesleben, hatte ich – gleich den Doctores Anton Tschechow und

John Keats vor mir – die Heilkunde um der Literatur willen aufgegeben.

Ein Literat sein hat bestimmt seine Vorteile, als da sind: sich nicht zu rasieren brauchen, bevor man sich morgens an die Arbeit macht, und bei literarischen Mittagsmählern am Spitzentisch zu sitzen, wo es Blumen und Freigetränke gibt. Aber die Sache hat auch ihre Haken. Erstens einmal: man ist gezwungen, weiter Mist zu schreiben. Dann muß man mit den allerneuesten zornigen jungen Männern Tuchfühlung nehmen, oder in Buchläden Exemplare seines Œuvres signieren, und durch das Redenschwingen beim Käsegang obiger Mittagsmähler neigt man mit der Zeit zu jener wohlbekannten klinischen Erscheinung der *megalocrania acuta*. Genau wie am Tag des erfolgreich abgelegten Schlußexamens, da man mit dem größten Stethoskop, das man auftreiben kann, im Spital herumstreift und jedermann herausfordert, einem «Doktor» zu sagen.

Im Spital wird man zum Glück recht radikal von den Stationsschwestern kuriert, die junge Ärzte so rasch zum Einschrumpfen bringen wie ein Kind einen angestochenen Luftballon. Aber im literarischen Leben geht das Schicksal mit dem Job Hand in Hand. Es war ein recht aufgeblasener Grimsdyke, der da vom Erlös seines Produkts einen Trip nach New York machte, und dem das Schicksal nach seiner Rückkehr einen dicken Knüppel in den Weg legte. In London angekommen, fand ich den Verlag leer, die verdammten Kerle hatten bankrott gemacht, und das war besonders schlimm, weil ich die Stewardess zum Lunch eingeladen hatte und auf Erden nichts mehr mein eigen nannte als eines jener kleinen Cellophansäckchen mit Gerstenzucker gegen Luftkrankheit.

Es war mir gelungen, soviel zusammenzukratzen, daß ich mir draußen im Chelsea ein Hausboot mieten und einen neuen Roman beginnen konnte; ich erwartete von ihm nicht gerade, daß er Tolstoj in den Schatten stellen, aber doch zur Erheiterung einiger grimmiger Herren beitragen würde, die an Sonntagvormittagen das literarische Dschungel durch Schüsse aus dem Hinterhalt aufzulockern versuchen. Aber das Schicksal, dem nicht die Vorzüge einer englischen Erziehung eignen, kennt keinen Kodex, der es verbietet, einen Mann zu treten, der bereits auf dem Boden liegt. Ich war in meinem Roman nicht weitergekommen, als die Lettern meiner Schreibmaschine mittels einer Nadel zu reinigen, als ich mit einer recht ekligen Blinddarmentzündung in das St. Swithin eingeliefert werden mußte. Wie unter Ärzten üblich, kam es zu einer Reihe Fehldiagnosen, und hätte man nicht schließlich nach Sir Lancelot Spratt geschickt, wäre mir ein eher luftig-kühles Weihnachtsfest zuteil geworden – auf einem Wolkenzipfelchen kauernd und läppisch an einer Harfe zupfend.

«Hoffentlich entpuppen Sie sich als guter Patient, Grimsdyke?» hatte Sir Lancelot gesagt, als er einige Tage nach der Operation auf der Station erschien, um das Werk seiner Hände zu begutachten. «Man sagt, daß Ärzte im allgemeinen die schlimmsten Patienten sind.»

«Ich lerne alle möglichen Dinge über Spitäler, von denen ich bisher keine Ahnung hatte, Sir», erwiderte ich inmitten von Traubenbüscheln und Chrysanthemensträußen.

Er nickte. «Sie haben die einzig mögliche Methode entdeckt. Es käme zum Beispiel der Rechtspflege mächtig zustatten, wenn noch mehr Gerichtsanwälte, als es jetzt der Fall ist, ein Weilchen im Kittchen säßen. Schwester», wandte er sich an das Mädchen, das mich eben wieder zudeckte, «ich habe mein Notizbuch in Ihrem Schreibzimmer liegen gelassen, glaube ich. Würden Sie die Freundlichkeit haben, es zu holen?»

Der Chirurg stand einen Augenblick schweigend da und strich sich den Bart.

«Da wir nun einige Sekunden für uns allein haben, junger Mann», sagte er dann, «möchte ich die Gelegenheit nützen, Sie um Ihre Hilfe in einer Angelegenheit zu bitten, die einiges Feingefühl erfordert.»

«*Meine* Hilfe, Sir?»

Ich glotzte ihn an. In jenen Tagen, da ich einer seiner Studenten war, hatte Sir Lancelot praktisch alles an ekligen Dingen, was im Operationssaal in Reichweite lag, nach mir geworfen. Nun kam mir das so ähnlich vor, wie wenn ein Wimbledon-Champion den Ballbuben auffordern würde, für ihn einzuspringen.

«Ich möchte, daß Sie mein Neger werden.»

«Ihr was bitte, Sir?»

«So heißt doch der Fachausdruck, nicht? Aber wir müssen uns kurz fassen. Ihr Cousin Miles und meine Kollegen im Spital drängen mich, meine Memoiren zu schreiben. Es liegt kein uninteressantes Leben hinter mir, und sie bilden sich ein, eine derartige Veröffentlichung wäre in einem gewissen Maß geeignet, den gegenwärtigen, beklagenswert schlechten Ruf, den der britische Ärztestand in der Öffentlichkeit genießt, etwas zu bessern. Wir sind leider Gottes keine Götzen mehr. Und wir sind weit davon entfernt, die vergoldeten Götzen unserer amerikanischen Kollegen zu sein. Sei dem, wie ihm wolle. Ich könnte natürlich dieses Buch tadellos selbst schreiben, wenn ich die Zeit dazu hätte. Aber ich habe derzeit nicht einmal mehr Gelegenheit, meine Fälle der *Lancet* einzusenden, weil ich kürzlich zum ärztlichen Beirat des Polizei-Wohlfahrtsklubs ernannt worden bin.»

«Herzlichste Glückwünsche, Sir.»

«Danke, Grimsdyke. Meine dortigen Aufgaben sind einerseits nicht leicht, andererseits nicht sehr interessant – Polizisten neigen aus unerfindlichen Gründen im allgemeinen zu Krampfadern und Leistenbruch –, aber sie bringen mir ergiebige Zusammenarbeit mit unserem berühmtesten Pathologen. Dr. McFiggie ist selbstverständlich Klubpräsident. Er erlaubte mir zum Beispiel heute morgen liebenswürdigerweise, das Opfer von Bayswater in der Leichenkammer zu betrachten. Ich muß gestehen», setzte Sir Lancelot fort, nachdem er meinen broschierten Kriminalroman aus der Spitalsbibliothek ins Auge gefaßt, «daß ich das Studium der Mordarten äußerst faszinierend finde. Ich sollte auch darüber ein Buch schreiben, wenn ich Zeit hätte.» Er seufzte kurz auf: «‹Die Weisheit eines gelahrten Mannes kommet von der Gelegenheit, sich der Muße zu ergeben: so einer wenige Geschäfte hat, wird er weise.› Sie kennen doch sicher die Schriften des Ecclesiasticus? Kurz, ich wäre Ihnen sehr verbunden, wenn Sie sich der Aufgabe unterzögen, meine Biographie zu schreiben. Sie erhalten dafür selbstverständlich ein kleines Honorar – sagen wir fünfzig Guineas?»

Das war eine knifflige Sache. Wenn ich mich um bloße fünfzig Pfund durch Sir Lancelots Memoiren durchackerte, würde die Welt darauf verzichten müssen, meinen Roman vorgelegt zu bekommen, aber auch dem Verleiher meines Hausboots würde es mit der Miete nicht anders ergehen. Ich starrte einen Augenblick durch die Fenster des Krankensaals auf die letzten Blätter der staubigen Ahorne auf dem Friedhof, die sich in der herbstlichen Nachmittagssonne vergoldeten. Bald würde es bunte Lämpchen und Mistelzweige geben, dann Narzissen und die Ruderregatta und Spargel und Kricket, und im Handumdrehen war wieder der Sommer da mit dem Rennen von Ascot und Erdbeeren mit Sahne, und wenn das Leben dann halbwegs erfreulich war, würde ich es, so erinnerte ich mich, Sir Lancelots Honorar zu verdanken haben.

«Es wird mir eine Ehre sein, Sir», sagte ich.

«Ausgezeichnet. Ich schlage Ihnen vor, zu Weihnachten mit der Arbeit zu beginnen, wo ich Sie in meinem Haus mit sämtlichen nötigen Unterlagen versehen kann. Verzeihen Sie bitte», wandte er sich an die herbeieilende Schwester, «ich habe mein Notizbuch die ganze Zeit in der Tasche herumgetragen.»

Als ich zum erstenmal die Haltbarkeit von Sir Lancelots Nähten ausprobierte, lief ich Razzy über den Weg, durch ihn lernte ich Ophelia kennen, und Weihnachten verbrachte ich in Muße inmitten der allgemeinen Lustbarkeit von Miles' Haus, wobei ich weniger Sir Lancelots Leben als der weichen blonden Härchen gedachte, die sich am Ansatz ihres Nackens kräuselten.

«Ich verleihe der aufrichtigen Hoffnung Ausdruck, daß deine Affäre mit dieser Dame nicht schimpflich enden möge», bemerkte Miles über den Tisch hinweg, nachdem er ein Weilchen über die Memoiren geplaudert hatte, wohl zu dem Zweck, mir einen kleinen Wink zu geben, ich möge auch ihn mit ein paar Worten streifen.

«Es haben sich selbstverständlich schon vor mir junge Männer in derselben Situation befunden», erwähnte ich. «Romeo, zum Beispiel.»

«Na, hoffentlich endet die Geschichte bei dir nicht so verhängnisvoll.» Miles sah geradezu verstört aus. «Vielleicht», fügte er mit einem mir nicht unbekannten ermunternden Blick hinzu, «wirst du mir auf Grund meiner langjährigen Erfahrung auf dem Gebiet der Wohlfahrtsarbeit in zerrütteten Heimen gestatten, dir mit Rat und Tat zur Seite zu stehen –»

Aber in diesem Augenblick trat Connie ein, und wir beide mußten ins Kinderzimmer, um Bären zu spielen.

3

Am nächsten Nachmittag lenkte ich meinen Bentley, Modell 1930, durch die verödeten Straßen Londons, während sich die übrige Bevölkerung von ihrem alljährlichen vierundzwanzigstündigen Versuch erholte, Massenselbstmord durch Überfressen zu begehen.

Ich hatte den Vormittag des zweiten Weihnachtsfeiertags in der Park Lane verbracht, um meine erste Magenverstimmung zu behandeln; die Praxis war ziemlich flau, da die meisten von Razzys Patienten entweder Schweizer Berghänge hinabkullerten oder in Unterwasserausrüstung in den Gewässern um Jamaica herumzappelten und so taten, als seien sie Fische. Ich hatte massenhaft Zeit, an Ophelia zu denken, und mir wurde recht kläglich zumute – denn im Grunde genommen ist wahre Liebesleidenschaft weit davon entfernt, in Jubelrufe auszubrechen. In ihrer virulenten Form führt sie, ähnlich der Grippe, ein Gefühl der Zerschlagenheit herbei. Noch dazu war Ophelia für eine ganze Woche zu ihren lieben Alten weit draußen am Land entschwunden, und nichts hatte sie mir hinterlassen als eine Fotografie in den Wartezimmer-Magazinen, auf der sie die neuesten Kreationen vorführte – aus unerfindlichen Gründen stets mitten im dichtesten Verkehr des Picadilly oder umringt von Unmengen leerer Milchkannen und Straßenkehrer. Und Basil? überlegte ich verdrießlich, während ich um den Marble Arch fuhr. Basil heftete sich wohl eben seinen gegabelten Schwanz und seinen Bart an und machte sich bereit, durch die Versenkung ans Licht der Blackporter Öffentlichkeit zu schießen.

Sir Lancelot lebte nicht ohne einen gewissen Stil. Ein hübsches italienisches Mädchen in rüschenbesetzter Schürze nahm mir meinen Mantel ab, und er selbst empfing mich, um mich in sein Arbeitszimmer hinaufzugeleiten. Das Haus stand in der Harley Street, wiewohl man heutzutage kaum mehr erwartet, in der Harley Street die Heimstätten von Spezialisten vorzufinden, ebensowenig wie in der City die von Bankiers. Ja, man kann sogar aus den Messingtäfelchen, die wie Kletterrosen rund um den Türrahmen wuchern, schließen, daß all diese eindrucksvollen, eleganten Ordinationsräume und all diese eindrucksvollen, eleganten Empfangsdamen von mehreren Koryphäen geteilt werden. Doch Sir Lancelot behauptete immer wieder, daß kein Chirurg gleichzeitig Gentleman sein und in Wimbledon leben könne; freilich erwähnte er weitaus seltener, daß er vor Jahren den hinter dem Haus gelegenen Stall- und Personalbau aufgekauft hatte und sich eine dicke Stange Geld damit machte, indem er ihn als Garage weitervermietete.

Sein Arbeitszimmer war mit Möbeln jenes Stils eingerichtet, den die Lehrer der Viktorianischen Zeit bevorzugt hatten; den lederüberzogenen Schreibtisch bedeckten Stapel vergilbten Papiers und ausgeblaßter Fotografien, die meiner Meinung nach einzig und allein für die Abfallverwertung von Interesse waren.

«Entschuldigen Sie, wenn ich Sie verlasse», sagte Sir Lancelot, «aber ich muß drunten eine wichtige Rede für das Königliche Chirurgenkollegium vorbereiten. Sie werden in meinem Schrank das eine oder das andere Skelett entdecken, doch ich kann Ihnen versichern, daß die Schränke vieler meiner Kollegen im St. Swithin osteologischen Museen gleichen.»

Ich war in meiner Arbeit nicht weitergekommen, als mir den

Kopf darüber zu zerbrechen, ob der pustelige Junge, der auf dem Bild der ländlichen Fußballmannschaft den Ball umklammert hielt, Sir Lancelot sei, als Lady Spratt erschien.

«Lieber Gaston! Sie sind uns so sehr beim diesjährigen Scheibenschießen abgegangen!»

«O hallo», begrüßte ich sie, «mir ist es auch abgegangen. Noch dazu, wo ich mein Auge bereits auf diese kleinen Porzellanhunde geworfen hatte, die ich als Preis einheimsen wollte.»

«Ich habe Ihnen ein Täßchen Tee gebracht», meldete sie. «Sie haben es bestimmt nötig, nach all der schweren Arbeit.»

Im St. Swithin hätte sich jeder Mensch Sir Lancelots Gattin als eine Art Boadicea vorgestellt, aber Lady Spratt war ein federleichtes kleines Geschöpf, so flaumig wie die Mitte eines Soufflés. Im Lauf der Jahre hatten wir uns, beim Arrangieren der winterlichen Theatervorstellungen oder des Sommerfestes im St. Swithin, angefreundet, und das hatte sich als recht nutzbringend erwiesen, um Feuer, Pech und Schwefel zu löschen, die Sir Lancelot eimerweise für pflichtvergessene Studenten bereithielt.

«Ich bin so froh, daß Sie es übernommen haben, Lancelots Leben zu schildern», fuhr sie etwas sprunghaft fort.

«Eine Arbeit, die eines Boswell würdig wäre», versicherte ich.

«Aber vor allem –» Lady Spratt warf einen schnellen Blick zur Türe. «Darf ich Sie um einen besonderen Gefallen bitten?» Sie schaltete eine Pause ein. «Ja, ich muß Sie sogar um Ihre Hilfe in einer äußerst delikaten Angelegenheit bitten, Gaston.»

Ich war verwirrt. Der liebe Grimsdyke schien, zumindest was die Spratts betraf, zu einem richtigen Spucknapf der Gefühle zu werden.

«Um was handelt sich's denn, du lieber Gott?»

«Um diese scheußliche Kriminalsache.»

Um eine Kriminalsache? Hatte sie am Ende die Scheibenschießen-Preise veruntreut?

«Es geht um meinen Mann», erklärte sie. «Ist Ihnen nicht aufgefallen, wie seltsam er sich in letzter Zeit benimmt?»

Nun, Sir Lancelot hatte sich seit Jahren seltsam benommen. Aber etliche unserer großen Chirurgen benahmen sich haarsträubend exzentrisch, und konnte er sich auch nicht mit denen des achtzehnten Jahrhunderts messen, jenen Gesellen mit goldbeschlagenen Spazierstöcken, so war Sir Lancelot doch unter den Londoner Spezialisten eine so ungewöhnliche Erscheinung wie eine Champagnerflasche beim Frühstück.

«Seit er diesem Polizeiklub beigetreten ist», fuhr Lady Spratt fort, «ist er außerstande, über etwas anderes zu reden als über plötzliche Todesfälle, und das finde ich wirklich sehr unhygienisch, ganz zu schweigen davon, wie langweilig jetzt die Abende geworden sind.»

«Er bringt eben allem, was ihm unterkommt, leidenschaftliches Interesse entgegen», murmelte ich. Die Männer müssen schließlich zusammenhalten, wurst, wer sie sind.

«Als ob ich das nicht wüßte!» Sie ließ sich auf der Kante seines Schreibtisches nieder. «Vergangenes Jahr war's das Ballett, und ich war gezwungen, alle diese eigenartigen jungen Männer und Frauen in meinem Hause zu bewirten. Das Jahr vorher waren's Rennpferde, die sich gottlob als zu teuer erwiesen, um sich zu halten. Nun ist er wie ein Laufjunge hinter allen Morden her und macht sich zum Gelächter vom ganzen St. Swithin – so bemühte es sich zumindest die Frau des Professors mir mit schallender Stimme mitten im Warenhaus darzustellen. Und das geht nicht an, wenn er der nächste Präsident des Chirurgenkollegiums werden will. Und was das Schlimmste ist, er ist zum Busenfreund dieses Lümmels geworden, dieses Kerls mit den dreckigen Fingernägeln, McFiggie.»

Dem mußte ich beistimmen: Dr. Angus McFiggie war ein Lümmel. Die meisten Pathologen sind's, wahrscheinlich deshalb, weil sie nie gezwungen sind, mit ihren Patienten leichte Konversation zu führen. Er war ein kleines Männchen mit rotem Gesicht, gebürtig aus Aberdeen, mit Augenbrauen, die an Hochlandfarn zu Ende eines heißen Sommers erinnerten; oft hatte ich ihn, angetan mit seiner langen roten Gummischürze, im neuen Leichenhaus des St. Swithin emsig hantieren gesehen. Dieses war übrigens die komfortabelste Örtlichkeit des ganzen Spitals, mit Klimaanlage, Röhrenlampen und weißgekachelten Wänden – wenn man von dem übergroßen Karteikasten am anderen Ende absah.

«Davon, daß er mich die halbe Nacht nicht schlafen läßt, weil er Detektivgeschichten liest, will ich schweigen», schloß Lady Spratt ihre Ausführungen. «Deshalb meinte ich, Gaston, im Hinblick darauf, daß Sie ihn noch vom Spital her kennen, ob Sie nicht irgend etwas vorschlagen könnten, was seine Energie in andere Bahnen lenkt?»

Ein unfruchtbarer Auftrag. Ich erwog gewissenhaft der Reihe nach verschiedene Möglichkeiten: Markensammeln, ländliche Streifzüge, eine kleine Freundin, als sich die Tür plötzlich öffnete und der Chirurg in höchsteigener Person erschien.

«Maud! Was, zum Teufel, hast du mit meiner Nachttischlampe angefangen?» fragte er, mich übersehend.

«Deine Nachttischlampe? Die hab ich in einen der leerstehenden Räume getan.»

Sir Lancelot sah verblüfft drein. «Aber wozu, um alles in der Welt? Du weißt doch, wie gern ich im Bett lese. Noch dazu war ich mitten in einer überaus unterhaltsamen Geschichte: über die systematischen Raubmorde der Thags.»

«Hab ich's dir noch nicht gesagt?» Lady Spratt steckte eine Zigarette in den Halter. «Dieses Wochenende trifft mein Bruder ein.»

«Maud, das ist doch nicht dein Ernst!» Der Chirurg stampfte mit dem Fuß auf. «Du weißt nur zu gut, wie sehr mir Leute im Haus zuwider sind. Das Leben wird mir unerträglich, wenn dieser Kerl ununterbrochen meinen Lieblingsfauteuil und das gesamte Warmwasser in Beschlag nimmt. Du hättest mich zuerst fragen sollen.»

«Mach doch *bitte* kein solches Getue, mein Lieber. Wir sind geradezu moralisch verpflichtet, sie bei uns aufzunehmen, wo die Londoner Hotels so entsetzlich teuer sind.»

«*Sie –?* Das heißt doch nicht, daß er seine verdammte Alte mitbringt?»

«Seine ganze Familie, selbstverständlich.» Lady Spratt knipste ihr Feuerzeug an. «Ich dachte, es würde ihnen Vergnügen machen, einmal während der Weihnachtsfeiertage die Läden, die Theater und noch so allerlei anzusehen.»

Sir Lancelot reckte sich zu voller Größe. «Dann werde ich das Wochenende im Klub verbringen.»

«Schön, mein Lieber.»

«Das scheint mir die beste Lösung für alle Beteiligten», fügte er in seiner würdevollsten Haltung hinzu.

«Vielleicht doch nicht ganz, mein Lieber. Sie bleiben nämlich drei Wochen, weißt du.»

«Drei Wochen? Großer Gott!»

«Wohin gehst du?» fragte Lady Spratt.

«Den Keller absperren, bevor ich's vergesse.»

«Also wirklich, Lancelot! Mach dich nicht lächerlich. Du weißt, wie enthaltsam mein Bruder ist.»

«Unsinn! Er ist der reinste Blutegel, was Portwein betrifft.»

«Da fällt mir übrigens ein, ich habe für Samstag eine kleine Dinnerparty arrangiert –»

«Maud, das streift ans Ungeheuerliche! Du weißt seit Jahren, wie sehr mir am Wochenende Gastlichkeiten verhaßt sind –»

«Sie kommen doch, Gaston, nicht wahr?» wandte sich Lady Spratt gelassen an mich. «Schließlich gehören Sie jetzt fast zur Familie.»

Da Ophelia am Samstag noch immer nicht da sein würde, nahm ich an.

«Ich habe noch Miss Gracie von der B.B.C. eingeladen, so daß ich einen Tischherrn für sie brauche. Aber du wirst doch sicher im Spital ganz leicht eine interessante Persönlichkeit auftreiben, Lancelot? Ich freue mich sehr, daß Sie kommen können, Gaston. Smoking, bitte.»

4

Samstag war einer jener Dickensschen Abende, da die Straßenlaternen einen wäßrigen Schein durch den Nebel werfen und die vorüberkriechenden Autobusse wie große Behälter voll tropischer Fische aussehen. Obgleich ich es vorgezogen hätte, mit Ophelia aus derselben Zeitungspapiertüte Kartoffelchips zu essen, warf ich mich in den Smoking und fuhr von Razzys Wohnung in die Harley Street – aber einigermaßen geschmeichelt fühlte ich mich ja doch. Es kam mir seltsam vor, das ich mich nun im Sprattschen Glanze sonnen sollte, nachdem mich Sir Lancelot jahrelang unter der Dampfwalze seiner Persönlichkeit zerquetscht hatte. Außerdem hatte es sich im St. Swithin herumgesprochen, daß der Chirurg sich's wohl sein ließ, und obgleich Razzy eine gut beschickte Speisekammer hinterlassen hatte, war ich überraschend schnell einer Kost aus *pâté de foie gras* und eingedosten Litchi-Nüssen überdrüssig geworden.

Ich läutete, und das hübsche italienische Mädchen führte mich in den Salon. Vor dem Kamin stand mit gegrätschten Beinen, sich sichtlich wie zu Hause fühlend, Sir Lancelots Schwager; er rauchte eine Pfeife, und es sah aus, als hielte er eine kleine Tuba.

«Guten Abend, My Lord», begrüßte ich ihn.

«Ah, guten Abend, Doktor», erwiderte der Bischof von Wincanton.

Ich für meine Person verkehre ja nicht viel mit Bischöfen, außer während des Universitäten-Fußballmatchs in Twickenham, meines Wissens die einzige Gelegenheit, da man von ihnen umringt sein kann. Sir Lancelots Schwager gehörte der hageren, athletisch aussehenden Sorte an, seine Nase glich einem Golfschläger, sein Kinn einem Bulldozer, und ich erinnerte mich, wie seine nun wohlig in Gamaschen steckenden Beine dereinst in kurzen Höschen dem Oxforder Team zum Sieg verholfen hatten.

«Meine Frau», sagte der Bischof.

Sie war eines jener gebrechlich aussehenden Geschöpfe, die sich oft wie Hakenwürmer an muskulöse Männer heften.

«Sandra, meine älteste Tochter.»

Wie Mutti, nur noch anämischer.

«Meine zwei Kleinen.»

Ein abstoßendes Paar, etwa im zwölften Lebensjahr, saß in der Ecke und bohrte mit Nachdruck in der Nase.

«Und hier Miss Gracie», schloß sich Lady Spratt an, die mit Sherrygläsern herumflatterte.

Miss Gracie hatte ein rosa Wollkleid, fahlrotes Haar, goldgeränderte Augengläser und eine betont gepflegte Aussprache der Vokale.

Was den armen Sir Lancelot betraf, schien er zum erstenmal gar nicht da zu sein; er saß bloß in einem Stuhl und starrte mürrisch die blankpolierten Schuhe seines Verwandten an.

«Wie gesagt», fuhr der Bischof in seiner unterbrochenen Rede fort, während ich mich auf dem Sofa neben Sandra niederließ, «der Schmerz setzt ganz unvermittelt unterhalb des hinteren Kragenknopfes ein.»

«Du meinst wohl den vorderen», knurrte Sir Lancelot.

«Ich entsinne mich äußerst lebhaft des ersten plötzlichen Anfalls», sprach der Bischof weiter, als mir das Mädchen ein Glas Sherry reichte. «Ich hatte mich gerade erhoben, um eine Ansprache anläßlich der Eröffnung des Assisengerichtes zu halten.»

«Die Pferdeschau, Charles», murmelte seine Gattin.

«Des Assisengerichtes, meine Liebe», erwiderte der Bischof mit Festigkeit. «Ich versichere euch, der Schmerz war überaus heftig. Natürlich fragt man sich da, ob er nicht am Ende einen ernstlichen inneren Schaden anzeigt –»

«Oh, leicht möglich, durchaus möglich», stimmte Sir Lancelot zu.

«Du wirst dich zweifellos erinnern, Lancelot, daß ich dir von einem ganz ähnlichen Anfall vor zwei Jahren am Strand berichtete.»

Ich brauchte nicht lange, um zu erkennen, daß der Bischof, wie so viele Burschen, die ihre Jugend damit verbringen, sich über

Fußballplätze zu schnellen oder sich Flüsse stromaufwärts entlangzuarbeiten, ein schauerlicher Hypochonder war. Außerdem gehörte er zu jenen Leuten, die sich fortwährend ärztlichen Rat erschnorren, selbst wenn der heutzutage gratis beigestellt wird wie die Schulmilch. Ich wußte, daß diese Unsitte Sir Lancelot zum Kochen brachte, und des öfteren verbreitete er sich im St. Swithin über «niederträchtigen ärztlichen Ladendiebstahl.»

«Mein bedauernswertes Weib», fuhr der Bischof geläufig fort, «leidet an starken Verdauungsbeschwerden. Der Schmerz – ein Schmerz brennender Art – stellt sich unmittelbar vor den Mahlzeiten ein.»

«Nach den Mahlzeiten, Charles.»

«*Vor* den Mahlzeiten, meine Liebe, ich dächte, darüber wären wir uns einig. Dieser Schmerz, möchte ich hinzufügen, sitzt genau unterhalb der Rippen und wird von beträchtlichen Blähungen begleitet.»

«Mein Gott! Drei Wochen!» hörte ich Sir Lancelot murmeln.

Wir alle hörten höflich zu, wie uns der Bischof ein sauberes klinisches Bild von hysterischer Dyspepsie entwarf; er endete mit den Worten: «Und was rätst du uns nun, lieber Lancelot?»

«Frag einen Arzt», erwiderte der Chirurg.

«Lancelot!» zischte Lady Spratt.

Doch bevor dies noch verarbeitet werden konnte, öffnete das Mädchen abermals die Tür und kündigte an: «Dr. Angus McFiggie.»

«Mein lieber Junge!» Sir Lancelot sprang auf die Füße. «Bin entzückt, daß Sie sich doch freimachen konnten. Gestatten Sie, daß ich Sie allgemein vorstelle. Dies ist Dr. McFiggie – *der* Dr. McFiggie.»

Ich konnte feststellen, daß die Gäste recht beeindruckt waren. Schließlich sahen sie unseren Pathologen ständig in den Sonntagsblättern auf der Szene der aktuellsten Verbrechen, und schon die Schlagzeile McFIGGIES BEFUND IM MORDPROZESS X genügte, die Abendzeitungen so reißend abzusetzen wie die Ausgaben mit den Derby-Resultaten. Im St. Swithin fanden seine Vorlesungen selbstverständlich stets in überfüllten Sälen statt, vor allem die über Notzucht, erläutert durch Diapositive.

«Und nun werden wir uns sicher alle mit größtem Interesse Dr. McFiggies Ansichten über den Bayswater-Fall anhören», fuhr Sir Lancelot mit einem Seitenblick auf den Bischof stolz fort und placierte seinen Gast im besten Fauteuil.

«Ehem, gewiß», sagte der Bischof unklar.

«Ich für meine Person bin ja überzeugt, daß der Gatte der Täter war. Nun, McFiggie?»

Aber McFiggie grunzte nur und sog durch seinen fahlen Schnurrbart Sherry ein wie ein Luffaschwamm Badewasser. Obgleich der Bursche die garstigsten Bemerkungen mit Gerichtsanwälten austauschen und vom Zeugenstand aus sogar den Richtern Ihrer Majestät ein Comeback bescheren konnte, erwies es sich nach mehreren Eröffnungen von seiten Sir Lancelots, daß McFiggie gesellschaftlich der reinste Versager war. Er saß bloß da, starrte auf seine Füße und zuckte so sehr mit den Brauen, daß sie in Gefahr gerieten, sich dauernd ineinander zu verfilzen. Er würde sich vermutlich nur dann im Salon wohlgefühlt haben, wenn wir alle tot gewesen wären.

«Es wird innerhalb unseres Standes freimütig zugegeben, daß viele Ärzte ihre Frauen ermorden», fuhr Sir Lancelot in heiterem Plauderton fort. «Und daß es noch mehr tun sollten.»

«Zum Beispiel dieser Dr. Crippen, Sir», erwähnte ich, um die Konversation ein bißchen in Fluß zu bringen. «Er verscharrte die Seinige unter dem Kellerboden.»

«Sehr richtig, Grimsdyke. Und Dr. Ruxton zerstückelte seine Frau in der Badewanne. Vielleicht ist Ihnen entgangen, daß der letzte Engländer, der öffentlich gehängt wurde, ein gewisser Dr. Palmer war, ein Giftmischer? Für sein ehemaliges Spital war die Sache äußerst peinlich. Noch Jahre nachher mußten sie dort erklären, daß der arme Kerl sein Ende gelegentlich einer Versammlung im Freien gefunden hatte, als die Plattform plötzlich unter seinen Füßen zusammenbrach.»

«Lancelot!» zischte Lady Spratt abermals.

Als die Frau des Bischofs danach begann, allen Leuten wiederum von ihren Verdauungsbeschwerden zu erzählen, beschäftigte sich McFiggie damit, die Suppenflecke von den Revers seines Smokings zu putzen, und ich versuchte Sandra gegenüber vom Ballett zu plaudern. Alles in allem sah Lady Spratt ziemlich erleichtert aus, als das Mädchen auftauchte, um das Dinner anzukündigen.

«Unsere beiden Jüngsten werden nun zu Bett gehen», proklamierte der Bischof unter sichtlicher Zustimmung der Gäste. «Morgen steht ihnen ein aufregender Tag bevor. Ihre Mutter wird sie in den Zoo führen.»

«Hoffentlich behält sie der», knurrte Sir Lancelot.

Das Essen begann recht angenehm; Sir Lancelot zerlegte

den Truthahn fachkundig binnen weniger Minuten. McFiggie allerdings trug nicht sehr viel zur Konservation bei, bis sich Miss Gracie mit einem Lächeln an ihn wandte:

«Sie sehen so erschöpft aus, Dr. McFiggie. Sie haben wohl, wie alle Ärzte, einen wildbewegten Tag hinter sich?»

Der Pathologe machte neuerlich einen langen Zug von Sir Lancelots erlesenem Burgunder und wischte sich den Schnurrbart ab.

«Früh aufgestanden», grunzte er.

«Vermutlich hat wohl eine arme Seele», stimmte der Bischof automatisch ein, «Ihres Beistandes bedurft?»

«Leichenausgrabung», erklärte McFiggie einsilbig.

Miss Gracie sah aus, als hätte sie eben eine Schnecke in ihrem Blumenkohl gefunden.

«Tatsächlich?» Sir Lancelot sah sogleich von seinem Teller auf. «Was Interessantes?»

«Ja.» McFiggie streifte die Tischrunde mit einem schnellen Blick. «Eine Frau, die man schon vor mehr als einem Jahr unterm Rasen verscharrt hat. Das Übliche, wohlverstanden. Anonyme Briefe, Versicherungsansprüche, anderes Weib, der Polizei zu Ohren gekommen.»

«Lieber Junge! Ich bestehe darauf, daß Sie uns sofort die ganze Geschichte erzählen.»

«Na ja – war letzten Dienstag drunten in Scotland Yard, und der Inspektor sagte: ‹Glaub, wir sollten sie doch herausbuddeln, Doktor.› Na, so war ich eben heut früh um fünf auf dem Friedhof.»

Ich bemerkte, daß alle zu essen aufgehört hatten.

McFiggie stieß ein Lachen aus. «Und es war so verdammt kalt und finster, daß wir fast die falsche Leiche ausgegraben hätten.»

Ich betrachtete unseren Pathologen voll beruflichen Interesses. Er blühte nicht nur unter dem Einfluß von Sir Lancelots Burgunder auf, sondern ich hatte auch den Eindruck, daß er sich, eingeschüchtert von der ihm bevorstehenden gesellschaftlichen Prüfung, schon Stunden vorher mit Alkohol aufgepulvert hatte, wie wir's seinerzeit vor den Limonadetanzkränzchen im Schwesternheim taten.

«Irrtümer sind bei der Ausübung unserer Berufspflichten nie ausgeschlossen», murmelte der Bischof nach einer Weile.

«Und meine Schuhe ließen Wasser durch», knurrte McFiggie. «Sonst halt' ich immer ein spezielles Paar für Exhumierungen und dergleichen parat, muß sie aber verloren haben.»

«Aber was entdeckten Sie also, McFiggie?» drängte ihn Sir Lancelot.

«Entdecken?» Der Pathologe hieb auf den Tisch. «Eine ganze Menge, das können Sie mir glauben. Wir kriegten sie heraus – der Sarg natürlich auseinandergespalten, wie immer heutzutage –, und ich sagte: ‹Lassen Sie mich sehen.› Der Inspektor lachte auf und sagte: ‹Viel werden Sie nicht sehen, Doktor. Nach *dem* Geruch zu urteilen.› Der geborene Komiker, dieser Inspektor. Aber er hatte recht. Geht nicht sehr tief hinunter, der Friedhof. Doch ich möcht meinen letzten Penny wetten –» McFiggie hieb abermals auf den Tisch, wobei er ein paar Gläser umwarf. «Möchte wetten, daß der Befund ihrer Eingeweide morgen eine Phosphorvergiftung ergibt.»

«Mutti, ich glaube, ich habe mein Taschentuch oben vergessen», sagte die Tochter des Bischofs.

«Also, ist das nicht geradezu faszinierend?» heischte Sir Lancelot Beifall.

«Die Hilfsmittel der Wissenschaft zur Bewahrung des Rechtes und der Ordnung sind in der Tat bemerkenswert», stammelte der Bischof, Messer und Gabel ergeben beiseite legend.

«Ja, aber wenn Euer Ehrwürden erst etwas wirklich Erstklassiges hören wollen –»

«Hören Sie gern gute Musik, Dr. McFiggie?» fragte Lady Spratt.

«Ich will Ihnen erzählen, was ich heut nacht in Camden Town gefunden hab. Wird sowieso morgen in allen Zeitungen stehen.»

Als McFiggie eine Pause einlegte, um an seinen Zähnen zu saugen, erachtete ich den Moment für einen brillanten Sabotageakt gekommen: ich wollte eine komische Geschichte erzählen. Aber ich konnte mich nur an die über den Bischof und den Papagei erinnern, und die wäre an diesem Abend meiner Seel nicht angebracht gewesen.

«Was, doch nicht noch einen Mord?» rief Sir Lancelot wißbegierig.

«Sechse», erwiderte McFiggie kurz.

«Du lieber Gott!» sagte Sir Lancelot.

«Das ist augenblicklich der Rekord. Wird morgen eine Teufelsarbeit für mich sein, all diese Leichen auseinanderzuhalten. Er hat ihnen die Köpfe abgeschnitten, verstehen Sie», erklärte McFiggie. «Die Beine hat er unter die Fußbodenbretter getan, die Arme in den Kessel. Hat sie den ganzen Tag kochen lassen, um sie loszuwerden, aber der Gestank hat die Nachbarn aufmerksam gemacht. Aber das Kochen wird ihm natürlich nichts helfen.» Er lachte neuerlich auf. «Ich kann ein Skelett aus ein paar Knochenstückchen, wie wir sie auf unseren Tellern haben, rekonstruieren.»

«Geradezu atemberaubend», keuchte Sir Lancelot.

«Und nicht nur das –» Der Pathologe griff in seine Tasche. «Aus denen da – wir haben sie im Keller gefunden – kann ich einen ganzen Schädel aufbauen.» Klirrend fielen etliche Dinger auf seinen Brotteller. «Aus Zähnen.»

Die Frau des Bischofs kreischte auf und sank vornüber in das Kartoffelpüree.

«O Schrecken!» rief der Bischof.

«Schon gut, schon gut!» Sir Lancelot sprang auf. «Regt euch doch nicht so auf, um Himmels willen.»

«Meine Frau! Meine arme Frau!»

«Hol's der Teufel, ist doch nichts anderes als eine Gefäßstörung im Gehirn.» Er sagte es, als handelte es sich um ein schweres Vergehen gegen die Tischsitten. «Und schart euch doch nicht alle um die Patientin. Grimsdyke!»

«Sir?»

«Reichen Sie mir den Wasserkrug.»

«Gott sei uns gnädig!» stammelte der Bischof, der die Hand seiner Frau beklopfte.

«Das nützt nicht das geringste», sagte Sir Lancelot zu ihm und goß das Wasser über sie. «Das Beste ist, ihr Korsett zu lockern.»

«Soll ich nicht den Brandy vom Nebenzimmer holen, Sir?» Die ganze Szene begann mich bereits ein wenig zu beunruhigen.

«Seien Sie so gut. Aber natürlich nicht den Likör.»

In der Zeit, die ich zum Finden des richtigen Brandys und zum Beruhigen des hübschen italienischen Mädchens in der Küche brauchte, war die Patientin nach oben geschafft worden. Das Speisezimmer war leer bis auf McFiggie, der geistesabwesend auf das Tischtuch starrte, und Sir Lancelot, der wieder seinen Platz eingenommen hatte und sich das Dinner schmecken ließ.

«Ich habe Maud ganz eindeutig noch am Abend gesagt, daß dieses Zimmer viel zu stickig ist», begrüßte er mich. «Nehmen Sie sich noch Truthahn, mein Junge, sonst wird alles eiskalt.»

Ich persönlich meinte nun doch, daß dieser Abend nach allem Vorgefallenen bewegt zu nennen war. Kurz darauf klaubte ich McFiggie zusammen und setzte ihn in ein vorbeifahrendes Taxi; ich hatte nicht gerade das Gefühl, daß mein erstes gesellschaftliches

Auftreten im Sprattschen Kreise unter glückbringenden Zeichen stand. Kaum hatte ich die Haustür hinter mir geschlossen, konnte ich schon hören, wie Lady Spratt über ihren Gatten herfiel.

5

Ich parkte meinen Bentley, Modell 1930, zwischen den zwei Jaguars Razzys im Kellergeschoß der Park Lane und fuhr mit dem Lift zu seiner Wohnung hinauf.

Sir Lancelot machte mir ziemliche Sorgen. Zugegeben, wir zwei hatten in vergangenen Tagen unsere kleinen Differenzen auszutragen gehabt, vor allem, wenn die grünbezogenen Tische des Prüfungssaals zwischen uns standen. Aber es wäre unfair gewesen, ihn nicht als einen grandiosen Menschen und zugleich grandiosen Chirurgen zu achten, und schließlich: wäre er nicht gewesen, hätte ich schon vor Wochen in McFiggies Kartei geendet. Ich hätte es als jammerschade empfunden, wenn das Ende seiner Laufbahn durch kriminalistische Umtriebe getrübt werden sollte, und als gräßlich schmachvoll, wenn es ihm nicht gelingen würde, Präsident des Königlichen Kollegiums der Chirurgen zu werden, vor allem im Hinblick auf alle diese Gratisbankette, die damit verbunden sind.

Aber natürlich hörte ich bald auf, über Sir Lancelot oder sonst etwas anderes als Ophelia nachzudenken, und entstieg dem Lift, in kleine Rechenübungen vertieft: wie viele Stunden mußten noch bis zu unserem Wiedersehen verstreichen? Ich griff nach Razzys Schlüssel, als ich um die Ecke des Korridors bog, und da stand das teure Mädchen, heftig auf die Klingel drückend.

«Ophelia!»

Ich machte einen Sprung wie eine Gazelle, die in einen Ameisenhaufen getreten ist.

«Darling, wo bist du denn gewesen, um Himmels willen? Und noch dazu im Abendanzug! Ich läute hier schon stundenlang.»

Ich war verwirrt. «Wieso bist du nicht noch drunten am Land und hilfst deiner lieben Alten die Reste des kalten Truthahns zu verzehren?»

«Etwas geradezu Sensationelles ist eingetreten.»

«Basil –?»

Mein Herz raste. War er am Ende von einem Gruselfilmproduzenten entdeckt und nach Hollywood entführt worden? War er vielleicht mit der Feenkönigin durchgebrannt? Hatte er das Zeichen auf die Falltür verfehlt und sich sein verdammtes Genick gebrochen?

«Nein, Jeremy. Er hat mich heute früh angerufen, wegen des phantastischsten Jobs der Welt.»

«Jeremy? Was für ein Jeremy?»

Ich führte sie in die Wohnung.

«Jeremy Graham. Du weißt doch, der, der die Reklame für die Capricorn-Schiffslinie macht.»

«Ach ja, richtig.»

Ich entsann mich eines seltsamen Vogels mit enger Hose und welligem Schlapphut, den wir in einer Kneipe getroffen hatten.

«Daher mußte ich alles liegen und stehen lassen und aufbrechen. Aber einen dummen Haken hat die Sache.» Ophelia lachte. «Ich muß mich zuerst ärztlich untersuchen lassen. Ich! Wo ich doch nie nur einen Tag meines Lebens krank war und meine sämtlichen Verwandten Hunderte von Jahren alt werden.»

«Ärztlich untersuchen mußt du dich lassen?»

Ich wunderte mich, für welche Reklame sie eingesetzt wurde; scheinen doch alle Mädel in den Magazinen im Stadium der Unterernährung fotografiert zu werden.

«Ja, Darling.» Ophelia schritt auf das Ordinationszimmer zu. «Ich werde auf einem Schiff als Fotomodell arbeiten. Ist das nicht aufregend? Drei Wochen unterwegs nach Südamerika, zurück per Flugzeug, herrlicher Sonnenschein, alles bis ins letzte bezahlt und keine Hausarbeit. Was hab ich jetzt zu tun? Hinter diesen Schirm zu gehen?»

«Warte – wart noch eine Minute.»

Sie blickte mich überrascht an.

«Was ist denn los, um Himmels willen, Gaston?»

«Nichts, nichts, nur . . . weißt du, das könnte schrecklich peinlich werden.»

«Peinlich?»

«Will sagen . . . Verdammt! Du solltest dich an einen anderen Arzt wenden.»

«Aber, Darling! Ich *kenne* doch keine anderen Ärzte.»

«'s gibt massenhaft hier herum», versicherte ich ihr. «Gewissenhafte und zuvorkommende praktische Ärzte zu beiden Seiten der Sloane Street. Kannst aufs Geratewohl jede Messingtafel wählen.»

«Gaston, was machst du für ein Getue –»

«Es gibt eine gewisse ärztliche Etikette –»

«Jedermann würde glauben, ich verlange von dir, daß du mir ein Bein abschneidest, oder sonst etwas Ähnliches. Ich komme doch schließlich nur um ein ärztliches Zeugnis.»

Ophelia verschwand hinter dem Schirm.

Was sollte ich nur tun? Natürlich sieht unsereiner eine ganze Menge Leute ohne Kleider, und das ohne besondere Gefühle außer dem der Verwunderung, wieso jemand Anhänger der Nacktkultur werden kann, wenn er nicht unter fortgeschrittener Kurzsichtigkeit leidet.

Aber ich liebte Ophelia. Ich stellte sie auf ein Piedestal, so gewaltig wie das der Queen Victoria vor dem Buckingham-Palast. Alles würde in mir zusammenbrechen, wenn ich hinter diesen Wandschirm ginge, um kaltblütig die Leber des von mir angebeteten Weibes abzutasten und alle möglichen Fragen an sie zu richten, die nie und nimmer in einen Salon passen. Und das noch dazu im Smoking.

«Soll ich alles ausziehen, Darling?»

Bestandteile von Ophelias Garderobe, die sonst der Öffentlichkeit entzogen waren, begannen über den Wandschirm zu flattern.

«Nein, nein, nicht alles! Nur die erforderlichen.»

«Die erforderlichen –?»

«Will sagen, die erforderlichen behalte an. Nein, wirklich, Ophelia!» Ich begann auf dem pfirsichfarbenen Teppich hin und her zu laufen. «Das ist nicht anständig von dir.»

Sie schien das Ganze enorm spaßig zu finden.

«Du bist doch nicht am Ende zimperlich, Gaston? Und ich dachte, ihr Ärzte seid gegenüber dem menschlichen Körper völlig gefeit?»

«Ja, aber nicht einem gegenüber, den man zum Dinner ausgeführt hat», versetzte ich elegant.

Sie lachte. «Ich bin jetzt für dich bereit, Darling.»

Ich zögerte. Dann überkam mich eine jener Inspirationen, die sich oft bei mir nutzbringend einstellen, als hätte ich auf einen Hebel gedrückt.

«Ich kann dich unmöglich untersuchen», rief ich aus. «Zumindest nicht heute abend.»

Ophelias Blondkopf tauchte auf.

«Komm mir nicht damit, daß du heute früher Sperrstunde hast, ja?»

«Nein. Aber ich habe keine Anstandsdame bei der Hand.»

«Eine Anstandsdame? Großer Gott, Mensch! Wozu brauch ich eine Anstandsdame? Oder beabsichtigst du vielleicht, mich in einer Kutsche nach Hause zu schicken?»

«Nicht deinetwegen, Mädel», klärte ich sie auf. «Sondern meinetwegen. Vorschrift Nummer eins der Medizinischen Schule lautet: untersuche ein weibliches Wesen zwischen Schlüsselbeinen und Kniescheibe nur in Anwesenheit einer Geschlechtsgenossin. Und unsere Empfangsdame ist zu dieser nächtlichen Stunde natürlich nicht da. Du mußt also morgen vormittag wiederkommen.»

Ophelia holte tief Atem, es klang wie das Zischen einer aufgestörten Brillenschlange.

«Ich kann nicht behaupten, Dr. Grimsdyke, daß mir der Ton dieser Bemerkung sehr zusagt.»

«Reine Routinesache, selbstredend», fügte ich rasch hinzu. Ophelia war gewiß ein köstlich munteres Wesen, aber manchmal leicht entzündlich, und ich wollte nicht riskieren, daß mir der Blutdruckmesser an den Kopf geworfen würde.

«Es ist nur deshalb, weil – weil wir sonst einen ganz schrecklichen Verstoß gegen die ärztlichen Vorschriften begehen würden», machte ich geltend.

«Wollen Sie damit vielleicht andeuten, Dr. Grimsdyke, daß ich mit meinen Abenden nichts Besseres anzufangen weiß, als in London herumzugehen und unerfahrene junge Ärzte zu kompromittieren?»

«Ich hab's nicht persönlich gemeint, versichere ich dir –»

«Wirst du mich jetzt untersuchen, ja oder nein? Nicht nur, daß ich das Zeugnis morgen in aller Früh brauche, ist's hier hinterm Schirm abscheulich kalt. Falls du alle Patienten in dieser Art behandelst, mußt du schon ein Spezialist in Lungenentzündungen sein.»

Ich ging hinter den Schirm.

Ein paar Minuten später stand ich bereits am Chippendale-Schreibtisch und fertigte auf Razzys Briefpapier ein Attest an die Capricorn-Schiffahrtsgesellschaft, Leadenhall Street, aus, des Inhalts, daß ich heutigen Tages Miss Ophelia O'Brien (21) untersucht hatte, und daß sie meiner Ansicht nach weder körperliche noch geistige Unzulänglichkeiten aufweise.

«Das war ja recht kurz und gut, muß ich sagen.» Ophelias Stimme schien erklecklich munterer geworden zu sein. «War meine Brust in Ordnung?»

«Einwandfrei.»

«Gaston, Lieber!» Sie tauchte hinter dem Schirm auf. «Bist du immer so streng und kurz angebunden mit deinen Patientinnen?»

«Freundlichkeit und Interesse empfehlen sich erst am Krankenbett», murmelte ich. Ich fand, es sei höchste Zeit, eine dem ärztlichen Stand angemessene Würde zu entfalten.

Sie lachte. «Sei ein Engel und mach meinen Büstenhalter zu, ja? Ich erwische nie den Haken.»

«Ophelia –» begann ich, mich betätigend.

«Ja, Liebling?»

«Ophelia, Mädel –»

Infolge des überraschenden Wiedersehens und der allgemeinen Verwirrung erkannte ich erst jetzt, welch schrecklicher Schicksalsschlag auf Grimsdykes seelische Verfassung herabzusausen drohte.

«Warum mußt du just in jenem Augenblick aus meinem Leben entschwinden, da wir so gut miteinander auskommen?» fragte ich.

«Aber es ist doch nur für drei Wochen, Darling. Nach deinen Worten würde man denken, ich sei eine Art weiblicher Christoph Columbus.»

«Aber in drei Wochen wird doch Basil wieder zurück sein!»

«Gewiß, das wird er.»

Ich streifte sie mit einem Blick, als sie nach den Strümpfen griff. Wenn Ophelia mich zuweilen nicht ernst nahm, so nahm sie, fiel mir ein, erst recht nicht Basil mit dem Ernst eines Mädchens, das sich verpflichtet hat, für den Rest ihres Lebens Trikotwäsche zu stopfen.

«Glaubst du nicht, daß wir viel Spaß miteinander hätten, wenn wir heirateten?» erkundigte ich mich.

«*Bitte,* Gaston, fang nicht schon wieder damit an.» Sie fummelte mit den Strumpfhaltern. «Ich dachte, darüber hätten wir uns bereits neulich abends ausgesprochen?»

Dies war in einem Nachtklub geschehen; man kann sich nicht vorstellen, wie schwierig es ist, ein Mädel zu überzeugen, daß einem das Herz nach ihr blutet, wenn ringsum alle Leute Quieker aufblasen oder Luftballons anstechen.

«Basil ist natürlich ein Mensch mit hervorragenden Qualitäten», gab ich zu. «Wahrscheinlich wird er eines Tages für irgendein Mädchen ein ausgezeichneter Gatte sein. Und ich räume desgleichen ein, daß die Grimsdykeschen Aussichten nicht ausgesprochen glänzend sind. Aber», hob ich hervor, «wenn du mich an seiner Statt heiratest, würdest du zumindest rascher entbunden werden.»

Mir kam ein neues Bedenken, als ich den bunten Schiffsreisenprospekt aus ihrer Handtasche lugen sah.

«Du wirst doch den armen alten Onkel Grimsdyke nicht vergessen?» fragte ich kläglich. «In diesen romantischen Nächten voll tropischem Mondschein? Wenn du von den Kerlen in weißem Smoking walzertanzend ums Deck geschleift wirst? Schau, wie auf diesem Bild hier –»

«Ein so großer, erwachsener Bursche wie du glaubt doch nicht mehr an Werbetexte?» Ophelia küßte mich hauchartig auf das linke Ohr.

«Nein, aber –»

«Außerdem ist dann wahrscheinlich in Südamerika die Monsunzeit angebrochen, wo es in den Nächten kohlrabenfinster ist und alle Passagiere an Seekrankheit leiden.»

Sie streifte ihr Höschen über.

«Ich weiß was!» rief sie. «Warum kommst du nicht mit? Wir könnten einen Riesenspaß haben, bei Shuffleboard, Pingpong und gemeinsamen Bädern vor dem Frühstück.»

Ich seufzte tief auf. «Das ist leider vollkommen ausgeschlossen. Beim gegenwärtigen Stand meiner Finanzen könnte ich mir kaum das Fahrgeld für den Bus zum Hafen erschwingen.»

«Richtig, du müßtest ja die Fahrt zahlen, Darling. Das hab ich ganz vergessen. Nun muß ich aber davonstürzen – sei so lieb und mach den Zipp meines Kleides zu, ja? –, ich hab noch massenhaft Dinge in meiner Wohnung zu erledigen, wenn ich am nächsten Montag losfahren soll.»

«Ophelia –» Ich faßte nach ihrer Hand. «Ich darf dich doch noch ein bißchen ausführen, bevor du abreist?»

«Aber ich hab noch wahnsinnig viel zu tun, Einkäufe besorgen, Kleider auswählen, Friseur und alles mögliche.»

«Wie steht's mit morgen abend?»

«Da hab ich eine Sondersitzung mit Jeremy.»

«Also dann morgen nachmittag?»

«Aber, Liebling! Sonntag nachmittags ist London so ausgestorben wie Pompeji.»

«Bitte, bitte, Ophelia –»

«Na schön.» Sie vertiefte sich in ihr Make-up. «Wir können ja irgendwohin, wo es nett ist, Tee trinken gehen, ja? Dank dir tausendmal für das Zeugnis.»

Sie küßte mein anderes Ohr.

«Du bist ein geradezu himmlischer Arzt», schloß sie, nach ihrer Handtasche greifend, «und ich kann's kaum erwarten, richtig krank zu werden und nach dir zu schicken, damit du mir die Hand hältst und alle diese geschickten Dinge nochmals machst.»

Sie verschwand.

Das Grimsdykesche Leben lag in Trümmern. Nie mehr wieder würde ich Gelegenheit haben, das teure Mädchen zu sehen, ohne daß dieser verdammte Kerl von einem Basil im Hintergrund lauerte. Alles in allem lag ein recht jammervoller Abend hinter mir. Ich fragte mich, ob es besonders unangenehm kalt wäre, all dem von der Westminster-Brücke aus ein Ende zu machen. Aber dann entschied ich mich doch dagegen, löste meine Krawatte und ging statt dessen ins Bett. Trotzdem fand ich, es geschähe McFiggie mehr als recht, wenn er in aller Morgenfrühe mit einem schauerlichen Kater ins St. Swithin gerufen würde und mich dort vorfinden würde.

6

Ich tastete nach Razzys rosa Nachttischtelefon, als es um halb acht Uhr morgens klingelte.

«Hallo, bist du's, mein Engelchen –?»

«Grimsdyke? Hier Spratt.»

«Oh, guten Morgen, Sir. Herzlichen Dank für das reizende Dinner –»

«Wird Sie voraussichtlich heute nachmittag etwas Wichtiges in Ihrer Praxis beanspruchen?»

Ich dachte rasch nach – zu dieser Morgenstunde!

«Ich hab ein paar Routinebesuche bei Diabetikern zu absolvieren.»

«Die können Sie wahrscheinlich auch später am Abend erledigen. Ich wünsche, daß Sie mich in den Zoo begleiten.»

«In den Zoo, Sir?»

«Sie haben meine Worte vollkommen richtig verstanden.»

Der alte Knabe schien mir recht übel gelaunt zu sein.

«Nach dem Theater, das sie gestern gemacht, sieht sich die bischöfliche Dame außerstande, ihre Kinder dorthin zu führen; die haben sich die ganze Nacht bei der Aussicht, um ihr Vergnügen zu kommen, die verdammten Seelen aus dem Leib geschrien. Der

Bischof kann sich offenbar am Sonntag nirgendwo in der Öffentlichkeit zeigen. So behauptet er wenigstens. Meine Frau ist daher der Ansicht, daß ich heute Kindermädchen spielen soll.»

Vermutlich hatte an diesem Morgen selbst Sir Lancelot nicht den Mut, ihr das abzuschlagen.

«Ich würde es Ihnen hoch anschreiben, wenn Sie zu meiner moralischen Stärkung mitkämen, Grimsdyke.»

«Das wird nicht so leicht sein, Sir», suchte ich nach Ausflüchten.

«Seien Sie gefälligst Punkt zwei Uhr bei mir», sagte Sir Lancelot und legte den Hörer auf.

Dies schien mir keine andere Wahl zu lassen, als Ophelia gegen elf Uhr anzurufen und den Tee zu streichen. Das Herz brach es ihr offenbar nicht. Sie kicherte sogar ungehemmt und machte einen recht gepfefferten Witz über die Paviane. Dann begann es zu schütten und der Wind wurde so rauh, daß selbst Pinguine Frostbeulen bekommen konnten, und so war's ein eher jammervoller Grimsdyke, der da an diesem Nachmittag abermals die Oxford Street entlang fuhr.

Sir Lancelot stand bereits vor der Haustür, mit Knickerbockers und Jägerhut angetan, was er wohl für die korrekte Kleidung bei Zoobesuchen hielt.

«Hab mich schon gefragt, ob Sie sich von diesem Ausflug drükken würden», begrüßte er mich. «Ich hätt's verstanden. Ich wollt, ich hätte den Mut, es zu tun. Nun denk ich aber: Wenn's gut wär, daß es geschieht, dann wär's gut, wenn's schnell geschieht. Ich geh jetzt die Bälger zusammenzuklauben.»

Einige Minuten später war ich in der Lage, die zwei Jüngsten des Bischofs einer näheren Inspektion zu unterziehen.

Hilda war ein blasses, dünnes Mädel, das sowohl an schiefstehenden Augen wie an schiefstehenden Zähnen litt, was beides eben einer recht augenfälligen klinischen Korrektur unterzogen wurde. Randolph war untersetzt und brünett; seine abstoßend mürrische Miene brachte den Wunsch zum Ausdruck, jeden Augenblick etwas in die Luft gehen zu lassen. Ich war in rechter Verlegenheit, ein Gespräch in Gang zu bringen, da ich mich Kindern gegenüber nie von meiner glänzendsten Seite zeigte. Ich glaube, Sir Lancelot ging es genauso, aber er pflegte dieses Problem stets dadurch zu lösen, daß er sich weigerte, ihre Existenz anzuerkennen, und jedes Lebewesen nach dem Entwöhnungsstadium wie einen Erwachsenen behandelte.

«Ihr, Kinder, springt hinten ins Auto, und dann geht's los», befahl er. «Wenn eins von euch die leiseste Neigung zum Speien verspürt, habt ihr es mir umgehend mitzuteilen.»

«Äußerst gütig von dir, lieber Lancelot, sie mitzunehmen.» Der Bischof erschien auf der Schwelle. «Meine arme Frau ist noch immer weit davon entfernt, wiederhergestellt zu sein. Ich fürchte, ihr Zustand wächst sich in eine Art Migräne aus. Überaus betrüblich. Aber es wäre doch ein solcher Jammer, die kleinen Herzchen zu enttäuschen, nicht wahr? Doch nun entschuldige mich, ich gehe zum Feuer zurück. In dieser Winterszeit kann ein solches Unwetter äußerst tückisch sein, meinst du nicht auch?»

Wir fuhren los, nachdem Sir Lancelot sämtliche Wagentüren der Reihe nach krachend zugeschlagen hatte.

«Wie ich es aushalten soll, drei volle Wochen unter demselben Dach mit diesem Kerl zu verbringen, ohne in akute paranoide Schizophrenie zu verfallen, entzieht sich meiner Vorstellungskraft», tobte er und drückte auf einen Knopf, um die Kinder in seinem Rolls Royce durch Dazwischenschalten einer gläsernen Trennungswand außer Hörweite zu schaffen. «Nicht zufrieden damit, daß seine Frau gestern abend vor meinen Gästen ein erstklassiges Schaustück aus sich machte, verpfuschte er mir noch heute morgen mein Frühstück durch eine minutiöse Schilderung aller ihrer nächtlichen Symptome. ‹Hab ich die ganze Nacht kein Auge zugetan›, erklärte er mir. Und ich konnt ihn mark- und beinerschütternd schnarchen hören bis zur Stunde, wo der Milchmann kam.»

«Ich glaube, selbst Geistliche nehmen's mit dem neunten Gebot nicht so genau, wenn sie ihren Ärzten erzählen, wie wenig sie schlafen», erwähnte ich.

Er schnob entrüstet. «Kein Wort dulde ich über ihn in meiner Biographie, verstanden? Meine eigene Familie ist schlimm genug, aber Maud stellt die äußerste Grenze dar.»

Er hupte laut, als es ihm um ein Haar mißglückte, mitten auf der Marylebone Road einen Radfahrer in einen orthopädischen Fall zu verwandeln.

«Ich hätte Sie vielleicht über meine Verwandten ein wenig eingehender informieren sollen», fuhr Sir Lancelot etwas gemäßigteren Tones fort, als wir in den Regent's Park einbogen. «Ich bin einer von fünf Brüdern, mit denen ich seit den Masern nicht mehr verkehre. Zweie will ich überhaupt nicht erwähnen. Von den anderen brannte mein jüngster Bruder George in zartem Alter zur See durch, nachdem es mit dem Pfarrer wegen des Kirchenfonds zu einer kleinen Auseinandersetzung gekommen war. Allerdings muß ich anerkennen, daß er sich in der Folge einigermaßen dadurch rehabilitiert hat, daß er – Gottverdammt! Jetzt beginnt's zu schneien!»

«Vielleicht könnten wir das Ganze auf nächste Woche verschieben?» schlug ich vor. Es war immer noch Zeit, Ophelias Händchen bei Tee und Kuchen zu halten.

«Kommt nicht in Frage. Ich lehne es ab, mir auch noch den nächsten Sonntag verpfuschen zu lassen. Nun kommt, ihr Kinder», befahl Sir Lancelot, indem er die Glaswand wieder herabließ, als wir vor dem Gitter des Zoos vorfuhren. «Knöpfelt eure Mäntel zu, schneuzt euch, wir steigen jetzt aus.»

Wir verließen den Wagen.

Der Schnee ließ sich häuslich auf Sir Lancelots Ulster nieder, mir hingegen begann er in jener bekannt garstigen Art den Hals hinunter zu rinnen. Eben dachte ich mir noch, daß niemand an einem solchen Nachmittag so idiotisch sein würde, den Zoo zu besuchen, als ich einen Mann vor dem Drehkreuz warten sah. Es war ein kleiner schäbiger Kerl in einem alten Regenmantel und steifem Hut, mit Schnauzbart, goldgeränderten Augengläsern und Aktentasche. Als wir uns hinter ihm anreihten, stellte ich überrascht fest, daß er zusammenfuhr und nach hinten zu entweichen versuchte.

«Nach Ihnen, lieber Herr, nach Ihnen», donnerte ihn Sir Lancelot an.

Das Männchen zögerte einen Augenblick, warf dann dem Torwächter eine Silbermünze hin und verschwand eiligst im Gelände des Zoos.

«Diesen anderen Besucher scheinen wir recht verschreckt zu haben», bemerkte ich.

«Wundert Sie das?» erwiderte Lancelot kurz. «Also, ihr beiden – was wollt ihr euch zuerst ansehen? He? Zum Teufel! Konntet ihr das nicht besorgen, bevor ihr von zu Hause weggingt? Grimsdyke!»

«Sir?»

«Nehmen Sie sich dieser Sparte des Unternehmens an. Da die beiden Kinder an angeborener Hypoplasie der Blase zu leiden scheinen, werde ich mich in jenem Kiosk vor den Elementen zu schützen trachten, solange ihre Symptome anhalten.»

Als wir zurückkamen, schauerte Sir Lancelot vor Kälte, und Randolph kündigte an, er wolle auf einem Elefanten reiten.

«Ich bezweifle sehr, daß heute nachmittag der Elefanten-Verkehrsdienst in Betrieb ist», erklärte ihm sein Onkel gemessen. «Ich fürchte, du wirst dich damit begnügen müssen, eines dieser Geschöpfe bloß durch das – Um Himmels willen, Grimsdyke! Können Sie ihn nicht besser im Zaun halten?»

Das kleine Scheusal hatte zu brüllen begonnen und bearbeitete Sir Lancelots Beine mit den Fäusten.

«Du, Mädchen!» donnerte er. «Steh nicht da und halte Maulaffen feil. Du bist seine große Schwester. Versuch ihn zur Ruhe zu bringen.»

Hilda schmollte. «Seit seinem Geburtstag hat man ihm versprochen, er darf auf einem Elefanten reiten.»

«Du kannst nicht erwarten, daß ich Elefanten aus dem Ärmel beutle, du miese kleine Idiotin.»

«Ich werd's Mutti sagen, wie du mich genannt hast.»

«Gut, gut! Ich werde sehen, ob ich so einen verdammten Elefanten auftreiben kann. Um Gottes willen, klauben Sie mir das Kind von meinem Mantel herunter.»

Ich tat es mit Hilfe chirurgischer Schraubbewegungen an seinem Ohr.

«Jetzt wollen wir uns die Affen ansehen gehen.»

«Ich will mir keine Affen ansehen», verkündete das Mädel. «Ich will ein Eis.»

«Großer Gott!» Sir Lancelot wischte sich den Schnee vom Gesicht. «Eis will sie!»

Ich hatte die glänzende Idee eines Ausgleichs mit ein paar Rippen Schokolade und warf mein gesamtes Kleingeld in den Schlitz des nächsten Süßigkeiten-Automaten. Dies zähmte die Bälger bis zum Affenhaus, wo es zumindest gemütlich warm war. Aber man weiß ja, wie Affen sind. Die Art und Weise, in der sie sich aufführten, erweckte selbst in Sir Lancelot das Gefühl, es sei besser, die Kinder wegzubringen, und als sie beide in ein ohrenbetäubendes Gezeter ausbrachen, fürchtete ich, es würde zu einer neuerlichen Szene kommen. Aber zum Glück bewährte sich Sir Lancelot sogar diesem Paar gegenüber als geschickter Gegenspieler.

«Kommt jetzt», verkündete er geheimnisvoll, «wir wollen das *Equus caballus* besichtigen gehen.»

Nach der Art zu schließen, wie sie auf und ab hüpften, erwarteten sie sich wohl ein sagenhaftes Ungeheuer, wahrscheinlich ein doppelköpfiges. Sie blickten recht enttäuscht drein, als sie einem Paar gewöhnlicher Ponys gegenüberstanden.

«Die Entwicklung des Pferdes», begann Sir Lancelot, bevor sie noch Zeit fanden aufzubegehren, «das sich von einem kleinen vierzehigen Säugetier der Eozäns ableitet, ist sowohl interessant wie lehrreich.»

Er schloß eine kurze zoologische, von lateinischen Fachausdrükken strotzende Vorlesung an, die sie völlig mundtot machte.

Sir Lancelot war kaum beim *Mesohippus* angelangt, als am anderen Ende des Ponyhauses eine seltsame Bewegung meine Aufmerksamkeit fesselte. Es war das Männchen mit dem steifen Hut, das um die Ecke auf uns lugte.

«Der Kerl ist wahrscheinlich plemplem», knurrte der Chirurg, als ich diesen Umstand vor ihm erwähnte. «Obwohl er ganz eigenartig ist, Grimsdyke – ich könnte schwören, daß ich ihn schon irgendwann einmal gesehen habe.»

«Vielleicht einer Ihrer Patienten, Sir?»

Er schüttelte den Kopf. «Ich vergesse nie einen Unterleib oder ein Gesicht. Aber es gibt dringendere Dinge, über die wir uns den Kopf zerbrechen müssen. Kommt nun, ihr beiden, jetzt werden wir uns den *Mus Rattus* ansehen.»

Als wir inmitten heftigen Schneegestöbers den Elefantenweg entlangstapften, um zum Pavillon der Nagetiere hinüberzugehen, hörte ich Sir Lancelot zu meinem Erstaunen in Lachen ausbrechen.

«Apropos Gesichter, gerade ist mir eingefallen, an wen mich der struppige Pavian erinnert. An meinen Bruder George – der an die See durchgebrannt ist.»

Da der meinen Hals hinunterrinnende Schnee eben den zwölften Rückenwirbel erreicht hatte, vermochte ich mich nur zu einem höflichen Gemurmel aufzuschwingen, des Inhalts, ich könne ihn mir wohl mit Schirmmütze und Fernrohr vorstellen, inmitten eines Hurrikans auf der Brücke stehend.

«Ich kann Ihnen versichern, daß mein Bruder George seit Jahren nicht im mindesten unter Wetterunbilden zu leiden hat, es sei denn, er hat seinen Schirm zu Hause stehen lassen. Er arbeitet in einem äußerst angenehmen Büro in der City, allwo er sich als Betriebsleiter der Capricorn-Schiffahrtsgesellschaft etabliert hat.»

Ich fuhr auf.

«Der Capricorn Line, Sir?»

Doch bevor ich weitersprechen konnte, packte mich Sir Lancelot am Arm.

«Da sehen Sie! Schon wieder der Kerl mit dem Steifen.»

Der Mann wischte gerade Schnee von einem der großen Pläne des Zoos, die da und dort aufgestellt waren. Mit einem kurzen Aufschrei entschwand er hinter dem Vogelhaus.

«Ich wußte doch, daß er verrückt ist», schnaubte Sir Lancelot.

«Er benimmt sich tatsächlich recht seltsam.»

«Na, wir auch, wenn wir bei diesem Wetter hier herumsteigen. Nun, Kinder, hier ist unser nächstes Schaustück.»

«Der reinste Aufsitzer», beschwerte sich Hilda. «Das sind doch bloß Ratten.»

«Ich versichere dir, junge Dame, die Struktur des Gebisses der Ratte ist äußerst faszinierend.»

«Ich möchte die Löwen sehen», greinte Randolph.

«*Panthera leo,* gewiß. Ich glaube, die sind dort drüben.»

Wir stapften wieder in den Schnee hinaus. Alle vier waren wir bis auf die Haut durchnäßt, aber innerlich glühte ich wie ein Hochofen. Mir war bezüglich Sir Lancelots Bruder eine phantastische Idee gekommen, und ich überlegte gerade, wie ich sie in Szene setzen solle, als schon wieder das bewußte Männchen auftauchte; hinter den Antilopen heranschleichend, schoß es in das Löwenhaus hinein.

«Grimsdyke!» Sir Lancelot war stehengeblieben.

«Sir?»

«Mir ahnt, hinter diesem Kerl mit der Melone steckt mehr, als unsere Schulweisheit sich träumen läßt.»

«Vielleicht ist er nur recht tierlieb, Sir?»

«Hm. Wir wollen trotzdem der Sache nachgehen. Ihr zwei da.» Er durchbohrte die Kinder mit seinem Blick. «Haltet euch knapp hinter mir, und wenn ihr nur den leisesten Quietscher von euch gebt, stoße ich euch in die Bärengrube.»

Wir krochen durch den Schnee zum Eingang des Löwenhauses. Wir lugten hinein. Da stand der Mann, und aus der geöffneten Aktentasche warf er Fleischstücke einer Schar höchst beglückter Raubtiere hinter den Gittern zu.

«Bei St. Georg!» zischte mir Sir Lancelot ins Ohr. «Jetzt weiß ich, an wen mich der Kerl erinnert. An Crippen!»

«Was, Sir? An Crippen, den Mörder?»

«Natürlich an Crippen, den Mörder! Haargenau derselbe Typ – ein unscheinbares Männchen mit steifem Kragen und Augengläsern, dabei gefährlich wie der Teufel. Bei Gott, Grimsdyke! Wir sind Zeugen beim Verbrechen des Jahrhunderts!»

Ganz konnte ich seiner Behauptung nicht folgen.

«Seien Sie doch nicht so begriffsstutzig, Junge! Sie zerstückeln Ihre Frau – was fangen Sie dann mit ihr an? Na, klar: Sie verfüttern sie den Löwen im Zoo!»

«Aber vielleicht macht er sich nur ein kleines Vergnügen, so wie die Leute mit den Erdnüssen für die Affen –»

«He, Sie da! Ja, Sie!»

Ich war einigermaßen besorgt, als ich Sir Lancelot ins Löwenhaus schreiten sah.

«Halt, Sir!» rief ich aus. «Lassen Sie das, bitte –»

Noch unruhiger wurde ich, als Crippen der Zweite aufheulte, den letzten Fleischbrocken durch die Gitterstäbe schmiß und dann durch die gegenüberliegende Tür das Weite suchte, gefolgt vom Chefchirurgen des St. Swithin.

«Haltet ihn!» brüllte Sir Lancelot. «Haltet diesen Kerl!»

Ich stand im Schnee. Was sollte ich tun? Sir Lancelot hetzte den Mann rund um die Pinguine, während die Kinder vor Entzücken auf und ab hüpften. Solchen Spaß hatten sie nicht mehr gehabt seit damals, als sich ein Pfarrer, zu Gast bei ihnen, im Rasenmäher verfing.

Das Männchen haschte nach einem der Drehschranken des Ausgangs, Sir Lancelot knapp auf den Fersen. Ich packte die Kinder bei den schokoladeverklebten Handschuhen und folgte ihm. Daß ich recht fassungslos war, brauche ich nicht zu erwähnen. Sir Lancelot stand im Begriff, einen gottverdammten Narren aus sich zu machen. Vornehme und berühmte Chirurgen dürfen einfach nicht zartbesaitete Leute in London herumjagen, denen die Auffütterung hungernder Löwen am Herzen liegt. Und als ich die Bälger hinausführte, stand Sir Lancelot schon da, hielt sein Opfer am Kragen des Regenmantels, voraussichtlich im Begriff, alle möglichen strafbaren Gewalttaten auszuüben.

«Schon gut, Chef», wiederholte der Kleine in einem fort. «Ich komm ja schon mit. Sie haben mich erwischt – ich hätt's nie tun sollen.»

«Gott der Allmächtige!» rief ich erschrocken. «Dann hat er also wirklich –»

«Holen Sie einen Wachmann», befahl Sir Lancelot. «Geben Sie acht, was Sie sagen, Sie Bösewicht. Ich werde jede Erklärung, die Sie abgeben, zu Papier bringen und vor Gericht vorweisen.»

«O Gott, o Gott!»

Ich fand einen Polizisten. Er war etwa sechzehn Jahre alt und kam mit einer Miene heran, wie ich sie selbst zur Schau getragen hatte, wenn ich von der Stationsschwester zu einem heiklen Fall in der Unfallabteilung geholt wurde.

«Nehmen Sie diesen Mann fest. Es wurde ein sehr schweres Verbrechen begangen.»

Der Kleine schrie: «Ich gestehe alles» und brach in Tränen aus. Die Kinder wälzten sich vor Lachen. Endlich hatte ihr Onkel es zustande gebracht, für eine wirklich erstklassige Nachmittagsunterhaltung zu sorgen.

«Namen und Adresse, bitte, Sir», sagte der Polizist, nach seinem Notizbuch greifend.

«Mein lieber Mann! Stehen Sie nicht da und nehmen Namen und Adresse auf, als hätte der Kerl da auf der falschen Straßenseite geparkt. Ich sage Ihnen doch, daß ein überaus schweres Verbrechen begangen worden ist. Wissen Sie, wer ich bin? Ich bin ein Chirurg. Ja, ich bin sogar der chirurgische Beirat des Polizei-Wohlfahrtsklubs, und ich fordere, sofort zu Ihren Vorgesetzten gebracht zu werden. Ah, ein Polizeiauto! Freue mich, daß jemand soviel Verstand hatte, sich des Telefons zu bedienen. Grimsdyke!»

«Sir?»

«Sie bringen die Kinder in meinem Rolls nach Hause. Die Szene ist viel zu schmerzlich für ihr Auge.»

«Was geht hier vor?» rief ein Polizist vom Auto aus.

«Fahren wir alle auf die nächste Polizeistation, um es herauszufinden», erwiderte Sir Lancelot.

7

Unsere Rückkehr ohne Sir Lancelot erzeugte in der Harley Street regelrechten Aufruhr.

«Doch kein Unfall?» rief der Bischof, für meinen Geschmack um eine Nuance zu hoffnungsvoll.

«Nein, kein Unfall», versicherte ich ihm, während alle durcheinander redeten. «Aber es ist eine recht verzwickte Sache –»

«O Gott», seufzte Lady Spratt.

«Die Polizei nämlich –»

«Die Polizei?» murmelte der Bischof. «O Schrecken!»

«Und ich möchte es lieber nicht vor den Kindern –»

«Mutti», sagte Hilda, «Sir Lancelot hat mich eine miese kleine Idiotin genannt.»

Die Bälger wurden sachgemäß von der ältesten Tochter des Bischofs entfernt, und ich geleitete die anderen in den Salon.

«Wir hatten ein recht sonderbares Erlebnis», begann ich. Ich wetzte ein wenig herum, weil aller Augen auf mich geheftet waren. «Wir waren sozusagen Zeugen des Nachspiels eines Mordes.»

«Eines Mordes!» keuchte der Bischof.

«Lancelot war doch nicht darein verwickelt –?» schrie Lady Spratt auf.

«Nur insofern, als er den Verbrecher festnahm», beruhigte ich sie eilends.

«Es kommt wirklich äußerst ungelegen, daß wir in solche Affären hineingezogen werden», bemerkte die Frau des Bischofs.

«Aber, Gaston, was ist geschehen, um alles in der Welt?» fragte Lady Spratt.

«Wir waren alle im Löwenhaus.» Es war meiner Seel verdammt schwer, die Sache richtig zu bringen. «Und da war auch der Mörder, er warf große Fleischbrocken aus seiner Aktentasche durch die Gitterstäbe. Wir beobachteten ihn tatsächlich dabei, wie er den Leichnam beiseite schaffte.»

Die Frau des Bischofs stieß einen Schrei aus und fiel abermals in Ohnmacht.

«O Schrecken über Schrecken!» kreischte der Bischof.

Es entstand natürlich beträchtliche Verwirrung, obgleich wir bereits einige Übung in der Beherrschung dieser Situation hatten. Doch infolge all der notwendigen Handreichungen – die Frau auf das Sofa schaffen, Riechfläschchen halten, Brandy holen, fächeln (was der Bischof mit seinem Schurz bewerkstelligte) – kam ich mit meiner Geschichte nicht weiter, bevor Sir Lancelot persönlich in einem Polizeiauto eintraf, eine äußerst befriedigte Miene zur Schau tragend.

«Lancelot! Was, um Himmels willen, hast du getan?» fiel Lady Spratt sogleich über ihn her.

«Der Gerechtigkeit in die Hände gearbeitet, meine Liebe. Wo sind unsere Gäste?»

«Charles ist nur oben, um seiner Frau beizustehen. Ihr ist wieder schlecht geworden.»

«So? Dieses Weib hat einen angeborenen Konstitutionsfehler. Wäre angezeigt, daß ich sie mir ansehen gehe. Da sind Sie ja, Grimsdyke. Sie bleiben doch zum Tee?»

«Tee!» Lady Spratt wurde vom Zorn übermannt. «Wie kannst du die Nerven haben, von Tee zu sprechen, wenn wir uns alle in einem Zustand äußerster Aufgewühltheit befinden –»

«Versuche doch, deine Ruhe zu bewahren, meine Liebe. Sobald ich diesen scheußlich nassen Mantel abgestreift habe, werde ich euch die Geschichte von A bis Z erzählen. Inzwischen sehe ich keinen Grund, warum ich auf meinen gewohnten Tee verzichten soll.»

Und es war in der Tat eine recht dramatische Geschichte.

Als Sir Lancelot auf der Polizeistation eingetroffen war, wo er zu seiner Zufriedenheit feststellte, daß er dereinst des Wachtmeisters Leistenbruch operiert hatte, brachte der kleine Mann nichts anderes hervor als lautes Schluchzen.

«Dessen eingedenk, daß Fleischteile von den Magensäften der Löwen rasch verarbeitet werden und daher schwer nachzuweisen sind», erklärte Sir Lancelot, als das hübsche italienische Mädchen den Teewagen hereinrollte, «wies ich die Polizei sofort an, sich telefonisch mit McFiggie in Verbindung zu setzen. McFiggie erkannte natürlich im Nu, worauf es ankam, und ordnete an, den Löwen ein Brechmittel zu verabfolgen, was bereits geschehen ist. Sobald einmal die Mageninhalte unterm Mikroskop sind, wird er feststellen können, ob sich darin Reste noch unverdauten Menschenfleisches befinden. Sonnenklar, Grimsdyke.»

Sodann tat er sich an seinem üblichen Sonntagsnachmittagsschmaus, bestehend aus warmen gebutterten Brötchen und Kuchen, gütlich.

Wahrhaftig, mir kam vor, Lady Spratt war jetzt auf den alten Knaben ebenso stolz wie ich. Trotz dieser Verfolgungsjagd rund um die Pinguine war es ja doch sein Scharfsinn gewesen – sein Scharfsinn, der im St. Swithin so viele verzwickte Diagnosen Lügen strafte –, dem man die Aufdeckung eines besonders raffinierten und schmutzigen Mordes verdankte. Ein neuerlicher Beweis dafür, wie erfolgreich sich alles anließ, wofür sich Sir Lancelot zufälligerweise interessierte: von der Chirurgie angefangen bis zur Schnepfenjagd, vom Sammeln seltener Krankheiten bis zum Sammeln seltenen Porzellans.

«Lancelot, welch Geschenk der Vorsehung, dich gesund und heil wiederzuhaben.» Der Bischof erschien auf der Schwelle, er sah erhitzt aus. «Ich fürchte, meine arme Frau –»

«Mein lieber Junge, setz dich. Ich hab dir eine überaus interessante Geschichte zu erzählen.»

«Meine arme Frau . . . nicht sehr wohl . . .»

«In der Tat? Tut mir herzlich leid.»

«Danke, danke. Die Londoner Luft . . . dürfte ihr nicht sehr gut bekommen. Es wäre vielleicht am besten, wenn wir alle in Bälde heimkehrten.»

«Äußerst klug von dir», bekräftigte Sir Lancelot, ein halbes

Brötchen auf einen Sitz hinunterschlingend. «Was meine heutigen Abenteuer betrifft, so kannst du ausführlich in den Morgenzeitungen drüber lesen.»

«Zeitungen!» Der Bischof erbleichte. «Wenn du nichts dagegen hast . . . ohne deine liebe Gastfreundschaft verletzen zu wollen . . . werden wir bereits morgen in aller Frühe aufbrechen.»

«Werde Maria anweisen, euch um sechs Uhr früh zu wecken.» Sir Lancelot blickte durch das Fenster. «Ah, da ist ja schon die Polizei. Mein ehemaliger Patient, Wachtmeister Griffin, wie ich sehe.»

Der Bischof starrte auf die schwarze Limousine draußen vorm Haus.

«Falls es dir nicht allzu unhöflich erscheint, Lancelot, wäre es vielleicht noch besser, wenn wir bereits heute abend abreisten. Der Verkehr morgen auf den Straßen – du verstehst –»

«Dann werde ich also Maria anweisen, euch jetzt gleich beim Packen zu helfen. Nur herein, Wachtmeister, nur herein.» Der Bischof rannte in seiner Eile, sich aus dem Staub zu machen, den Polizisten fast über den Haufen. «Ein Täßchen Tee? Zigarette?»

«Nein danke, Sir Lancelot. Guten Tag, Madam. Guten Tag, Sir.» Das galt mir. Er legte seinen Helm auf einem Serviertischchen ab. «Sir Lancelot», begann er, «Sie haben feine Arbeit für uns geleistet, da gibt's nichts.»

«Es bereitet mir stets Vergnügen, der Polizei zu Diensten sein zu können», erklärte der Chirurg, an einem Stück Kuchen kauend.

«Wir sind schon eine ganze Weile hinter diesem Burschen her.»

«Du lieber Himmel! Wollen Sie damit sagen, daß er schon eine ganze Reihe von Morden auf dem Gewissen hat?»

Der Wachtmeister lächelte. «Recht drollig, Sir, das so auszudrücken. Er hat die armen Dinger wohl gemordet, sozusagen.»

«Das kann man meiner Meinung nach nicht anders ausdrücken», bemerkte Lady Spratt scharf.

«Wir haben Dr. McFiggies Befund erhalten, und die Sicherheitspolizei hat in der Wohnung des Kerls, in Crouch End, eine Haussuchung vorgenommen. Haben eine ganze Menge Beweismaterial gefunden. Er hätte noch recht oft den Zoo aufsuchen müssen, bevor er fertig geworden wäre. Das hätte ihn noch ein kleines Vermögen an Eintrittsgeldern gekostet.»

«Man kann auch schwer einen ganzen Körper in einer Aktentasche unterbringen», stimmte Sir Lancelot zu.

«Von denen gab's eine ganze Menge. Sein Eisschrank war voll von ihnen.»

«Uff!» rief Lady Spratt. Ich muß gestehen, auch mir lief ein Schauer über den Rücken.

«Wie heimtückisch!» sagte Sir Lancelot.

«Kann man wohl sagen, Sir. Die K.G.V.G.T. wird die Sache auch nicht auf sich beruhen lassen.»

Sir Lancelot riß die Augen auf. «Die K.G.V.G.T.?»

«Die Königliche Gesellschaft zur Verhütung von Grausamkeit an Tieren –»

«Ach so, ja! Weiß schon, weiß schon –»

«Einige von den armen Dingern müssen recht nachlässig umgebracht worden sein.»

Sir Lancelot erhob sich.

«Einen Augenblick, Wachtmeister. Wollen Sie das nicht näher erklären?»

Der Polizist zeigte sich überrascht.

«Da gibt's nicht viel zu erklären, Sir. Hab Doktor McFiggies telefonische Mitteilung aufgenommen.» Er zog einen Zettel aus seiner Rocktasche. «Sie lautet: ‹Die mikroskopische Untersuchung der Mageninhalte der Löwen A, B und C hat große Mengen von muskulärem Gewebe ergeben, das wahrscheinlich von Katzen oder Hunden stammt.› Der Kerl, den Sie erwischt haben, führt einen kleinen Laden, wo er Schweinefleischpasteten verkauft», erklärte er. «Wir haben ihn schon seit Monaten im Verdacht, daß er Teile streunender Hunde und Katzen in seinem Zeug verarbeitet, und sobald er Wind davon bekam, daß wir ihm auf der Spur sind, versuchte er das Beweismaterial loszuwerden. Na ja – so ein Verbrechen zahlt sich ja doch nicht aus, was, Sir?»

Schweigen.

«Nein», erwiderte Sir Lancelot kurz. «Nein.»

«Wachtmeister, wollen Sie wirklich nicht ein Täßchen Tee?» fragte Lady Spratt.

Einige Minuten später befand ich mich allein mit Sir Lancelot in seinem Arbeitszimmer.

«Grimsdyke –»

«Sir?»

«Grimsdyke, Sie werden kein Wort über die Geschichte heut nachmittag verlauten lassen.»

«Fällt mir nicht im Traum ein, Sir.»

«Ich glaube, diesen gesetzlich geschützten Burke und Hare, McFiggie, kann ich zum Schweigen bringen. Hab übrigens den

Kerl nie sehr gemocht. Vom Polizei-Wohlfahrtsklub muß ich mich selbstverständlich zurückziehen. War sowieso eine unhaltbare Zeitverschwendung. Im übrigen muß ich mich auf Ihre Verschwiegenheit verlassen, sonst bin ich außerstande, je wieder in der Spitalkantine eine Mahlzeit zu nehmen, wenn zufälligerweise Schweinepastete auf dem Speisezettel steht.»

«Seien Sie versichert, Sir, Sie können auf mich zählen», sagte ich mannhaft.

«Ich danke Ihnen, Grimsdyke. Sie sind eine verdammte Plaudertasche, aber diesmal glaub ich Ihnen. Und – und ich weiß es aufrichtig zu schätzen», fügte er rasch hinzu. Sir Lancelot machte eine Pause. «Wenn ich Ihnen irgendeinen Gegendienst erweisen kann . . .?»

«Könnten Sie mir vielleicht eine Empfehlung an Ihren Bruder geben, Sir?» fragte ich prompt. «Den Seemann? Ich möchte einen kleinen bezahlten Urlaub nehmen, während ich an Ihren Memoiren arbeite.»

«Eine Stelle als Schiffsarzt, meinen Sie? Gewiß, Sie bekommen eine Referenz von mir.» Er setzte sich an den Schreibtisch. «Sagen Sie mir nur, was ich schreiben soll. Aus langer Erfahrung in Arbeitsausschüssen weiß ich, daß ein Zeugnis nur dann halbwegs von Nutzen ist, wenn es der Bewerber selbst verfaßt.»

«Hochanständig von Ihnen, Sir.»

«Bin nur zu glücklich, Ihnen helfen zu können.» Sir Lancelot schraubte den Verschluß seiner Füllfeder ab. Nach einem Weilchen lächelte er. «Ein Gutes hat diese Sache gehabt, mein Junge. Endlich ist's mir gelungen, diesen verdammten Bischof loszuwerden.»

8

«Herein!»

Es war am nächsten Vormittag, und die Stimme klang mir abschreckend vertraut.

«Ja?»

«Äh – Dr. Grimsdyke mein Name, Sir. Es wurde soeben ein Schreiben über mich hier abgegeben.»

«Setzen.»

Captain George Spratt, in einem einfachen blauen Sergeanzug inmitten eines Büroraumes sitzend, der mit recht erfreulich anzusehenden Schiffsmodellen vollgestopft war, zog eine silberne Dose aus seiner Rocktasche und fegte eine Ladung schwarzen Schnupftabaks in seine Nüstern.

«Sie wollen also eine Seereise antreten, he?»

«Das war sozusagen meine Vorstellung, Sir.»

Er starrte mich eine halbe Minute lang an. Ich hatte stets die Ansicht vertreten, Sir Lancelot wäre, grimmig auf und ab schreitend, auf dem Heck der *Bounty* keineswegs fehl am Platze gewesen, aber sein Bruder George sah zum Verwechseln Blackbeard dem Piraten ähnlich, wie er nach schwerer nächtlicher Kaperfahrt schwankt, ob er die Gefangenen lebendigen Leibes schinden oder langsam in Öl sieden lassen soll.

«Kommt euch Herren Ärzten recht gelegen, was?» begann er mit einer Stimme, als müßte er im Nebel ein Schiff anrufen. «Mit einem Gratisticket für eine Seereise in der Tasche herumzurennen, was? He? Mein Bruder legt allerdings in seinem Schreiben sehr warme Worte für Sie ein.» Er machte eine Pause. «Redet wohl nicht viel von mir, was?»

In Wirklichkeit wahrte Sir Lancelot bezüglich seines Bruders größte Zurückhaltung, aber ich trachtete in ein paar Worten anzudeuten, Captain Spratt werde stets als die Verkörperung der besten nautischen Qualitäten von Sir Francis Drake und Grace Darling in Ehren gehalten.

«Er hat Ihnen wohl diese niederträchtige Geschichte über den Kirchenfonds verzapft, was? Erstunken und erlogen das Ganze, natürlich. Jahre nachher hat man entdeckt, daß der Pfarrer selbst das Ganze versoffen hatte.» Captain Spratt fegte Sir Lancelots Brief beiseite. «Sie wollen also Montag auf der *Capricorn Queen* in See stechen?»

«Mir wäre ganz besonders an diesem Schiff gelegen, Sir.»

Es fiel mir schwer, in meinem Eifer nicht vom Sessel herunterzurutschen.

«Na, Dr. O'Rory ist mir lang genug wegen eines Urlaubs in den Ohren gelegen, denk ich.» Der Kapitän strich sich den Bart. «Hat's auch nötig, nach dem, was mir zugetragen wurde. Jetzt passen Sie mal auf, mein Junge – zur See gehen bedeutet keineswegs ausgedehntes Schmausen, Saufen und Huren auf Kosten der Gesellschaft, verstanden? Schiffsärzte sind Mitglieder der Mannschaft und haben sich als solche zu betragen. Wenn Sie sich zu Tode saufen wollen, können Sie das, mit weitaus weniger bösen Folgen für alle Beteiligten, an Land besorgen. Und was die Weiber betrifft: der einzige Zeitpunkt, wo Sie auf hoher See die Hand einer

Dame halten, ist der Moment, wo Sie Ihren Platz im Rettungsboot abtreten, wenn das Schiff untergeht. Das prägen Sie sich von allem Anfang an ein.»

«Ja, Sir.»

Ich muß gestehen, ich war von Herzen froh, Captain Spratt ebenso fest an Land verankert zu wissen wie Sir Joseph Porter, Ritter des Bath-Ordens, den Obersten Herrn von Ihrer Majestät Flotte. Selbst um der teuren Ophelia willen hätte ich mich nicht sechs Wochen lang mit einem Burschen seinesgleichen in einem schwimmenden Stahlkasten einschließen lassen wollen.

«Gott allein weiß, warum heutzutage überhaupt noch jemand zur See gehen will.» Der Kapitän versorgte seine Nase mit einem weiteren Tabaksgericht. «Sie sehen mir wie ein Mann von Welt aus, Doktor», ließ er sich herab, anzuerkennen. «Haben Sie schon mal was mit Werbeagenturen zu tun gehabt?»

«Werbeagenturen, Sir?»

«‹Ihr bester Freund wird's Ihnen nicht sagen›, und ähnlichen Blödsinn. Jedermann würde glauben, die gesamte Menschheit stinkt wie eine Herde Ziegen. So ein Hexenweib von einer dieser Agenturen nimmt an dieser Fahrt teil, um sich auf dem ganzen Deck in ihren Badehosen fotografieren zu lassen. Ich warne Sie hiermit.»

«Besten Dank, Sir.»

«Die Gesellschaft ist einfach verrückt geworden, mit dieser Werbeaktion.» Er hieb dermaßen auf den Tisch, daß sämtliche Schiffe erbebten. «Sogar von *mir* haben sie einen Schnappschuß gemacht, Gott verdamm sie! Solche widerlichen Fatzken in rosa Hosen, die sich die ganze Zeit ‹mein Schatz› titulierten.»

«Hoffentlich – hoffentlich ist diese Aufnahme gut ausgefallen, Sir.»

«Als *ich* das Kommando übernahm, kamen die Passagiere an Bord, um eine Reise anzutreten, nicht um an einer Art schwimmender babylonischer Orgie teilzunehmen. Der Teufel soll sie holen! Damals konnte man noch an Bord Disziplin halten – Schweigepause am Nachmittag, Frühstücksverbot in der Kabine, und so weiter. Wollten die Passagiere sich unterhalten, gab's jeden Samstagabend Bingo. Mögen Sie Bingo, Doktor?»

«Ich hab's leider noch nie gespielt, Sir.»

«Jetzt hat man jedenfalls das Bingo auf Donnerstag verschoben. Am Samstag sind meine unseligen Kapitäne verpflichtet, sich Papierhüte aufzusetzen und mit einer Horde alter Damen Rumba zu tanzen, die lieber in Bournemouth mit einer Wärmflasche im Bett liegen sollten. Niemand von uns weiß mehr, woran man ist. Wenn das so weitergeht, wird der Gottesdienst noch auf Mittwochnachmittag verlegt werden. Wann können Sie den Dienst antreten?»

«Wann ich –? Bedeutet das, daß – daß alles in Ordnung geht? Jederzeit, wann's beliebt, Sir.»

Da sich Razzy bereits mit verrenkten Knöcheln und Sonnenbrand wieder eingefunden, der Gatte sich wieder in den Himalaja verzogen und die Schauspielerin mitgenommen hatte, konnte ich frei über meine Zeit verfügen.

«Melden Sie sich Freitag morgens Punkt acht Uhr an Bord, um die Medikamentenvorräte zu überprüfen», verfügte Captain Spratt kurz und bündig. «Jetzt treten Sie bei der nächsten Tür ein, um sich Captain Makepeace vorzustellen, dem Kommandeur Ihres Schiffes.» Er streckte mir seine Hand entgegen. «Mir bleibt nichts anderes zu tun übrig, als Ihnen eine angenehme Fahrt zu wünschen, Doktor. Auf Wiedersehen bei Ihrer Rückkehr in den Hafen.»

Zu meiner beträchtlichen Erleichterung entpuppte sich Captain Makepeace als ein dünner kleiner Bursche; er saß an einem Schreibtisch und unterzeichnete einige Papiere, steifen Hut und Regenschirm säuberlich an seiner Seite.

«Sie werden wohl festgestellt haben, daß Captain Spratt etwas rauhe Manieren hat», begann er nachsichtig, nachdem wir allein waren.

«Der rauhe alte Seebär, wir er im Buche steht», bemerkte ich.

«Lassen Sie sich bitte nicht von ihm die Ruhe rauben, Doktor. Ich war einige Jahre lang sein Erster Offizier, und habe leider meine Gesundheit von ihm untergraben lassen.» Captain Makepeace legte die Hand auf seine rechte Hüfttasche. «Die Nieren, wissen Sie. Leide noch immer an kräftigem Stechen. Vielleicht können Sie mir irgendwie –?»

«Werde mit Freuden eine gründliche Durchuntersuchung an Ihnen vornehmen, sobald ich an Bord bin», sagte ich rasch; es lag auf der Hand, wie wichtig es war, sich mit ihm gut zu stellen.

«Besten Dank, Doktor. Wäre Ihnen sehr verbunden. Es ist wahrhaftig eine große Annehmlichkeit, einen so begeisterten Jünger der Medizin wie Sie in unsrer Mitte zu haben. Eine große Annehmlichkeit. Doktor O'Rory hat sich leider in letzter Zeit recht sonderbar aufgeführt. Freilich fährt er schon seit Jahren zur See.»

Ich nickte. Es ist eine in der Ärztewelt wohlbekannte Erscheinung, daß andauernder Dienst auf Schiffen gewisse unwiderrufliche psychische Wandlungen zur Folge hat.

«Er vertiefte sich sehr in die Cheopspyramide – in alle diese Messungen, verstehen Sie. Er war unfähig, einen Entschluß zu fassen, ohne sie zu Rate zu ziehen – angefangen beim Tag, an dem er sich das Haar schneiden lassen wollte, bis zum Rezepteschreiben für jene Unseligen, die in seiner Ordination auftauchten.»

Captain Makepeace lächelte schwach.

«Ich bin natürlich auf hoher See nicht so strikt, wie mich Captain Spratt gerne haben möchte. Wir leben in modernen Zeiten, Doktor. Ich ermutige sogar meine Offiziere, mit den Passagieren zu trinken.»

«Bringt die Geselligkeit ausgezeichnet in Schwung, Sir.»

«Und alleinreisenden jungen Damen kleine Aufmerksamkeiten zu erweisen.»

Ich nickte. «Sonst wären auch die armen Dinger schrecklich einsam.»

«Wir müssen unterwegs für unser eigenes Vergnügen sorgen, wissen Sie. Mögen Sie Bingo, Doktor? Sie können, wenn Sie wollen, die Nummern ausrufen. Dr. O'Rory hat's getan, war auch dabei recht witzig, bis er in letzter Zeit gegenüber den Damen die Grenzen der Schicklichkeit leicht zu überschreiten begann.» Wir tauschten einen Händedruck. «Ich bin überzeugt, Doktor, unsere kommende Fahrt wird ganz besonders angenehm verlaufen.»

«Ohne jeden Zweifel», stimmte ich voll Wärme zu.

Und so erklomm ich am nächsten Freitagmorgen die Gangway der *Capricorn Queen* im Glanz so vieler goldener Tressen wie der Bursche, der vor dem Warenhaus Fortnum die Taxis heranwinkt.

Die *Capricorn Queen* war ein großes weißes schmuckes Ding, sozusagen ein Hochzeitskuchen mit Bullaugen; da sie jedoch in den Tilbury Docks vor Anker lag, hatte ich während des Wochenendes nicht viel anderes zu tun als auf dem Sofa zu sitzen, das die eine Seite meiner Kabine entlanglief wie die Sitzbank in einem Zugabteil zweiter Klasse, zollfreie Zigaretten zu rauchen und *Lord Hornblower* zu lesen.

Ophelia gegenüber hatte ich kein Wort darüber verlauten lassen, daß ich an Bord sein würde; ich fand, es würde eine nette Überraschung für sie sein. Überdies hätte sie sich am Ende entschließen können, zu Hause zu bleiben, sobald sie erfaßt haben würde, daß wir den guten Basil in Blackport so gut wie ausgesetzt hatten. Ich war natürlich ein schrecklich gemeiner Kerl, daß ich hinter dem Rücken des Armen so hurtig über die Gangway meinen Freuden entgegeneilte. Doch der Gedanke an all die tropischen Mondscheinnächte, die mich erwarteten, fegte meine Bedenken ins Unterbewußtsein zurück, ja, fast wandelte mich die Lust an, auf dem Deck ein paar Luftsprünge zu machen.

Ich verbrachte einige recht ungeduldige Tage bis zum Augenblick, da man ein Streichholz unter die Schiffskessel hielt und wir mit einigem Trubel zur Landungsstelle hinüberfuhren; dort wurden die Passagiere von jenen Organen zugelassen, die Pässe behandeln, als wären sie Weihnachtskarten aus dem Isolierspital. Man kann sich vorstellen, wie sehr ich vor freudiger Erregung zappelte, vor allem in dem Moment, als ich Ophelias Beine auf einer Kajütentreppe zu entdecken glaubte. Ich hatte den Chefsteward gebeten, ihr einen Riesenstrauß Rosen in die Kabine zu stellen; ein kleines beigelegtes Billett lud sie in schlichten Worten um sechs Uhr zu einem Cocktail beim Schiffsarzt ein. Ich konnte es kaum erwarten, ihr Gesicht zu sehen, wenn sie meine Kabinentür öffnete und mich beim Mixen ihres ersten Martini erblickte.

Und schon waren wir, mittwegs zwischen Plumstead Marshes und Barking Creek, auf unserer Route nach Südamerika. Ich wechselte meinen Kragen und polierte meine Messingknöpfe. Es schlug sechs. Ich saß auf der Kante des Sofas und malte mir aus, was Ophelia sagen würde.

Als es soweit war, fiel sie fast in Ohnmacht.

«Gaston!» kreischte sie auf. «Was um alles in der Welt hast *du* hier zu suchen?»

Ich verbeugte mich und küßte ihre Hand.

«Es heißt dich dein ergebener Mitreisender willkommen.»

«Aber du bist doch kein Seemann!»

«Doch!» korrigierte ich sie. «Augenblicklich im selben Maße wie Nelson oder der gute alte Noah. Ich bin der amtlich eingesetzte Schiffsarzt.»

«Aber – aber weswegen denn, um Gottes willen?»

«Ophelia, Süßeste», erklärte ich ihr schlicht, «deinetwegen.»

«Meinetwegen? Was meinst du damit, heiliger Strohsack? Wie kannst du dich unterstehen –»

Ich küßte abermals ihre Hand.

«Deinetwegen», wiederholte ich, «habe ich den rauhen und unsicheren Beruf des Seemanns ergriffen –»

«Du mußt rein verrückt sein!»

«O nein, mitnichten, Ophelia!» Ich begann sie zum Sofa zu drängen. «Ich bin nicht im geringsten verrückt. Stell dir nur vor, drei selige Wochen lang werden du und ich vollkommen allein sein – abgesehen natürlich von den übrigen Passagieren.»

Ich faßte neuerlich nach ihrer Hand.

«In der intimen Abgeschlossenheit des Lebens an Bord», fuhr ich, mich erwärmend, fort, «wirst du, liebes Mädchen, Gelegenheit haben, mich nach und nach besser kennenzulernen. Vielleicht kennst du mich jetzt schon gut genug, um zu wissen, welch entsetzliche Sehnsucht –»

«Wo sind Zigaretten, Darling?» fragte Ophelia, sich langsam erholend.

«Oh, verzeih. Hier.»

Sie setzte sich auf das Sofa.

«Warum hast du mir nicht vorher eine Postkarte oder sonst eine Nachricht zukommen lassen, Darling?»

«Aber ich wollte dich doch überraschen!»

«Das ist dir geglückt», bestätigte sie.

Ich bot ihr meine zollfreien Zigaretten an.

«Hoffentlich gefielen dir die Blumen, die ich dir in die Kabine schickte?»

«Welche waren es denn, Darling? Das Schiff schaut wie ein schwimmender Park aus.»

«Ophelia –» Ich knipste mein Feuerzeug an.

«Ja, Darling?»

«Ophelia, ich hoffe – ich hoffe, du hast gegen meine Anwesenheit nichts einzuwenden?»

«Es ist mir Wurst, was du tust, Gaston. Wenn du's dir in den Kopf gesetzt hast, wie ein Autobusschaffner herumzulaufen, ist das deine Sache.»

Das schmerzte ein wenig. Ich hatte ja doch gehofft, mit Hilfe all dieser Messingknöpfe einigermaßen Eindruck zu schinden.

«Aber, Ophelia!» protestierte ich. «Du selbst sagtest, wie herrlich es wäre, wenn ich die Reise mitmachen könnte.»

«Sagte ich das wirklich, Darling?»

«Natürlich. Mit frühmorgendlichen Bädern, Pingpong und Shuffleboard. Du erinnerst dich doch?»

«Einen richtigen Palast von einer Kabine hast du da», bemerkte Ophelia, eine Rauchwolke ausstoßend.

«Ganz nett? wie? Gemütlich und in angenehmer Nähe vom Swimming-Pool erster Klasse und der Veranda-Bar.»

«Dieses verstunkene kleine Loch, in das man mich drunten einquartiert hat, ist nicht einmal groß genug, um die Schiffskatze hereinzulassen.»

Ich tätschelte ihr die Hand. «Ich werde für eine Änderung sorgen», versprach ich ihr. «So ein Schiffsarzt ist eine ziemlich bedeutende Persönlichkeit an Bord, weißt du. Ja, ich bin in der Lage, alles, was du dir während der Fahrt wünschst –» Ich rückte ein bißchen näher. «Was immer du wünschst, du brauchst nur den guten alten Onkel Grimsdyke darum zu bitten, deinen dir seit eh und je ergebenen –»

«Wohin führt diese andere Tür, mit dem roten Kreuz drauf?»

«Die? Zum Spital.»

«Wie komisch, so was auf einem Schiff zu haben! Kann ich's sehen?»

«Klar», erwiderte ich höflich, wiewohl ich es vorgezogen hätte, die Konversation auf dem Sofa fortzusetzen. «Alles sehr zweckmäßig angeordnet, findest du nicht?» fügte ich hinzu, die Tür öffnend.

«Was soll dieser Haufen Alteisen dort drüben in der Ecke?»

«Das ist der voll zusammenklappbare Operationstisch.»

«Wie gräßlich!»

«O ja, du kannst dir, wenn du willst, an Bord den Magen herausnehmen lassen», erklärte ich ihr. «Die Gesellschaft scheut keine Kosten, wenn es die Annehmlichkeiten der Passagiere gilt.»

Ophelia erschauderte.

«Ich wurde doch auf einen Drink eingeladen, wenn ich mich nicht irre?»

«Ja natürlich, verzeih. Sämtliche Stewards haben beim Verstauen der Passagiere den Kopf verloren, der mir zugeteilte Bursche hat sich noch nicht gezeigt. Werde mir den Kerl gleich vorknöpfen.»

«Was ist denn das hier? Nußknacker für Kokosnüsse?»

«Geburtshelferzangen.»

«Mit welch abscheulichen Dingen du dich abgibst! Ich hatte keine Ahnung, daß du überhaupt so eine Sorte Arzt bist.»

Dann interessierte sich Ophelia für das Amputationsbesteck; ich überließ sie der Betrachtung des Muskelskalpells und betätigte die Klingel in meiner Kabine.

«Ah, Steward», sagte ich, indem ich die Kissen neu ordnete, um das Sofa für Ophelia wieder recht gemütlich und einladend zu machen. «Ich möchte Sie bitten, den Gin aus meinem Spirituosenschrank zu holen; sodann springen Sie zur Veranda-Bar hinüber und bringen mir einen Krug Eis mit einem halben Dutzend stärkender Getränke, und – großer Gott!» schrie ich. «*Du*?»

«Großer Gott!» rief Basil Beauchamp. «*Du*!»

9

Ich schlug die Tür zum Schiffsspital zu. Basil und ich standen da und starrten einander an wie zwei Hummer, die man in denselben Topf getan hat.

«Was zum Teufel hast du hier zu suchen?» erkundigte ich mich. «Und noch dazu in diesem komischen Aufzug?»

«Genau dasselbe frage ich dich, liebes Jungchen», erwiderte er äußerst freundlich.

«Aber ich bin der Schiffsarzt!»

«Und ich bin der Schiffssteward. Oder zumindest einer von ihnen. Ein gutes Dutzend teilt meine Kabine drunten. Aber das ist noch immer nichts gegen die Garderobenräume in der Provinz. Doch, mein lieber Grim, welch herrliche Überraschung, dich hier zu treffen! Wie gefällt dir der Schnitt von meinem weißen Jackett? Hab's gestern vom Kostümverwalter des Theaters ausgeborgt.»

Ich griff nach der Türklinke des Spitalsraums.

«Ich – ich hab eine schwierige Patientin da drinnen», sagte ich rasch. «Ein hysterisches Weibsbild, du weißt schon.»

«Oh, wie aufregend!»

«Gib mir nur einen Augenblick Zeit, sie loszuwerden.»

«Aber bitte, selbstverständlich.»

«Und dann werden wir uns zu einem gemütlichen Plausch hinsetzen.»

Ich schlüpfte ins Spital.

«Darling», sagte Ophelia, «du wendest diese Sägen da doch nicht bei *Menschen* an?»

Ich packte sie am Arm. «Tut mir schrecklich leid, Mädel. Gerade ist ein widerlicher Patient in meiner Kabine aufgetaucht –»

«Na, ich muß schon sagen! Da wurde ich zu einem stillen Drink eingeladen –»

«So ist nun mal das Leben des Arztes, weißt du.» Ich lachte gequält auf. «Zuerst kommen die beruflichen Pflichten, man weiß nie, was als nächstes passiert, und so weiter, und so weiter. Nein, nein! Nicht durch diese Tür!»

Sie blickte mich erschreckt an.

«Mein Patient ist schrecklich ansteckend. Komm ihm ja nicht in die Nähe. Hat wahrscheinlich die Blattern. Diese andere Tür dort führt direkt aufs Deck. Du weißt doch, wie du zu deiner Kabine zurückkommst? Achtung, die Stufe. Bye-bye . . .»

Ophelia verschwand, reichlich verdutzt. Ich stolperte durch das Spital zurück. In meiner Kabine fand ich Basil vor, wie er sich eben, die Füße auf meinem Sofa, ein Glas von meinem Gin einschenkte.

«Ich kann's noch immer nicht fassen, liebes Jungchen!» Er nahm sich eine meiner Zigaretten. «Wie kam's in aller Welt dazu, daß du an Bord bist?»

«Ich brauchte Erholung. War ganz herunter, weißt du. Hab mich in der Stadt überarbeitet. Die Meeresluft dürfte mir recht guttun.»

«Ja, du siehst ein bißchen erhitzt und nervös aus.» Basil schnüffelte. «Wie komisch!»

«Was ist komisch?» fragte ich kurz.

«Dieser Geruch. Ganz ähnlich dem Parfum, das meine Braut benützt.»

«Das ist das Antiseptikum. Aber was ist mit dir?» fragte ich, zum Kernpunkt vordringend. «Du solltest doch in eben diesem Augenblick die lieben Kinderchen droben in Blackport amüsieren?»

«Sollte ich, liebes Jungchen, sollte ich. Aber die braven Bürger von Blackport haben sich trotz der reichlichen Gelegenheit und Aufforderung, unsere kleine Unterhaltungsstätte zu besuchen, geweigert, diese Chance zu ergreifen. Als die Zahl der Rollenträger die der Zuschauer zu übersteigen begann, fühlte die Direktion, es sei genug des Leidens beiderseits der Rampenlichter, und brach das Gastspiel ab.»

«Was für ein verdammtes Pech! Für dich, meine ich.»

«Ganz im Gegenteil, es war ein verkappter Segen. Blackport war sowieso ein scheußlicher Ort, voll von Kaldaunen und Trams.» Basil hakte sich den Kragen seines Jacketts auf. «Doch wenn du mich fragst», setzte er bereitwillig fort, «warum ich die Freiheit eines West-End-Schauspielers – besser noch, die Freiheit eines stellenlosen West-End-Schauspielers – gegen das in eine Massenkabine eingepferchte Dasein eines minderen Schiffsstewards eingetauscht habe –»

Ich grapschte nach dem Gin bei Basils Ellbogen und schenkte mir selbst ein Glas ein.

«Es geschah um eines Weibes willen, liebes Jungchen», erklärte er schlicht. «Du wirst dich wohl nicht mehr erinnern, daß ich dir nach jener charmanten ärztlichen Untersuchung, die du mir vor Weihnachten angedeihen ließest, meine Braut vorstellte? Ein süßes Mädel namens Ophelia. Nun, sie befindet sich augenblicklich an Bord dieses unseres Schiffes. Woher kommt, um Gottes willen, dieses klappernde Geräusch?»

«Es ist – es ist nur das Glas an meinen Zähnen. Bin derzeit ein bißchen nervös, weißt du.»

«Na hör mal, du bist aber in einem feinen Zustand.» Basil ergriff die Flasche und schenkte sich neuerlich nach. «Weiter: Ophelias süßes Köpfchen birgt nicht die leiseste Ahnung, daß ich dies unsel'ge und schmachvolle Schiff mit ihr teile. Du wirst dies vielleicht merkwürdig finden?»

«Gewiß, gewiß.»

«Aber das liebe Mädel ist so feinfühlig veranlagt, daß sie lieber zu Hause geblieben wäre, als mich im ekligen Schiffsbauch zu Tode schwitzen zu sehen. Erinnere mich übrigens gelegentlich daran, daß ich dir von meinem Etablissement da drunten erzähle, das unter dem Namen ‹Freudenloch› bekannt ist.»

Ich schwieg. Meine Wut gegen den Kerl, der so unerwartet wie der Geisterkönig, den er gespielt hatte, aufgetaucht war, kannte keine Grenzen.

«Ophelia und ich, wir beide erarbeiten uns unsere Reise. Sie ist Fotomodell für die Werbeaktion der Schiffahrtsgesellschaft.» Basil klopfte sich die Kissen unter seinem Haupt gemütlicher zurecht. «Im großen ganzen ist dieser Steward-Job nicht das Schlimmste, abgesehen von der frühen Zeit des Aufstehens. Man wird beköstigt und bezahlt, das ist gar nicht so zu verachten. Natürlich hat die Sache auch ihre Haken – einer von den Burschen im ‹Freudenloch› hat eine elektrische Gitarre, und da ist noch der Chefsteward, ein gewisser Shuttleworth. Kennst du ihn vielleicht? Er hätte einen glänzenden Aufseher in einer Besserungsanstalt abgegeben.»

Ich nickte. Ich hatte Mr. Shuttleworths Füßen bereits in reichem Maße meine Betreuung angedeihen lassen und ihn im übrigen als einen umgänglichen Gesellen befunden, der eine freundliche Aura von Bier und Zwiebeln ausstrahlte. Da sah man wieder einmal, wie verschieden Menschen bewertet werden können – es kam nur auf den Standpunkt an.

«Dieses elende kleine Warzenschwein ließ mich heute früh kilometerweise das dreckige Deck schrubben, bloß weil ich Ophelias

Kabinennummer erfahren wollte.» Basil lachte auf. «Komisch, wie sich unsere sozialen Positionen geändert haben, Grim. Grade noch wollte ich vorschlagen, daß du und Ophelia und ich gemeinsam in der Veranda-Bar unser Wiedersehen mit ein paar Cocktails begießen. Aber ich muß schon sagen, liebes Jungchen», fuhr er voll Wärme fort, «ich bin hochbeglückt, daß Shuttleworth mich zu deinem persönlichen Steward ausersehen hat. Jetzt kann ich wenigstens deine Kabine benützen, sooft ich will – du kannst dir nicht vorstellen, wie beruhigend der Gedanke ist, immer was zum Trinken und zum Rauchen vorzufinden. Vor allem nachmittags wird sie mir zugute kommen, wenn ich ein paar Rollen durchnehmen will.»

Ich griff wieder nach der Ginflasche.

«Und'n bißchen später –» Basil zwinkerte mir zu. «Du wirst doch sicher gerne einen Bummel an Deck machen, während ich mich mit Ophelia ein bißchen hier vergnüge? So was wäre natürlich im ‹Freudenloch› platterdings unmöglich. Du guter Gott, so spät ist's schon?» Er schwang seine Beine herunter. «Muß dem Funkoffizier seine Sandwiches auf die Brücke bringen. Dieser Ausbeuter, dieser Blutsauger Shuttleworth lädt sämtliche Dreckarbeiten auf mich ab. Aber glaube mir, zweimal soviel würde ich auf mich nehmen, um meiner kleinen Ophelia nahe sein zu können. Übrigens, Grim», fügte er noch hinzu, «was ist eigentlich mit dem Test?»

«Mit was für einem Test?»

«Na, du weißt doch, damals, wie ich in ein Einmachglas Pipi machen mußte.»

«Ach, das? Normal. Vollkommen normal.»

«Das ist mir eine Erleichterung. Ophelia hat's mir aus unbekannten Gründen nie mitgeteilt. Schrecklich anständig von dir, mich einzuladen, daß ich frei über deine Kabine verfügen darf.» Basil legte mir einen Arm um die Schultern. «Aber ich hab ja immer in jenen seligen Zeiten auf unsrer lieben alten Bude gesagt: Grimsdyke ist durch und durch ein Gentleman.»

Er verschwand. Eine volle Minute stand ich da und starrte das Sofa an. Dann riß ich die Tür auf und eilte in Mr. Shuttleworths Büro.

«Hallo, Doc.» Der Chefsteward blickte erstaunt von seinem Bündel Schiffspapieren auf. «Ist irgendwas los? Sie scheinen ja richtig aus'm Häuschen zu sein.»

«Es ist tatsächlich etwas Unangenehmes passiert, Chief», sprudelte ich hervor. «Mein Steward –»

«Beauchamp? Ein Neuer. Was hat der Unglückskerl sich zuschulden kommen lassen?»

«Wenn Sie gestatten, will ich mich lieber nicht in Einzelheiten ergehen. Reden ist Silber, und so weiter. Aber – mit einem Wort, der Kerl ist keineswegs zufriedenstellend.»

«Hätt's mir denken können.» Mr. Shuttleworth kippte seinen Stuhl nach hinten. «Sie würden's nicht glauben, was für einen Dreck man heutzutage vom Arbeitsamt zugewiesen kriegt. Aber machen Sie sich keine Sorgen, Doc. Werd ihn in die Bibliothek versetzen.»

«Meiner Meinung nach sollte er überhaupt nicht mit den Passagieren in Kontakt kommen dürfen», sprach ich rasch weiter. «Er tut ein bißchen zu sehr vertraulich, wenn Sie mich verstehen.»

«Das ist mir schon aufgefallen. Ich kenne diesen Typ, glauben Sie mir. Na, wir werden diesem Mr. Blasier Beauchamp schon die Suppe versalzen. Werd ihn als Kellner in der Heizerkantine einsetzen.»

«Das wird bestimmt für alle Beteiligten weitaus besser sein», sagte ich erleichtert.

«Beruhigen Sie sich, Doc, dieser zuwidere Lümmel wird Ihnen bis London nicht mehr unter die Augen kommen. Wollte Gott, ich könnt dasselbe von mir sagen.»

«Eine ausgezeichnete Idee, Chief. Und wie steht's mit den Füßen?»

«Viel besser, danke. Sind schon ein interessanter Fall für die Herren Ärzte, meine Füße, was?»

«Ausgesprochen faszinierend.»

Er kicherte. «Hab Dr. O'Rory jedesmal in die peinlichste Verwirrung gebracht, wenn ich meine Schuhe auszog.»

«Wann immer Sie Lust haben, ein bißchen über sie zu plaudern», versicherte ich ihm, «brauchen Sie sie nur in meine Kabine zu bringen.»

«Danke, Doc, das werd ich gewiß tun.» Er griff einen Zettel heraus. «Der Kapitän läßt Ihnen übrigens sagen, Sie sollen auf die Brücke kommen, wenn Sie mit Ihrer Ordination fertig sind. 's ist nichts Dringendes, aber er glaubt, er hat sich einen Schnupfen geholt.»

«Werde sofort hinaufgehen. Herzlichen Dank, Chief, für Ihr Entgegenkommen.»

Ich erkannte, wie nutzbringend es gewesen war, die Füße des Chefstewards sozusagen als Lockspeise auszuwerfen. Freilich hatte ich mich wieder einmal mehr als gemein benommen, indem ich den guten Basil unter die Kessel verbannen ließ, wo ihm die Heizer der Reihe nach das Essen ins Gesicht schmeißen würden. Wahrhaftig, jede Schlange, die etwas auf sich hält, würde angesichts meines Benehmens rasch in die entgegengesetzte Richtung kriechen. Aber – von allem anderen abgesehen – es wäre wohl eine jammervolle Fahrt gewesen, wenn ich auf der ganzen Strecke Rio de Janeiro und retour meine Kabine mit Richard dem Dritten hätte teilen müssen. Blickte ich auf die sich überstürzenden Ereignisse der letzten Stunden zurück, mußte ich mir selbst anerkennend auf den Rücken klopfen. Zumindest hatte ich ungetrübte Ferientage vor mir liegen, in denen ich Ophelia auf lange Drinks im Sonnenschein ausführen, im Mondschein der Tropen hingegen ernstlich bestürmen würde, vom Bingo gar nicht zu reden.

Ich erklomm die Treppen mit dem Gefühl, nun eine ausgezeichnete Gelegenheit zu haben, mich bei Captain Makepeace Liebkind zu machen – man konnte nie wissen, wozu das noch gut war. Die Brücke wimmelte von Männern in wollenen Halstüchern, die in alle möglichen Richtungen starrten und Becher um Becher Kakao tranken; ich wandte mich an einen Matrosen, der den Feueralarm-Apparat putzte, und fragte nach dem Kapitän.

Eine Gestalt am Steuer senkte den Feldstecher.

«Doktor! Verteufelt lang haben Sie sich Zeit gelassen!»

Ich starrte den Mann an.

«Aber Sie sind ja gar nicht der Kapitän!»

«Ich bin auch nicht der dreckige Küchenjunge, falls Sie mich für den halten. Und lehnen Sie sich gefälligst nicht an diesen Telegrafen, wenn Sie nicht die Steuerbordspitze voll nach achtern ausrichten wollen.»

«Tut – tut mir schrecklich leid, Sir.»

«Und weiter, Doktor, haben Sie unweigerlich Ihre Dienstmütze zu tragen, wenn Sie vor dem Kapitän erscheinen. Prägen Sie sich das gefälligst ein.»

«Ja, gewiß, Sir.»

«*Und* zu salutieren haben Sie auch. Tod und Teufel!» brüllte Captain Spratt. «Ich seh schon, ich werde Ihnen auf dieser Fahrt noch einiges beizubringen haben, Doktor.»

10

In den nächsten Tagen fand ich nicht viel Zeit, mich mit dieser neuen Situation auseinanderzusetzen, da jedermann an Bord – einschließlich meiner Person – seekrank war. Aber während ich teils die Köpfe anderer Leute, teils meinen eigenen über Speischalen hielt, hätte ich mich ohrfeigen können, daß ich nicht gleich damals im Büro der Schiffahrtsgesellschaft Captain Makepeaces Nieren untersucht hatte.

«Captain Makepeace erlitt heute früh auf seiner Fahrt zum Hafen einen akuten Nierensteinanfall», hatte mich Captain Spratt an jenem Abend auf der Brücke informiert. «Ausgesprochenes Pech. Da unsere sämtlichen Reservekapitäne derzeit unerreichbar sind, bin ich Narr eingesprungen.»

«Könnte sich als angenehme Unterbrechung des Bürodienstes herausstellen, Sir», war alles, was ich hervorbrachte.

«Mein lieber Junge! Wie alle eingefleischten Seeleute verabscheue ich nichts so sehr wie die See.»

Er zog eine kleine silberne Dose hervor.

«Ich – äh – würde Ihnen bei Ihrem Leiden von Schnupftabak abraten, Sir.»

«Doktor, ich habe Sie hergebeten, um meine Erkältung zu behandeln, nicht aber, um meine Lebensgewohnheiten zu ändern.»

«Ja, gewiß, Sir.»

Schon wieder warf mir das Schicksal einen Knüppel zwischen die Beine. Als ich im St. Swithin meinen Doktor gemacht hatte, stieß ich einen tiefen Seufzer der Erleichterung aus, daß ich nun endlich den Klauen Sir Lancelot Spratts entkommen würde. Jetzt befand ich mich nicht nur wieder bei ihnen, sondern in denen der ganzen verdammten Spratt-Familie. Zum Glück kam gerade in diesem Augenblick jemand auf die Brücke und erklärte, er wolle den Lotsen absetzen; es gelang mir daher zu entfliehen. Ich schickte dem Kapitän ein paar Stück Aspirin hinauf.

Erst am vierten Tag der Fahrt hörte das Schiff auf, im Ozean hin und her zu rollen, die Sonne kehrte auf den Himmel und Farbe auf die Wangen der Passagiere zurück. Zum erstenmal begann ich wieder an meine nächste Mahlzeit – statt an die vergangene – zu denken, und nach meiner Vormittagsordination unternahm ich einen kecken Streifzug auf das Deck, um nach Ophelia auszuschauen.

Ich entdeckte sie, wie sie eben, verzückt in den Anblick einer

Ankerwinde versunken, fotografiert wurde, und angesichts ihrer blonden Löckchen und des winzigen Badeanzuges wurde ich vom Gefühl durchdrungen: mochte Seekrankheit, mochte Captain Spratt, ja, mochte selbst der gute Basil über mich hereinbrechen – sie war es wert, bei Gott!

«Darling, wo hast du denn die ganze Zeit gesteckt?» begrüßte sie mich.

«Ich war seekrank. Du nicht?»

«Ich? Natürlich nicht! Mir war noch nie im Leben schlecht, nicht einmal nach Parties. Kennst du schon Humphrey?»

Sie wies auf einen klapprigen Jungen in knappsitzender rosa Hose, der eine Kamera betätigte und in einem fort sagte: «Nur noch eine, meine Liebe, dann wollen wir's auf dem Anker probieren.»

«Wie gefällt dir die Fahrt?» fragte ich sie.

Sie zog ein Schmollmündchen. «Eine recht trübselige Bande von Leuten, muß ich schon sagen.»

«Ich glaub, sie werden sich im Verlauf der Fahrt bessern.» Ich zögerte. «Du hast nicht zufälligerweise an Bord einen Bekannten gesehen?» fragte ich leichthin.

«Welche Bekannten sollte ich um Himmels willen schon auf einer solchen Spritztour treffen?»

«Ist ja auch schwer möglich», bekräftigte ich rasch. «Und – äh – du wirst wohl keine Lust haben, das Schiff zu besichtigen? Maschinenraum, Kessel, Heizerquartiere, und so weiter?»

«Meine Kabine ist schon scheußlich genug, Darling.»

Ich nickte. «Ja, in die Tiefen würde ich auch nicht eindringen wollen. Sehr unhygienisch dort drunten. Da kann man allerlei erwischen.»

«Noch eine mit Beinen, meine Liebe», schaltete sich Humphrey ein.

«Wie wär's mit einem Cocktail vor dem Lunch, in meiner Kabine?» schlug ich vor.

«Rasend gerne, Darling, aber ich muß zum Friseur.»

«Na, und vor dem Dinner?»

«Da bin ich bei Humphrey bestellt, um einige Kostüme zu probieren.»

«Also dann morgen vor dem Lunch?»

«Na schön, Darling.»

Ich lachte. «Schließlich liegen noch drei volle Wochen vor uns, nicht wahr?»

«Gewiß, Darling.»

Einigermaßen selbstzufrieden kehrte ich in meine Kabine zurück.

Aber zum Drink kam es nicht. Am nächsten Morgen tauchte nach dem Frühstück Mr. Shuttleworth bei mir auf und kündigte mir an, daß der Kapitän Schlag halb eins meine Gesellschaft wünsche. Ich fluchte gelinde; da ich jedoch ebensowenig Chancen hatte, diese Vorladung zu umgehen wie die Vorladung zum Jüngsten Gericht, kritzelte ich ein paar Zeilen an Ophelia, worin ich unser Treffen bis zum Dinner verschob, und erklomm in treuer Pflichterfüllung die Brücke.

«Ah, Doktor! Da sind Sie ja.»

Beim Betreten der Kapitänskabine salutierte ich so schnittig, daß ich mir mein rechtes Handgelenk verrenkte.

«Dachte, Sie könnten mir bei einem Drink Gesellschaft leisten», erklärte er.

«Sehr liebenswürdig, Sir», erwiderte ich so höflich wie möglich.

«Möchte Sie ein bißchen näher kennenlernen, verstanden?»

Er schaltete eine Pause ein, um seiner Nase zwei Portionen Schnupftabak einzuverleiben.

«Diese Erkältung, Doktor – wie der Blitz ist sie vergangen.»

«Hocherfreut, dies zu vernehmen, Sir.»

«Gute Arbeit. Ich erachte es als eines der obersten Grundsätze für das erfolgreiche Kommando eines Schiffes auf hoher See, ein Lob dort nicht vorzuenthalten, wo es gebührt. Was hiermit geschieht.»

Der alte Knabe schien mir recht leutselig zu sein. Nun glich er Blackbeard, der sich nach einem ausgiebigen Mahl hinsetzt, um das Ersäufen der Gefangenen zu organisieren.

«Sie waren ein Student meines Bruders, he?» fuhr der Kapitän fort, als ich Platz nahm. «Der helle Kopf der Familie. Der Bücherwurm, zumindest. Sollte ihn wohl wirklich einmal in London aufsuchen. Hab jetzt keine Ausrede mehr und Zeit genug, seit ich den Anker verschluckt hab.»

Er führte sich unter beträchtlicher Geräuschkulisse eine weitere Ladung Schnupftabak zu.

«Nun zu Ihnen, Doktor. Sie kennen die Schiffsregeln. Befolgen Sie sie, und wir beide werden an Bord ausgezeichnet miteinander auskommen.»

«Davon bin ich überzeugt, Sir», erklärte ich hoffnungsvoll.

«Sie interessieren sich doch wohl nicht für die Cheopspyramide?»

«Nicht im mindesten, Sir.»

«Gut.»

Ich fühlte, daß sich die Aussichten in ermutigender Weise besserten. Bezüglich Ophelias würde ich natürlich sehr diskret vorgehen müssen, aber so ein Schiff wimmelt ja von kosigen Winkeln für kleine Plauderstündchen. Und wiewohl der liebe Basil nahe genug weilte – ich sah förmlich, wie die Heizer ihn um die Kessel jagten, wenn das Essen nicht pünktlich zur Stelle war –, Ophelia blieb ihm so unerreichbar, wie wenn die beiden auf zwei verschiedenen Schiffen wären, die in entgegengesetzte Richtungen fuhren.

«Nun wollen wir uns aber einen Drink genehmigen», sagte der Kapitän, meine Gedankengänge unterbrechend, indem er die Hände zusammenschlug und «Steward!» rief.

Und da stand er wieder auf der Schwelle, der verdammte Kerl – Basil.

«Ist Ihnen nicht gut, Doktor?» rief der Kapitän.

«Nichts – nichts, Sir. Nur ein kleiner Schauer. Habe möglicherweise leichte Temperatur.»

«Achten Sie auf Ihre Gesundheit. Einen kranken Arzt können wir hier nicht brauchen.»

«Nein, natürlich nicht, Sir.»

Ich starrte Basil an. Basil starrte das silberne Chronometer über meinem Kopf an. Eine gute Sekunde lang fragte ich mich, ob der niederträchtige Kerl wirklich da vor mir stand, oder ob ich infolge eines allgemeinen seelischen Zusammenbruchs und nervlicher Überreiztheit das Opfer von Halluzinationen geworden war. Er schien grundverschieden von dem Burschen, der sich auf meinem Sofa gelümmelt und meinen Gin heruntergeschüttet hatte – er war älter, sozusagen gebeugter geworden und in einer Art Halbschlaf.

«Nennen Sie Ihre Leibmarke, Doktor», forderte mich Captain Spratt wohlgelaunt auf, während er sich in ein riesiges rotgetupftes Taschentuch schneuzte.

«Pink Gin», stotterte ich.

«Und für mich wie gewöhnlich, Beauchamp.»

«Ich habe mir bereits die Freiheit genommen, Ihren Wünschen zuvorzukommen, Sir», erwiderte Basil, der sich mit einem Tablett und zwei Gläsern näherte.

«Aber, hol mich der Teufel! Wie konnten Sie des Doktors Wünsche –»

«Auch diesen zuvorzukommen war ich so frei, Sir.»

«Der Mann ist ein Weltwunder», murmelte Captain Spratt.

«Ich nehme an, Sie bevorzugen diese Quantität Angostura Bitter, Sir?» fuhr Basil fort, indem er sich mit dem Glas über mich beugte.

Ich durchbohrte ihn mit meinem Blick.

«Haben Sie weitere Wünsche, Sir?» fragte er den Kapitän.

«Im Augenblick nicht, danke, Beauchamp.»

«Ich danke *Ihnen*, Sir.»

Er zog sich mit der Würde eines Gerichtsvorsitzenden zurück, der die Mittagspause ansetzt.

«Solche Burschen sieht man nicht viele auf See, was?» Captain Spratt gab ein anerkennendes Nicken von sich. «In den alten Zeiten hätte man den Steward des Kapitäns glatt mit dem Butler jedes x-beliebigen wohlbestallten Hauses im Königreich vertauschen können, ohne daß wer zu Schaden gekommen wäre. Nun stinken sie alle nach Parfum und Haaröl und Faulheit. Aber Beauchamp, der gehört noch richtig zur alten Sorte. Ich glaub, nicht einmal an Land sieht man solche Typen mehr, 's ist jammerschade.»

«Mir ist er noch nicht häufig auf dem Schiff begegnet», war alles, was ich im Bemühen, mich der Situation anzupassen, herausbrachte.

«Das ist klar. Wissen Sie, wo ihn dieser Narr, der Chefsteward, begraben hatte? Drunten in der Kantine der Heizer, ich bitte Sie! Ich entdeckte den Burschen auf meiner gestrigen Runde und versetzte ihn an Deck.»

Von der Tür her ertönte Gehüstel.

«Ja, Beauchamp?»

«Ich habe Ihre Koje aufgedeckt, Sir, und Ihre Pantoffeln herausgelegt, falls Sie den Hang verspüren, sich nach Tisch auszuruhen, Sir.»

Der Kapitän nickte. «Wäre nicht ausgeschlossen.»

«Ich erlaube mir respektvollst darauf hinzuweisen, Sir, einem kurzen Nachmittagsschlaf haben bereits eine Reihe durch ihre Taten ausgezeichnete Männer das Wort geredet. Ich erwähne unter anderen Napoleon und Mr. Gladstone, Sir.»

«Das kann ich gut verstehen, Beauchamp.»

«Ich werde Sie präzise um vier Uhr wecken, Sir.»

«Sehr gut, Beauchamp.»

«Mit einer Kanne Tee und gemischtem Backwerk, Sir.»

«Ich danke Ihnen, Beauchamp.»

«Ich danke *Ihnen*, Sir.»

Basil entschwand abermals.

Die ganze Szene war mir ein vollkommenes Rätsel. Um so mehr, als Basil in unserer Bude solch ein Faulpelz war, daß es ihm nie einfiel, sein Bett zu machen, geschweige denn das eines anderen.

«Beauchamp ist mir für die heutige Abendparty ein absolutes Gottesgeschenk», hörte ich den Kapitän sagen.

«Eine Party?» Ich blickte auf. «Was für eine?»

«Der übliche Rummel – die Cocktailparty des Kapitäns. Langweilt mich zu Tode, aber die Passagiere erwarten sich's. Nur ein paar Erste-Klasse-Passagiere, wohlverstanden. Hab dazu die Bande von meinem Tisch gebeten sowie dieses Reklameweib und den Kerl in der rosa Hose.»

Ich zuckte zusammen. «Doch nicht hier oben, Sir?»

Captain Spratt faßte mich ins Auge. «Ich habe nicht die Gepflogenheit, meine Gäste auf der Brücke oder der Back zu bewirten, wenn Sie das meinen.»

«Nein, nein, natürlich nicht, Sir, aber –»

«Sie sind selbstverständlich eingeladen, sorgen Sie daher freundlichst für ein reines Vorhemdchen. Schlag sechs, wenn ich bitten darf.»

«Ich – ich werde wohl nicht in der Lage sein, der Einladung Folge zu leisten, Sir.»

«*Was* werden Sie nicht?» brüllte der Kapitän.

«Will sagen, hab drunten noch eine Menge aufzuarbeiten, Sir –»

«Jetzt hören Sie einmal gut zu, Doktor. Wenn Sie annehmen, daß ich ohne die volle und begeisterte Unterstützung meiner sämtlichen höheren Offiziere eine Bande drittklassiger Leute mit Erster-Klasse-Tickets bei verblödetem Geschwätz und Oliven unterhalte, irren Sie sich gewaltig. Tod und Teufel! Ich dulde kein Hin-und-her-Lavieren, ich dulde es einfach nicht! Sie werden Ihre Arbeit anständig erledigen und pünktlich zur Stelle sein. Das ist ein Befehl, verstanden?»

«Selbstverständlich, Sir. Gewiß, Sir. Ich versichere Ihnen, es wird mir ein großes Vergnügen sein, Sir –»

«Das wird es bestimmt nicht sein. Aber wenn Sie's nicht jedem Anwesenden als solches erscheinen lassen, dann helfe Ihnen Gott.» Er goß den Rest seines Gins in sich. «Nun muß ich auf die Brücke.»

Der Kapitän entschwand auf einer Leiter in die oberen Regionen. Ich stand einen Augenblick unentschlossen da. Dann schlich ich zu der kleinen Pantry vor der Kabinentür zurück, wo ich Basil genüßlich eine Zigarette rauchen und dem Gin zusprechen sah.

«Hör mal! Was soll dieser verdammte Blödsinn?» fragte ich unverzüglich.

«Mein liebes Jungchen!» Er grinste. «Wie hab ich dir gefallen?»

«Was zum Teufel meinst du damit?» Das Ganze hing mir schon langsam zum Hals heraus. «Nicht genug, daß du mich durch dein Herumschleichen zu Tode erschreckst, schmierst du dem Kapitän Honig um den Bart wie ein Bühnen-Butler –»

«Aber das ist es ja, genau das! Erinnerst du dich nicht an das erste Stück, in dem ich auftrat? ‹Der Butler ist ausgeblieben.› Ich spielte den Butler. Wenn ich's mir überlege, hab ich eigentlich seither nichts anderes gespielt als Butlerrollen. Ich bin geradezu unerreicht mit meinem ‹Das Dinner ist serviert, M'lord, der Kaffee steht auf der Terrasse bereit, M'lady, die Leiche erwartet Sie in der Bibliothek, Inspektor› und ähnlichem Zeug. Du kannst dir freilich nicht vorstellen, wie mühsam es ist, vom frühen Morgen bis zum späten Abend wie ein Butler zu leben, zu denken und zu fühlen. Ich bin riesig froh, daß dir meine Darbietung gefallen hat.»

«Die Art und Weise, wie du dich aufgeführt hast, würde gewiß einen herzoglichen Kammerdiener vor Neid erblassen lassen», sagte ich, «aber darum handelt sich's jetzt nicht –»

«Ich danke dir, liebes Jungchen. Du weißt, wie sehr ich lobende Worte schätze. Die Idee kam mir, als ich von diesem Sklaventreiber Shuttleworth in die Heizerkantine verbannt wurde. War gar nicht so schlimm da drunten, sobald meine scheußlichen Übelkeiten aufhörten. Heutzutage sind sämtliche Heizer dürre Gesellen, weißt du, mit reinen Kragen, die Hebel betätigen. Aber da mir die Passagierdecks versperrt waren, wurde mir der ganze Zweck meiner Reise zunichte gemacht. Schließlich», erklärte er, «ist ja der einzige Grund, warum ich mich an einem solchen Ort herumtummle, nur der, daß ich meiner Ophelia nahe sein will.»

Ich schwieg.

«Und heut abend», lachte Basil, «wird das arme Ding *die* Überraschung ihres süßen jungen Lebens erleben. Ich kann's kaum erwarten, ihr Gesicht zu erblicken, wenn sie durch diese Tür eintritt und mich ihr den ersten Martini aufwarten sieht. Das wird ein Heidenspaß werden, meinst du nicht auch? Untersteh dich, ihr ein Wort davon zu sagen, falls du sie zufällig siehst», fügte er drohend hinzu. «Leider kann ich dir keinen Gin mehr anbieten. Muß ins Freudenloch hinunter, um zu meinem Lunch zu kommen.»

«Wenn du glaubst, du kannst einem Kerl von der Sorte Captain Spratts andauernd Sand in die Augen streuen –»

«Was tust du denn anderes mit unserem lieben goldbetreßten Rauschebart, frage ich dich? Ist er nicht ein Ungeheuer? Aber trotzdem, meine Erfahrungen werden sich bezahlt machen. Eines Tages kann's leicht soweit kommen, daß ich einen Kapitän spielen muß, und ich sammle jetzt alle möglichen nützlichen Fingerzeige bloß bei Zuschauen, wie er herumstelzt.»

11

Ich ging in den Salon Erster Klasse hinunter. Fast war ich zu erschöpft, um zu essen, und gegen die Seekrankheit mußte ich auch noch ankämpfen. Ein paar höfliche Worte murmelnd, ließ ich mich nieder, entfaltete meine Serviette und stocherte ein bißchen in den Speisen.

Mein Tisch stand nicht weit von dem Ophelias und Humphreys, ich teilte ihn mit drei Gefährten. Zur Rechten saß Miss Miggs, eine Lehrerin, die sich von ihrer Schilddrüsenoperation erholte. Zur Linken Mr. Bridgenorth, eine Art potenzierter Kleinkrämer. Gegenüber Mrs. van Barn, eine muntere Amerikanerin, die aussah, als hätte man sie aus einem piekfeinen Schönheitssalon entlassen, ohne sich allerdings allzu große Mühe mit ihr gegeben zu haben.

Zumindest mußte ich mich nicht angestrengt um Konversation bemühen, denn jeder Mensch, der einen Arzt gesellschaftlich kennenlernt, brennt danach, ihm seine gesamte Krankengeschichte, vom Mumps angefangen, brühwarm zu erzählen. Miss Miggs überschüttete mich mit der Geschichte ihrer Schilddrüsenoperation, zu der man, wie zu einer Filmpremiere, Einladungen an sämtliche Londoner Chirurgen hatte ergehen lassen. Ihr folgte Mr. Bridgenorth, den man auf eine Vergnügungsfahrt geschickt hatte, als die Anstrengung, all diese Haferflockenpakete an den Mann zu bringen, für seinen Blutdruck zuviel geworden war. Und obwohl Mrs. van Barn persönlich sich bester Gesundheit erfreute, hatte sie zwei Gatten infolge höchst komplizierter Leiden verloren; sie mußten meiner Ansicht nach recht wohlhabend gewesen sein, daß sie sich bei den New Yorker Ärztehonoraren solche Krankheiten leisten konnten.

Während die drei über den Schweinebraten hinweg ihre Symptome austauschten, beschränkte ich mich darauf, da und dort ein mitfühlendes Wort einzuwerfen, wobei ich krampfhaft überlegte, wie zum Teufel ich dem heutigen Abend beikommen sollte. Ich mußte trachten, Basil und Ophelia irgendwie auseinanderzuhalten. Da ich nicht gut Basils Anwesenheit bei der Party unterbinden konnte – außer ich erklärte dem Kapitän, er leide an einer fürchterlich ansteckenden Krankheit –, mußte ich klarerweise Ophelia entsprechend geschickt bearbeiten.

Unmittelbar nach dem Lunch hielt ich auf dem Schiff nach ihr Ausschau und entdeckte sie hingerissen in den Anblick des Schornsteins versunken.

«Hallo!»

Ich wartete, bis Humphrey sich emsig mit seiner Kamera zu schaffen machte.

«Du hast doch hoffentlich nicht den kleinen Drink von heute abend vergessen?» fragte ich.

«Oh, Darling, es ist wirklich zu dumm, aber es geht schon wieder nicht. Ich hab soeben eine ganz reizende Einladung zur Cocktailparty des Kapitäns bekommen, mit lauter Flaggen und solchem Zeugs verziert.»

«Was, du gehst doch nicht zur Cocktailparty des Kapitäns?»

Ich setzte eine derart entsetzte Miene auf, daß sie nicht einmal Basil hätte überbieten können.

«Du gehst doch nicht im Ernst hin?» wiederholte ich.

«Warum denn nicht? Es heißt, sie ist der absolute gesellschaftliche Höhepunkt der Reise.»

«O Gott, nein! Eine schauerlich trübselige Angelegenheit. Jeder Mensch weiß doch, daß die Leute am Kapitänstisch stets die spießigsten an Bord sind. Die stehen bloß herum, sprechen über nichts anderes als Aktien und Dividenden und Golf und jagen den Gin durch die Gurgel. Genausogut könntest du an einer Cocktailparty in Bagshot teilnehmen.»

«Zufälligerweise bin ich bei ein paar wundervollen Cocktailparties in Bagshot gewesen, Darling. Als ich mit einem goldigen Offizier in Sandhurst verlobt war.»

Das war mir neu, aber ich fuhr nichtsdestoweniger fort: «Du wirst dich bestimmt zu Tode langweilen –»

«Ich möchte aber trotzdem hingehen», erklärte Ophelia mit Bestimmtheit. «Mit dir kann ich doch jederzeit einen Drink nehmen, nicht wahr? Schließlich», meinte sie nach einer Pause, «ist's nicht sehr wahrscheinlich, daß einer von uns übers Wochenende wegfährt.»

«Nein, natürlich nicht. Aber, Ophelia –»

«Etwas mehr Busen bitte, meine Liebe», rief Humphrey, seine Operationen wieder aufnehmend.

«Ophelia –»

«Tut mir leid, Darling. Ich hab zu tun.»

Ich kehrte in meine Kabine zurück. Sobald Ophelia einmal einen Entschluß gefaßt hatte, war sie, das wußte ich, ebenso schwer umzustimmen wie Captain Spratt. Ich schritt auf und ab und machte dabei meiner Tagesration Zigaretten den Garaus. Ich starrte aus dem Bullauge; vielleicht zog ein Taifun auf und machte das Ganze zunichte? Ich fluchte dem verdammten Schiff und dem verdammten Ozean. Ich hatte die Seereise so beschwingt angetreten wie eine eben flügge gewordene Möwe, und nun saß ich in der scheußlichsten Situation, die man sich vorstellen kann, fest. Ich glaube, dem Alten Seemann der Ballade ist's nicht anders ergangen.

Der Nachmittag strich dahin. Ich versuchte mich dadurch abzulenken, daß ich Sir Lancelots Memoiren in Angriff nahm. Die Abendordination hielt ich wie sonst im Schiffsspital ab. Schließlich wurde es Zeit, mein kleines Messejackett und ein steifes Hemd anzulegen, und als ich die Krawatte umband, entschied ich, daß mir nur noch verzweifelte Maßnahmen übrigblieben.

Unterwegs zur Kabine des Kapitäns glitt ich in eine kleine Nische unterhalb der Kajütentreppe, zwischen dem Kasten mit dem Ölzeug der Offiziere und dem Kreiselkompaß. Während die Gäste an mir vorbeizuströmen begannen, lugte ich um die Ecke nach Ophelia aus, so lange, bis ich mich schon fragte, ob nicht doch der Glücksfall eingetreten sei und sie sich mit starken Kopfschmerzen zu Bett gelegt hatte. Aber sie kam natürlich stets überallhin zu spät, und ich konnte alle Leute bereits droben in der Kapitänskabine munter schnattern hören, als ich sie das Deck entlanggehen sah.

«Darling! »kreischte sie auf, als ich aus dem schattigen Winkel heraussprang. «Was ist denn los mit dir in letzter Zeit? Ständig hast du's drauf angelegt, mich zu Tode zu erschrecken. Hast du eine Schockbehandlung mit mir vor?»

«Ich muß mit dir sprechen», erklärte ich feierlich. «Unter vier Augen.»

Sie blickte mich verstört an. «Warum diese Geheimnistuerei, um Gottes willen? Ist das Schiff am Untergehen, oder was sonst?»

«Hier draußen kann ich's dir schwer erklären», murmelte ich. «Aber wenn du vielleicht doch in meine Kabine zu diesem Drink kommen wolltest –»

«Also, das hab ich gerne!» Ophelia stampfte mit den Füßen. «Ich freue mich nun mal ganz besonders auf diese Party, und außerdem hab ich ein neues Kleid angezogen. Wie kannst du dich zum Teufel unterstehen, mir vorzuschlagen, ich soll diesen Abend derart vergeuden –»

«Ich dachte, es wäre doch sehr nett, wenn wir zwei miteinander ein bißchen plaudern könnten», drang ich weiter in sie, immer näher rückend. «Wir haben eigentlich noch nicht viel voneinander an Bord gehabt, nicht wahr, Ophelia, mein Mädel? Und was für Strapazen ich auf mich genommen hab, um mit dir auf dem Schiff zu sein –»

«Du machst mich krank! Wenn ich einmal im Leben eine Chance habe, all diesen Dreck hinter mir zu lassen und ein paar nette und interessante neue Leute kennenzulernen, kommst du daher und setzt mir zu wie ein brünstiger Bluthund –»

«Ophelia!» Nun war ich doch recht verstimmt. «Ophelia, verstehe meine Gefühle dir gegenüber richtig –»

«Ich verstehe sie nur zu gut.»

«Verdammt! Ich hab dir doch einmal gesagt, wie ernst es mir ist, dich zu heiraten –»

«Und ich hingegen kann dir jetzt sagen, es besteht nicht die leiseste Möglichkeit, daß ich je so vertrottelt sein werde, dich mein ganzes Leben ruinieren zu lassen. Ich verlange nichts weiter, als daß du aufhörst, mir meine Ferien zu verpatzen. Ich werde zu dieser Party gehen.»

Ich packte sie am Arm.

«Laß mich augenblicklich los, du gemeines Biest! Sonst rufe ich nach einem Matrosen.»

«Ophelia!» zischte ich. «Nun will ich dir den wahren Grund sagen, warum du heute abend nicht hinaufgehen sollst.»

«Bitte, sag ihn doch! Niemand würde ihn lieber erfahren als ich.»

«Basil – Basil Beauchamp – befindet sich in der Kabine des Kapitäns.»

Sie starrte mich an.

«Ja. Ich hab ihn dort gesehen. Mit meinen eigenen Augen, noch heute früh.»

«Aber – aber was hat denn *der* an Bord unseres Schiffes zu suchen? Und noch dazu als Intimus des Kapitäns?»

«Er ist nicht der Intimus des Kapitäns. Er serviert die Getränke.»

«Er serviert die Getränke?»

Ich erklärte ihr kurz die Umstände von Basils Freifahrt.

«Oh, ihr widerlichen Idioten alle miteinander!» Ophelia stampfte abermals mit den Füßen. «Warum kann er mich zum Teufel nicht in Ruhe lassen? Warum könnt ihr mich zum Teufel beide nicht in Ruhe lassen? Darf ich denn nicht auch ein bißchen Privatleben haben und manchmal mit anderen Männern sprechen als mit euch beiden schamlosen –»

«Du kannst dich jedenfalls nicht gut bei dieser Party zeigen», unterbrach ich sie.

«Und warum sollte ich mich, verdammt noch mal, nicht bei dieser Party zeigen?»

«Nun, Basil in seinem weißen Jäckchen –»

«Wenn Basil sich durchaus in einen schwimmenden Kellner verwandeln will, so ist das seine Sache. Ich werde zu dieser Party gehen, und du, mein Lieber, wirst mich begleiten. Komm!»

«Warte – warte nur einen Augenblick, Ophelia.» Ich begann zurückzuweichen. «Wenn – wenn du mich nicht für sehr ungezogen hältst, würde ich's im allgemeinen Interesse vorziehen, in meine Kabine hinunterzugehen –»

«Komm – du elender Wurm!»

Sie packte meinen Arm. Ihre Nägel krallten sich in meinen linken Bizeps, während wir die Kajütentreppe erstiegen.

Ich weiß nicht, was sich Basil erwartete: daß Ophelia ihm die Arme um den Hals schlang, mit ihren Tränen sein Martini-Tablett überschwemmte oder in Ohnmacht fiel. Tatsache war jedenfalls, daß sie einfach auf ihn zusegelte, «einen Martini, Steward!» rief und dann wieder davonsegelte.

Ich verdrückte mich in den Hintergrund und beobachtete Basil, der das Ganze zu enträtseln suchte. Nun, fern den Brettern nie ein sehr heller Kopf, zog er die Stirn in Denkerfalten und schien zum Schluß zu kommen, daß Ophelia sein Gesicht einfach nicht bemerkt habe. Das war ja wohl nicht von der Hand zu weisen. Man pflegt nicht unbedingt bei Parties den Kellnern ins Gesicht zu starren, um nachzusehen, ob sich unter ihnen vielleicht der eigene Bräutigam befinde. Ophelia hatte mittlerweile Captain Spratt in eine Konversation verwickelt, um etliches lauter redend und lachend als sonst, und da es sich um eine niedere Kabine und um Ophelia handelte, war es alles in allem eine recht geräuschvolle Angelegenheit.

«Captain, was für eine himmlische Party und wie schrecklich süß von Ihnen, mich einzuladen», plapperte sie.

«Ich bin überzeugt, Miss O'Brien, Sie müssen den Abend mehr als langweilig finden.»

Der Kapitän fühlte sich aufs äußerste geschmeichelt, daß Ophelia sich so eindeutig auf ihn gestürzt hatte, noch dazu in diesem tief ausgeschnittenen Kleid.

«Ohne Zweifel reißt man sich in London darum, daß Sie weitaus glänzendere Veranstaltungen zieren, als ich sie Ihnen bieten kann», fuhr er fort.

«Aber, Captain, ich führe ein völlig zurückgezogenes Leben», erwiderte sie, schmelzend zu ihm emporblickend. «Ich bin das reinste Hausmütterchen, müssen Sie wissen. Nichts als Kochen und Stricken und Fernsehen. Darum kommt es mir ja so herrlich vor, an Bord Ihres so wundervollen und aufregenden Schiffes weilen zu dürfen.»

Basil schritt stracks auf sie zu, indem er sich mit seinen Ellbogen einen Weg durch die Gäste bahnte, und starrte finsteren Blicks unter seinen Brauen hervor, wie Boris Karloff auf den alten Filmplakaten.

«Steward», rief ihn Ophelia an, eine Zigarette zückend. «Armleuchter!»

Basil blieb schwer atmend stehen.

«Beauchamp, dort drüben in der Ecke stehen Gäste mit leeren Gläsern», schaffte ihm der Kapitän an. «Bedienen Sie sie bitte.»

«Und sich vorzustellen, Captain, daß dieser ganze riesengroße Kreuzer unter Ihrem Kommando steht», fuhr Ophelia fort. «Hält Sie die Verantwortung nicht die ganze Nacht wach?»

Captain Spratt lächelte. «Ich erkläre Ihnen gerne, meine liebe Dame, daß ich vom ersten Tag meines ersten Kommandos an nicht einen einzigen Augenblick an Schlaflosigkeit gelitten habe. Obwohl natürlich meine Position nicht frei von Verantwortung ist –»

«Aber, Captain, Sie sind genau der Typ, der dafür geschaffen ist, Verantwortung auf sich zu nehmen.» Sie stieß einen tiefen Seufzer aus. «Sie würden bodenlos überrascht sein, wenn Sie diese rückgratlosen Kreaturen sehen könnten, mit denen ich mich in London abzugeben habe. Einige, die ich Ihnen mit Namen nennen könnte, würden Ihnen direkt puppenhaft vorkommen, wie diese Schildwachen vor dem Buckingham-Palast mit ihrem starren Fischaugen-Blick. Sie hingegen, Captain –» Sie tätschelte seinen Rockaufschlag. «Sie sind ein Mann der Tat, das springt jedermann ins Auge.»

Der Kapitän bediente sich mit einer Prise Schnupftabak.

«Beauchamp – diese Gläser dort», wiederholte er.

«Was für breite Schultern Sie haben, Captain», hauchte Ophelia.

«Madam.» Basil streckte ihr einen Leuchter entgegen. «Feuer.»

«Danke, Steward.»

«Madam –»

«Ja, Steward?»

«Ist – ist das alles, Madam?»

«Endgültig alles, Steward. Finden Sie es nicht abscheulich», fuhr Ophelia, an Captain Spratt gewandt, fort, «wie heutzutage Männer einer Frau manchmal bis ans Ende der Welt nachsetzen?»

«Ich bin leider kaum dazu berufen, Ihnen diese Frage zu beantworten, Miss O'Brien, da ich ein eingefleischter Junggeselle bin. Ich habe nie in meinem Leben einer Frau nachgesetzt, mit Ausnahme einer unglücklichen Dame, die vor einigen Jahren bei Teneriffa ihren Verstand verlor und in ihrem Hemd an Deck herumraste.»

«Ich möchte mir respektvollst erlauben, Madam», schaltete sich Basil in das Gespräch ein, «darauf hinzuweisen, daß meiner Meinung nach gewisse Damen es als Kompliment erachten sollten, wenn ihnen ein Mann nachfolgt.»

Ophelia hob die Brauen. «So?»

«Und das unter der Voraussetzung, daß die betreffende Dame einer derartigen Aufmerksamkeit überhaupt wert ist, Madam.»

Der Kapitän lachte kurz auf. «Eine sehr philosophische Natur, unser Beauchamp. Genauso wie dieser berühmte Bursche in den Büchern – wie heißt er doch gleich? Jeeves.»

«Wollen Sie damit andeuten», sprach Ophelia, während sie Basil mit schneckenartig gestielten Augen fixierte, «daß eine Dame für einen gewissen niederträchtigen Esel, der sie nicht länger als fünf Minuten allein lassen will, nicht gut genug sein könnte?»

«Ich möchte nur sagen –»

«Danke, Beauchamp», sagte Captain Spratt kurz angebunden. «Das genügt.»

«Ich möchte nur sagen», fuhr Basil verbohrt fort, «daß dieser Herr schmerzlich überrascht wäre, wenn die Dame seine Begleitung – die für ihn mit beträchtlichen Strapazen und Schwierigkeiten verbunden ist – ablehnte –»

«Dieser Herr ist ein Trottel», fuhr ihm Ophelia über den Mund.

«Außer, natürlich, die Dame hatte die feste Absicht, sich einem leichtfertigen Lebenswandel zu ergeben, sobald sie ihm einmal aus den Augen war –»

«Welch gemeine Unterstellung!»

«Das genügt, Beauchamp!» brüllte jetzt Captain Spratt.

Ich wurde mit einemmal gewahr, daß sämtliche Anwesenden zu sprechen aufgehört hatten. Ich verdrückte mich noch mehr in den hintersten Winkel und langte nach einem weiteren Martini.

«Weiter, Madam», fuhr Basil fort, immer mehr in Hitze geratend, «wenn ein Herr Wert darauf legt, seine Selbstachtung zu bewahren –»

«Selbstachtung? Ha! Daß ich nicht lache! Wie wäre es denkbar, daß jemand nur über den winzigsten Rest von Selbstachtung verfügt, nachdem er sich mit rosa Trikothöschen und roter Nase in ekelerregenden Pantomimen herumgewälzt hat –»

«Es war keine ekelerregende Pantomime! Es war eine absolut erstklassige Theateraufführung! Sie wurde nur in jenem Bezirk nicht entsprechend gewürdigt –»

«Es war eine fünftklassige Schmierenaufführung, an der jemand, der nur die leisesten Ansprüche darauf erhebt, Schauspieler zu sein –»

«Ich – will sagen der Herr – *ist* ein Schauspieler, verdammt noch mal! Warten Sie nur, Madam!» Basil fuchtelte mit dem Finger, wobei der Leuchter in seiner anderen Hand beängstigend schwankte. «Warten Sie nur! Eines Tages werden Sie ihn mit Spitzengagen im West End spielen sehen, und dann wird es Ihnen bitter leid tun –»

«Steward!» Sämtliche Martinigläser im Umkreis erklirrten bei Captain Spratts Stimme. «Gehen Sie sofort hinunter!»

«Verzeihung», stammelte Basil, «ich bitte vielmals um Verzeihung. Allerseits. Ich habe nur eine dringende Nachricht vom Verlobten dieser Dame zu übermitteln –»

«Hinunter mit Ihnen, sage ich! Miss O'Brien, nehmen Sie bitte den Ausdruck meines aufrichtigsten Bedauerns bezüglich dieser äußerst peinlichen Unterbrechung entgegen. Wenn Sie ein Kabel zu übermitteln haben –»

«Es kam nicht auf telegrafischem Wege», erklärte Basil, «sondern auf telepathischem.»

«Großer Gott, er ist verrückt geworden», murmelte der Kapitän. «Wo ist der Arzt?»

«Total verrückt», bestätigte Ophelia rundweg, «denn ich habe keinen Verlobten. Nun, Kapitän, worüber sprachen wir denn gleich, bevor wir so rüde unterbrochen wurden?»

«Ophelia –!»

Basil ließ sich, wie ein folgsames Kamel, auf ein Knie nieder.

«Doktor! Schaffen Sie diesen Mann hinaus. Tod und Teufel! Er ist toll geworden – ein regelrechter Tollhäusler. Ich bedaure den Vorfall zutiefst, meine Damen und Herren, wirklich zutiefst. Dies ist eine äußerst unliebsame Störung unseres schönen Abends –»

«Ophelia –!»

«Los, Basil, alter Junge», zischte ich ihm ins Ohr. «Das ist ohne Zweifel das Stichwort für deinen Abgang.»

«Ich weigere mich, diese Kabine zu verlassen, bevor ich eine zufriedenstellende Erklärung und Entschuldigung erhalten habe», fuhr Basil fort, wild um sich blickend.

«Gut», sagte der Kapitän. «Mr. Shuttleworth! Senden Sie nach dem Maat!»

«Hören Sie mich an –» begann Basil.

Aber dann mußten wir den Quartiermeister und zwei Matrosen holen lassen, um den armen Kerl ohne Blutbad aus unserem Blickfeld zu befördern.

Ich muß gestehen, der Dummkopf hatte sich seinen großen Abend gehörig verhunzt. Von allem anderen abgesehen, sah es ganz danach aus, daß er sich durch seine Aufführung um einen netten und wohligen Posten gebracht und wieder unter die Kessel verpflanzt hatte.

12

«Das war eine Szene, die ich nie mehr wieder spielen werde», sagte Basil bitter. «Nicht um eine Spitzengage in London oder am Broadway.»

«Kein reines Vergnügen für dich, muß ich zugeben», stimmte ich bei, «vom Publikum ganz zu schweigen.»

Es war eine Stunde später. Ich hatte ihn direkt ins Schiffsspital expediert, wo ich ihn noch immer mit Doppelgins behandelte.

«Ich kann's einfach nicht verstehen! Als ich Ophelia das letztemal sah, war sie schrecklich süß und liebevoll.»

«Wahrscheinlich hat's der Schock bewirkt, so unerwartet in dich hineinzurennen. So etwas vermag schon das seelische Gleichgewicht über den Haufen zu werfen.»

«Hast du ihr bestimmt keine Andeutung darüber gemacht?» forschte Basil.

Ich schüttelte den Kopf. «Nicht ein Wort. Ich kenn sie doch

kaum, im Grunde genommen. Begegne ihr nur ab und zu auf dem Schiff.»

Er verfiel für eine Weile in Schweigen.

«Ist's nicht ein merkwürdiger Zufall, daß auch du dich an Bord befindest, Grim?»

Ich wetzte leicht hin und her. «Solche Possen pflegt eben das Schicksal bisweilen zu spielen, weißt du.»

«Will sagen, in London wußten weder du noch ich noch Ophelia, daß wir alle auf demselben Schiff reisen würden, wenn du verstehst, was ich meine.»

«Es ist stets vergnüglich, unerwartet alten Freunden zu begegnen.»

Eine neuerliche Pause.

«Das bestätigt alles meinen dunkelsten Verdacht», sagte Basil.

«Verdacht?»

Er starrte in sein Glas und sah wie Othello aus, knapp vor der Erdrosselungsszene.

«Ich fürchte, Grim, da ist . . . da ist etwas im Spiel, was in Ehedramen allgemein als ‹der Dritte› bezeichnet wird.»

«Oh, ah?»

«Mein liebes Jungchen!» brach es aus Basil hervor. «Weißt du, warum ich *in Wahrheit* an dieser Fahrt teilnahm?»

«Um Ophelia nahe zu sein –»

«Das stimmt nur zur Hälfte.»

Er griff in die Brusttasche seines weißen Jacketts und förderte die Broschüre zutage, die Ophelia damals in die Ordination mitgebracht hatte.

«Schau dir dies an. An dem Tag, als mir Ophelia über ihren neuen Posten schrieb, entdeckte ich das Ding in einem Reisebüro in Blackport. Du kennst es wohl?»

Ich nickte.

«Ich bin nicht gerade das, was man einen abnorm eifersüchtigen Typ nennt», fuhr Basil fort.

«Hoffentlich nicht – will sagen, bin davon überzeugt.»

«Wenn man's genau betrachtet, ist eigentlich niemand auf der Szene. Außer den Passagieren, natürlich. Und ich will nicht sagen, daß ich Ophelia mißtraue.»

«Natürlich nicht.»

«Aber . . . sie ist ein höchst anziehendes Mädel.»

«Das ist sie», stimmte ich zu.

«Mit einem warmherzigen und zärtlichen Wesen.»

«Ich finde – meinst du wirklich?»

«Ganz zu schweigen von ihrer Empfänglichkeit für eine romantische Umgebung.»

Komisch, das war mir noch nie aufgefallen.

«Aber wenn sie begänne, in tropischen Nächten mit Burschen in weißen Smokings ums Deck zu tanzen – so wie auf diesem Bild hier –, weiß ich nicht, wozu ich imstande wäre . . . wenn einer ihr nur mit dem kleinen Finger zu nahe käme . . .»

Plötzlich fiel mir ins Auge, was für ein kräftiger Kerl Basil war. Nun erinnerte ich mich auch, wie er sich stets die Gunst unserer Hauwirtin dadurch erschmeichelt hatte, daß er Kohlenkübel heraufschleppte oder das Klavier lüpfte, wenn er mit der Miete im Rückstand war.

«Ich sollte mich freilich ein bißchen zivilisierter benehmen und mehr Verständnis aufbringen», fügte er hinzu.

«Erweist sich am Ende oft am besten.»

«Sollte mich einfach in würdevoller Trauer zurückziehen.»

«Das wäre nach meiner Meinung nach riesig eindrucksvoll.»

«Aber ich kann's nicht. Kann's nicht, wenn ich zusehen muß, wie einer meiner kleinen Ophelia zu nahe kommt. Da brech ich ihm lieber das dreckige Genick.»

Ich griff nach der Ginflasche.

«Allerdings – weiß der Himmel, wann ich sie je wieder an Bord sehen werde.» Basil legte die Broschüre traurig aus der Hand. «Dieser Tyrann von einem Shuttleworth wird sich für mich noch etwas Schauerlicheres ausdenken als die Heizerkantine. Dort droben war's ein recht feiner Job, sobald ich herausgefunden hatte, daß der alte Knabe abends ein Glas Meerwasser für sein Gebiß haben wollte, und noch so allerlei.»

«Hör mal zu, Alter –»

Ich konnte nicht umhin, der arme Kerl tat mir leid. Und ich konnte auch nicht umhin zu fühlen, es wäre nicht schlecht, ein bißchen Freundlichkeit an den Tag zu legen.

«Überlaß alles ruhig mir, Basil», sagte ich zu ihm. «Ich werde zum Kapitän hinaufgehen und einfach erklären, du hättest eine Art Nervenzusammenbruch erlitten, der ausschließlich auf Überarbeitung in seinem Dienst zurückzuführen sei. In gewissem Sinn ist das ja auch völlig wahr, und ich kann ihm mit ein paar gelehrten Brocken Sand in die Augen streuen. Man wird dir dann vielleicht daraufhin irgendeine leichte und ruhige Arbeit zuteilen.»

«Mein liebes Jungchen!» Er griff nach meiner Hand. «Glaubst du wirklich, daß das was nützt?»

«Bin davon vollkommen überzeugt. Schließlich bin ich der Arzt.»

«Ich wäre dir auf ewig dankbar.»

«Macht überhaupt keine Schwierigkeiten, versichere ich dir.»

«Lieber guter Grim!» Schauspieler sind Gefühlsmenschen, und einen Augenblick fürchtete ich, er würde in Schluchzen ausbrechen. «Schon damals in unsrer lieben alten Bude wußte ich immerdar das eine – daß ich auf dich zählen konnte als einen wirklich treuen Kameraden.»

«Oh, still», wehrte ich leichthin ab.

Das alles verschärfte natürlich mein Gefühl, ein ganz gemeiner Kerl zu sein. Aber wenn man einmal zu schwindeln anfängt, ist es genauso, wie wenn man zu trinken anfängt: nach einem Weilchen ist man so mitten drin, daß einem ein Plus gar nicht mehr auffällt. So verfrachtete ich Basil ins Freudenloch, brachte meine Krawatte in Ordnung und kletterte nochmals die Treppen zur Kapitänskabine hinauf, mir im Geiste eine Geschichte zurechtlegend, mit der ich sein Geschick ein bißchen aufbessern konnte.

Ich hatte gerechnet, daß die Party zu diesem Zeitpunkt bereits beendet sein müsse, vernahm jedoch zu meinem Erstaunen ein silberhelles Frauenlachen, als ich an die Tür klopfte.

«Herein!»

Da saß der alte Knabe bei Brathühnchen und Spargel, eine Flasche Champagner neben sich, bedient von Mr. Shuttleworth persönlich. Und Ophelia war die Partnerin seines Gelages.

«Ah, Doktor! Was haben Sie mit diesem gemeingefährlichen Narren gemacht? Hoffentlich sitzt er hinter Schloß und Riegel? Hätte wissen können, daß der Kerl plemplem ist. Jetzt fällt mir ein, auf welch merkwürdige Art er mir fortwährend nachgeschnüffelt hat.»

«Hoffentlich störe ich nicht, Sir?» bemerkte ich mit einem stechenden Seitenblick auf Ophelia.

«Durchaus nicht, Doktor, durchaus nicht. Ich hatte bloß das Gefühl, nach den Ereignissen des heutigen Abends könnte mein Erscheinen im Salon irgendwie peinlich wirken, und beschloß daher, mein Dinner hier oben einzunehmen. Diese reizende junge Dame hat sich liebenswürdigerweise bereit erklärt, mein schlichtes Mahl zu teilen.»

«Der Kapitän hat mir geradezu sensationelle Dinge über das Schiff erzählt», sagte Ophelia. «Nicht wahr, Captain?»

Der Kapitän war mit einemmal wieder ganz Goldtressen und Orden.

«Der Führer des Schiffs hat die Pflicht, die Fragen seiner Passagiere zu beantworten, liebe Miss O'Brien. Aber ich kann vielleicht zum erstenmal in meinem Leben behaupten, daß es mir ausgesprochenes Vergnügen bereitet.» Er hob sein Champagnerglas. «Wenn Sie übrigens diesen Kerl von einem Beauchamp in eine Zwangsjacke stecken wollen, Doktor – meinen Segen haben Sie.»

Ich hüstelte. «Ich stimme Ihnen bei, Sir, der Unglücksvogel ist leicht aus dem seelischen Gleichgewicht geworfen –»

«Das kann man wohl sagen», murmelte Ophelia.

«Aber es handelt sich nur um einen vorübergehenden Zustand, versichere ich Ihnen. Die peinliche Gewissenhaftigkeit, mit der er seiner Arbeit hier nachging, hat eine gewisse Überanstrengung hervorgerufen, Sir.»

Captain Spratt knurrte.

«Wenn ich mir einen Vorschlag erlauben darf, Sir, möchte ich sagen, er soll wieder unten bei einer leichten Beschäftigung eingesetzt werden, die seinen beschränkten geistigen Kapazitäten angepaßt ist.»

Der Kapitän strich sich den Bart.

«Ach, der arme Kerl ist vollkommen harmlos», sagte Ophelia plötzlich. Es war mir nicht klar, ob es ihr leid zu tun begann, Basil so schlecht behandelt zu haben, oder ob sie bloß beschwipst war. «Geben sie ihm irgendeine nette leichte Arbeit, Captain, bei der er ruhig ein bißchen angeschlagen sein kann.»

«Hm.»

Pause.

«Na, gut und schön. Mr. Shuttleworth!»

«Sir?»

«Sie haben dieses Gespräch mit angehört. Stecken Sie Beauchamp irgendwohin, wo er nicht viel Schaden stiften kann. Sehen Sie bloß darauf, daß er *mir* nicht in den Wurf kommt, das ist alles, was ich verlange. Danke, Doktor. Gute Nacht.»

«Bye-Bye, Doktorchen», sagte Ophelia.

Als ich hinausging, bildete ich mir ein, daß die beiden sich gegenseitig zu füttern begannen.

Die Situation an Bord erschien mir nun einigermaßen gesichert. Ich hatte das Gefühl, Basil sei so kaltgestellt worden, daß es mir jetzt offenstand, mich wieder in Ophelias Zuneigung zurückzuschmeicheln. Und obgleich der arme Kerl einen unüberbietbaren Narren aus sich gemacht hatte, würde sein Ausbruch wahrscheinlich keine schlimmere Folge haben, als daß er die Waschräume der Stewards zu betreuen hatte. Das Ganze schien nach allen Seiten zufriedenstellend in Ordnung gebracht.

Es verursachte mir daher keine geringe Erschütterung, als ich beim Lunch des nächsten Tages entdecken mußte, daß Basil mir die Suppe servierte.

«Wie kommst *du* denn hierher, zum Teufel?» fragte ich.

«Auf ausdrückliche Anweisung des Chefstewards, Sir», erwiderte Basil, sich den Daumen abwischend.

«Auf Anweisung des Chefstewards? Ja, solltest du nicht irgendwo unten im Schiffsrumpf eingesetzt werden?»

«Der Chefsteward war der Meinung, Sir, dieser Posten würde nicht nur mir, sondern auch allen anderen am besten konvenieren.»

Es war ausschließlich Shuttleworths, dieses alten Narren, Schuld. Wohlüberlegt hatte er Basil zum Salonkellner an meinem Tisch gemacht, damit ich gleich bei der Hand sei, falls er sich wieder Ausschreitungen zuschulden kommen ließe.

«Fisch und Pommes frites», bestellte ich kurz und bündig.

Es blieb mir nichts anderes übrig, als mich den Umständen anzupassen.

Basil hatte sich bestimmt den ganzen Vormittag in die Rolle des Kellners hineingelebt und hineingedacht, aber entweder war sein Herz nicht bei der Sache oder hatte ihm die seelische Spannung die Sicherheit des Griffs genommen – er leistete jedenfalls schauerliche Arbeit. Das «Wie-mir-der-Chef-persönlich-anvertraut-hat-ist das-Roastbeef-heute-ganz-ausgezeichnet» brachte er ja passabel, aber als er versuchte, die Kartoffeln mit einer Hand vorzulegen, geriet er in scheußliche Schwierigkeiten und mußte ihnen mit seiner Gabel über den ganzen Tisch nachjagen. Dann verwechselte er fortwährend die Ein- und Ausgangstür der Pantry, die Butter blieb am Ende seines Messers stecken, die Orangen ließ er wie Tennisbälle über das ganze Deck rollen – alles in allem war's ein jämmerlicher Lunch.

Aber nicht nur durch Mr. Shuttleworths schlechte Rollenbesetzung.

Eine seltsame Düsternis hatte sich meiner Tischgenossen bemächtigt, abgesehen davon, daß ihre Symptome bereits voll ausgeschöpft waren. Genau genommen, hatte sich des ganzen verdammten Schiffes seltsame Düsternis bemächtigt. Schuld daran trug Jeremy mit seinem Schlapphut und seinen teuflischen Kumpanen.

Jedermann, der inmitten des Londoner Nebels auf ein Plakat der Capricorn Line stößt, muß fast mit Brachialgewalt davon zurückgehalten werden, sein Haus auf der Stelle zu verkaufen und ein Ticket für das nächste Schiff zu erstehen. Und nach dieser kleinen Broschüre zu urteilen, nimmt sich der siebente Himmel der Mohammedaner gegen eine Vergnügungsfahrt auf einem Capricorn-Kreuzer wie ein Spaziergang im Park an einem verregneten Sonntagnachmittag aus. Aber wenn man der Sache nachgeht, sind sämtliche Passagierschiffe nichts anderes als unsere lieben trauten englischen Strandhotels, wo es Musik hinter Palmenkübeln, dicke oder klare Suppe zum Dinner und für jeden einen Lieblingsstuhl in der Lounge gibt. Nur kann man einem Strandhotel jederzeit ein Weilchen entfliehen, indem man ganz allein einen erfrischenden kleinen Bummel zum Lokal am anderen Ende der Promenade unternimmt. Und noch etwas: diese Schlapphut-Burschen hatten in ihren Werbeschriften arglistig den Sex herausgestrichen – und dafür haben die Engländer am meisten übrig, nach einem Fleckchen Sonnenschein, natürlich. Alle, die an Bord kamen, erwarteten sich, dort diese Kerle in weißem Smoking oder Mädels wie Ophelia vorzufinden, und als sie dann nur die Leute, die sie vom Morgenzug her kannten, in Badeanzügen sahen, bemächtigte sich ihrer das Gefühl, dafür sei denn doch der Preis ihres Tickets zu hoch. Dies traf besonders schmerzlich Mr. Bridgenorth, der vierzig Jahre lang nicht die Zeit gefunden hatte, sich zu verheiraten, und Miss Miggs, die vierzig Jahre lang nicht darum gebeten worden war, vor allem im Augenblick, da sie feststellten, daß sie beide von den entgegengesetzten Enden derselben Straße in Dulwich kamen.

«Keine Morgenzeitungen gibts da», grollte Mr. Bridgenorth beim Fisch.

«Kein Fernsehen», führte Miss Miggs ins Treffen.

«Man kann nicht einmal in Frieden an Deck sitzen. Nichts als schreiende Bälger und tratschende Weiber und die Wurfgeschosse von den Bordspielen, die einen alle fünf Minuten in den Nacken treffen. Da könnte man geradesogut am Bankfeiertag am Pier von Southend sitzen.»

«Ich kann nicht behaupten, daß mir diese Mahlzeiten mit sechs

Gängen zusagen», seufzte Mrs. van Barn, noch die Munterste unter allen gedrückten Passagieren. «Wie fangen es die Leute nur an, daß jedes einzelne Gericht wie ein gekochter Waschlappen schmeckt? Ich vermute, dieser tiefgekühlte Fisch ist um eine gute Zeit länger an der Oberfläche des Meeres geschwommen als darunter.»

«Und was den tadellosen Service betrifft . . .» schrie Mr. Bridgenorth, als Basil ihm die Sauce Hollandaise auf die Hose schüttete.

«Verzeihen Sie dem Steward den kleinen Schnitzer», setzte sich Mrs. van Barn freundlich für Basil ein. «Der arme Bursche bemüht sich nach besten Kräften. Nicht wahr, Steward?»

«Man ist bestrebt, jedermann zufriedenzustellen, Madam», murmelte Basil, der Mr. Bridgenorth hastig trockenzulegen versuchte.

«Das tun Sie gewiß. Da, lassen Sie mich Ihnen helfen. Ein Tropfen Fleckentferner und ein Schwamm, und im Nu wird diese Hose wieder wie neu aussehen.»

«Danke bestens, Madam.»

«Gerne geschehen, Steward. Dazu sind wir doch da, nicht wahr: um einander zu helfen?»

Basil, der mit allen Wassern Gewaschene, ließ seine Wimpern leicht flattern.

«Eine geradezu bewundernswerte Philosophie, Madam, wenn ich mir die Bemerkung gestatten darf.»

«Ist das nicht ein aufgeweckter Bursche?» Mrs. van Barn lächelte in die Runde. «Wie heißen Sie, Steward?»

«Beauchamp, Madam.»

«Ich meine, mit Vornamen.»

«Basil, Madam.»

«Basil? Schau, schau, wie reizend! Ein Mann namens Basil ist mir noch gar nicht untergekommen.»

«Danke, Madam. Pommes frites?»

Ich dachte bis zum Zeitpunkt, da wir zum Dinner antraten, nicht viel über dieses kleine Tête-à-tête nach. Unsere liebe Mrs. van Barn hatte es stets zustande gebracht, mit den modischen Anzeigen im *New Yorker* Schritt zu halten, aber an diesem Abend sah sie in ihrem besten Kleid und ihrem besten Haar geradezu umwerfend aus. Sie setzte sich nieder, starrte Basil an, als sei er ein Schmuckstück bei Cartier, und ließ sich jedes einzelne Gericht der Speisekarte von ihm bringen.

«Ich werde Ihnen zeigen, wie man das macht», erbot sie sich, als der arme Kerl abermals mit diesen verflixten Kartoffeln rang. «Schauen Sie her, es ist ganz einfach.»

Wir alle mußten einräumen, daß Mrs. van Barn eine äußerst geschickte Kartoffelvorlegerin war. Aber dann, als sie Basil die Ente zerteilen half, den Salat mischte, die Brotkrumen vom Tisch fegte und die Butter vom Nebentisch holte, fiel es den Leuten auf. Insbesondere Mr. Shuttleworth, der vor Zorn rot anlief und hin und her zappelte, aber da Mrs. van Barn die teuerste Suite an Bord innehatte, konnte er nicht viel dagegen unternehmen.

Und auch Ophelia fiel es auf.

14

«Gaston, Darling!»

Ophelia ließ ihren Arm durch den meinen gleiten, als wir am nächsten Abend den Salon nach dem Dinner verließen.

«Wer ist dieses scheußliche fette Weib mit dem knallroten Haar, das dir gegenübersitzt?»

«Mrs. Sybil van Barn? Eine grundanständige Person, wenn auch etwas scharf auf Männer.»

«Findest du ihre Art, wie sie sich an die Kellner anschmeißt, nicht schrecklich ordinär?»

«Mein Gott, nein», erwiderte ich loyal. «Die Amerikaner pflegen immer auf sehr freundschaftlichem Fuß mit ihrer Dienerschaft zu stehen, und *vice versa.* Und ist in einem New-Yorker Restaurant noch soviel Plüsch, tritt der Kellner mit einer tiefen Verbeugung auf dich zu und fragt dich: ‹*Que voulez-vous,* Kam'rad›?»

Ophelia zog ein Schmollmündchen.

«Ich finde, wenn Basil wirklich Wert darauf legt, als Kellner durch die Welt zu gehen, sollte er lernen, sich auch als solcher zu benehmen.»

«Zuerst sollte er lernen, wie man Kartoffeln serviert, wenn du mich fragst.»

«Darling», sagte Ophelia, «möchtest du mich auf einen Likör in die Veranda-Bar ausführen?»

«Wer? Ich? Na so was! Und ob! Komm, Mädel!»

«Wie süß von dir.» Ophelia legte ihr Händchen in meine Hand. «Darling, ich bin ja so froh, daß du an Bord bist.»

Ich hatte mich inzwischen entschieden, den Dingen ihren Lauf zu lassen, bis zumindest die Narben, die sie an meinem linken Bizeps hinterlassen, verheilt waren. Ich war noch immer in sie verliebt, klar. Wie wär's anders möglich gewesen? Schließlich hatte sie nur zehn Minuten benötigt, um eine Persönlichkeit wie Captain Spratt dahinzubringen, sich mit erhobenen Pfoten zu ihren Füßen zu wälzen. Dies schien mir heute eine grandiose Chance, meine Attacken zu erneuern, zumal wir uns nun im Gürtel des tropischen Mondscheins befanden.

Ophelia saß bei einer Crême de Menthe in einer Chaiselongue und plauderte so beschwingt wie in den alten Zeiten. Und ich muß gestehen, ich strahlte vor Selbstzufriedenheit, vor allem angesichts der neidvollen Männerblicke, die mich trafen.

«Verzeih, daß ich neulich so gemein zu dir war», entschuldigte sie sich. «Basils blödsinniges Benehmen war schuld, daß ich den Kopf verlor. Du weißt ja, wie das ist.»

«Laß uns doch den kleinen Zwischenfall vergessen, ja?»

Ich tätschelte ihre Hand.

«Schließlich warst du ja so schrecklich lieb zu mir in all diesen Wochen, wo ich allein in London war, Darling.»

«Hoffentlich», sagte ich, ihre Hand noch herzhafter tätschelnd, «kann ich noch mehr lieb zu dir sein, wenn wir zurückkommen.»

«Darling, du bist ja so süß», sagte Ophelia.

Ich fühlte, daß ich diesen Segen nicht ungenützt vorüberziehen lassen durfte.

«Wenn du nicht zu müde bist davon, den ganzen Tag über die Reling hängend fotografiert zu werden», schlug ich vor – ich wollte das Eisen schmieden, solange es noch heiß war –, «könnten wir vielleicht ein Tänzchen wagen?»

«Ach, rasend gerne, Darling! Ich hab auf diesem Trip noch gar nicht mit dir getanzt, nicht wahr? Es wird wie in vergangenen Tagen sein.»

Einen hinreißenderen Abend konnte ich mir nicht vorstellen, wußte ich doch zudem, daß sich an seinem Ende kein düsterblikkender Geselle mit der Rechnung einfinden würde. Inzwischen war, wie angesagt, der Tropenmond aufgegangen, und ich konnte kaum den geeigneten Augenblick erwarten, um ihr vorzuschlagen, die Papierschlangen aus dem Haar zu kämmen und einen kleinen Bummel an Deck zu unternehmen.

«Wie himmlisch!» hauchte Ophelia, als wir in einer Nische zwischen dem Steuerbordflügel und einem Ventilator Ruhe fanden.

Ich schluckte ein bißchen. Das sanfte Rauschen des Wassers, die

Sterne, das Lüftchen, das in ihrem Haar spielte – das konnte einen schon übermannen.

«Hier kann man ungestört plaudern», murmelte ich, sie tiefer in die Nische drängend.

Sie streichelte meine Rockaufschläge. «Gaston – du bist ja solch ein Schatz.»

«Ophelia, mein Lieb.» Ich kitzelte ihr linkes Ohr. «Das ist der Augenblick, für den ich gelebt habe, seit ich an Bord kam.»

«*Meinetwegen* kamst du an Bord, Darling», erinnerte sie mich leise.

«Deinetwegen, Süßes.» Ich arbeitete mich kitzelnd bis zu ihrem Brustbein vor. «Allein deinetwegen hab ich das gefahrenumdrohte Dasein –»

«Küß mich, Darling.»

Ich beeilte mich. der Aufforderung nachzukommen. Aber in diesem Augenblick erklang eine Stimme von der anderen Seite des Ventilators: «Basil, du bist für mich der Clou dieses Trips.»

«Und du, liebste Sybil, bist für mich der Clou dieses Jahres.»

Ophelia schlug ihre Zähne so heftig aufeinander, daß sie mir um ein Haar die Nasenspitze abgebissen hätte.

«Basil, Liebster!» Ein Seufzer stieg hinter dem Ventilator auf. «Du bist ein wundervoller Mann. Eine himmelschreiende Schmach, daß du als Steward herumrennen mußt.»

«Es ist nur eine vorübergehende Rolle – will sagen, ein vorübergehender Posten. Ich habe Besseres in Aussicht.»

«Das bestimmt, Liebster, wenn du dich an mich hältst. Küß mich noch einmal.»

«Dieses dreckige Gewürm!» zischte Ophelia. «Und noch dazu mein eigener Bräutigam!»

«So eine Gemeinheit», stammelte ich.

«Warte nur, bis ich die in die Hände –»

«Halt, einen Augenblick –!»

Ich packte sie am Kleid. Wenn Ophelia eine Szene an Deck begann, würde man – ich kannte sie nur zu gut – nach dem Maat mit dem Spritzschlauch senden müssen, um ihr ein Ende zu bereiten.

«Ich werde dieses Stinktier in Stücke zerreißen –»

«Kein öffentliches Aufsehen!» flüsterte ich ihr angelegentlich zu. «Das ist schrecklich würdelos.»

«Ich scher mich den Teufel drum, wie würdelos –»

«Würdelos vor – vor *ihr*.»

Das schlug ein. Ophelia stand schweratmend da. Bevor sie noch einen Entschluß fassen konnte, packte ich ihre Hand und führte sie resolut ans Deck hinaus.

«Es ist bestimmt weitaus besser», murmelte ich, sie beruhigend streichelnd, als wir an den Rettungsbooten vorüberhasteten, «Basil einfach morgen vormittag in deine Kabine zu bestellen und ihm gehörig die Meinung zu sagen.»

Ophelia biß sich auf die Lippen.

«Mir ist viel eher danach, ihn hier an Ort und Stelle über die Reling zu schmeißen und lachend zuzusehen, wie ihn die Haifische auffressen.»

«Starke Gefühle», bestätigte ich, als wir am Heck stehenblieben, «sind unter solchen Umständen durchaus begreiflich.»

«Sich mit dieser Schwergewichts-Abenteurerin einzulassen, die schon zwei Männer um die Ecke gebracht hat –»

«Wenn ich dir dein Leid tragen helfen kann», erinnerte ich sie, «kannst du auf mich bauen.»

«Gaston, Liebster!» Sie schlang die Arme um meinen Nacken. «Du bist so ein aufrechter und geradliniger Charakter.»

«Aber, aber –»

«So ehrenhaft im Umgang mit Frauen.»

«Gott, man hat seinen Ehrenkodex.»

«Wundervoll, auf der ganzen Welt ein Wesen zu kennen, zu dem man Vertrauen haben und bewundernd emporblicken kann!»

«Aber du bist es, Ophelia, die meine besten Seiten zum Vorschein bringt», erklärte ich artig. «Und wenn du jetzt unseren Bummel fortsetzen willst, steht uns noch immer die andere Seite des Schiffs zur Verfügung.»

«Ich bin viel zu aufgerührt», erwiderte sie. «Ich hab von dem allem die scheußlichsten Kopfschmerzen bekommen und muß zu Bett gehen. Gute Nacht.»

Sie verschwand.

Ich muß gestehen, ich war recht erbittert über diesen idiotischen Basil, der mir schon wieder einen Abend verhaut hatte. Aber, sagte ich mir, als ich in meine Kabine hinunterging, morgen war auch noch ein Tag. Wenn Basil schon nicht über die Schiffsreling zu den Haifischen entschwand, würde er nun bestimmt aus Ophelias Leben ebenso endgültig entschwunden sein. Um, so bedachte ich, als ich meine Füße auf das Sofa legte und mir einen Gin einschenkte, von diesem aufrechten, ehrenhaften, grundverläßlichen, achtbaren Burschen, Gaston Grimsdyke, ersetzt zu werden.

«Armer guter Basil», murmelte ich. Direkt leid tat er mir.

Ich schenkte mir ein zweites Glas ein und malte mir unser nächstes Treffen aus. Wir würden beide kolossal edel sein, einander auf den Rücken klopfen, und alles würde in Butter enden, mit einem feierlichen Händedruck und den entsprechenden Beileids- und Glückwunschäußerungen. Ich war daher recht überrascht, als er einige Minuten später mit der Wucht eines jener südatlantischen Hurrikane, die Captain Spratt mit Vorliebe während des Dinners schilderte, in meine Kabine einbrach.

«Du Schwein!» Seine Fäuste ballten und öffneten sich wechselweise. «Du Kröte!»

«Ah, Basil, da bist du ja! Du bist doch hoffentlich nicht verstimmt?»

«Du stinkender, dreckiger Quacksalber! Ich hab eben Ophelia gesprochen.»

Ich war ein bißchen erstaunt – sie hatte doch Kopfschmerzen?

«Und sie hat dir wohl den Laufpaß gegeben?» bemerkte ich mitfühlend. «Scheußlich für dich, ich geb's zu. Aber du hast dir zumindest einen recht netten Trostpreis zugelegt.» Ich zwinkerte ihm zu. «Und was Ophelia betrifft, so gilt hier halt wieder einmal: wer wagt, gewinnt, was?»

Ich streckte ihm die Hand hin.

Basil spie sie an.

«Also, ich muß schon sagen! So behandelt man nicht gerade einen Freund, nur weil man Pech in der Liebe gehabt hat.»

«Du giftiger schäbiger Pillendreher!»

«Vielleicht», fuhr ich mit einem kurzen Auflachen fort, «hast du künftighin Riesenglück im Spiel.»

Basil trat vor.

«Wirst du mit deinem Gefasel aufhören, bevor ich dir dein drekkiges Genick breche?»

«Also, hör mal –» Ich begann mich wirklich über den Dummkopf zu ärgern. «Es gehört sich nicht, daß du dich hier so aufführst, bloß weil Ophelia dich vor die Tür gesetzt hat. Wenn alle Leute sich so wie du benähmen, ging's überall zu wie bei einem Gladiatorenkampf. Außerdem hast du jetzt deine van Barn, um dich warm zu halten. Verdammt noch mal!» Ich redete mich immer mehr in Entrüstung hinein. «Man kann die Wurst nicht gleichzeitig essen und behalten. Ich sage dir, Basil, ich habe es langsam satt, fortwährend von Ophelia und dir zu hören –»

«Hol der Teufel Ophelia und mich! Jetzt geht's um Ophelia und dich!»

«Ich gebe zu, sie hat eine kleine Vorliebe –»

«Es wird dich vielleicht interessieren, du ruchlose Kanalratte, daß Ophelia mir alles gesagt hat. *Alles!* Vor Weihnachten hat's begonnen.»

«Ja, richtig.» Ich hatte in der Aufregung ganz die Reihenfolge der Geschehnisse vergessen.

«Sie hat mir das Ganze erzählt. Bis ins letzte!» Basil stand über mich gebeugt, sein Atem blies mich an wie ein Schweißapparat. «Die ganze Zeit, wo ich in Blackport in dieser ekelerregenden Pantomime Blut schwitzte, vor einem gänzlich aus Taubstummen bestehenden Publikum Kapriolen schlug, in einem Quartier hauste, das einem Flüchtlingslager zur Schande gereicht hätte, fortwährend widerliche Kaldaunen fraß und im Regen um diese schauderhaften Trams Schlange stand, während ich litt, um zur Gründung eines Heims für mein künftiges Weib ein bißchen Geld zu verdienen, hast du, du entmannter Jack the Ripper, meine Abwesenheit in einer Art und Weise ausgenützt, die unter Todfeinden unsagbar schmählich wäre, geschweige denn unter vertrauten alten Freunden –»

«Ich – ich meinte nur, sie könnte sich vielleicht ein bißchen einsam fühlen», erklärte ich.

«Schurke!»

Ich wich zur Spitalstüre zurück.

«Und überdies war alles vollkommen harmlos –»

«Harmlos? Allmächtiger! Du locktest das süße Ding nächtlich in dein Absteigequartier in Mayfair und machtest dich daran, ihr die Kleider vom Leib zu reißen –»

«Also, da hört sich doch alles auf!» Das war wirklich zuviel. «Nie im Leben hab ich so was getan.»

«Ich frage dich: hast du Ophelia nackend gesehen oder nicht?»

«Natürlich hab ich das! Aber das geschah rein –»

«Danke. Mehr will ich nicht wissen.»

«Verdammt noch mal! Dafür gibt es die einfachste Erklärung –»

«Hund!» zischte Basil.

«Basil, lieber Junge, wenn wir uns niedersetzen, können wir die ganze Angelegenheit in Ruhe –»

«Das wirst du mir büßen.»

«Halt ein!» Ich griff nach der Klinke der Spitalstüre. «Wir sind doch schließlich Gentlemen.»

«Der eine von uns wohl. Der andre, bei Gott, wird bald als nichts mehr kenntlich sein.»

«Und der eine von uns», fuhr ich auf, nun wirklich erbittert, «hat sich nicht entblödet, die Plombe von unserem Gasmesser aufzubrechen und die hart verdienten Shillinge des Gaswerks zu stibitzen. Oder unsere Bude durch den Hauskanal zu verlassen, ohne die Miete zu bezahlen. Nicht zu vergessen, daß die Tochter unserer Hauswirtin –»

«Du Abschaum! Du eiterndes Geschwür!»

Ich schlüpfte rasch ins Spital. Aber Basil gelang es mit einer Geschicklichkeit, die wohl auf seine Praxis mit Falltüren zurückzuführen war, seinen Fuß noch rechtzeitig in den Spalt zu setzen. Ich hastete mit einem Sprung zur anderen Tür hinüber. Er nach. Er bemerkte das Amputationsbesteck, das Ophelia so interessiert hatte, und seine Hand zuckte nach dem Muskelskalpell.

«‹Zu mir, du Höllenhund, zu mir! Du Schurke, blut'ger, als Sprache je dich nennen kann!›»

Da es mir nicht mehr sinnvoll schien, mich mit ihm in weitere Debatten einzulassen, entfloh ich auf das Deck.

Natürlich ist man nicht gern im Mittelpunkt der allgemeinen Aufmerksamkeit. Aber das ist verdammt schwer zu umgehen, wenn man von einem Kerl mit einem sechs Zoll langen Messer und Mordgelüsten verfolgt wird. Die Passagiere, die eben vom Tanzabend in der Veranda-Bar kamen, erschraken begreiflicherweise nicht schlecht über diese Unterbrechung des normalen Lebens an Bord, aber statt daß sie mein Leben zu retten versuchten, indem sie Basil mit einem Crockethammer behandelten, entwichen sie so rasch wie möglich vom Schauplatz der Handlungen. Ich raste weiter. Mir fiel nichts anderes ein, als daß die sechsfache Runde ums Deck eine Meile ausmachte, und ich fragte mich, ob Basil oder ich der bessere Langstreckenläufer sei.

«‹So ergib dich, Memme!›»

Ich nahm eine Kurve und lief in Captain Spratt und den Maat hinein.

«Verdammt noch mal – Tod und Teufel! Schon wieder dieser Steward!»

Ich blieb stehen. Basil blieb stehen. Er stand einen Augenblick recht verdattert da.

«Lassen Sie sofort dieses Messer fallen!» donnerte ihn Captain Spratt an. «Sofern Sie nicht wünschen, daß ich Ihnen persönlich das Lebenslicht ausblase. Doktor!»

«Sir?»

«Er ist gewalttätig geworden, he?»

«Ja, Sir», keuchte ich. «Im Spital. Mußte ums liebe Leben rennen.»

«Wie dieses Weib in Teneriffa. Maat – legen Sie diesen Mann in Eisen.»

«Halt!» Basil schien plötzlich zu erfassen, daß ihm seine Rolle entglitten war. «Sie können mich nicht einfach in eine Art Gummizelle sperren –»

«Ich kann Ihnen versichern, daß Ihre Zelle nicht mit Gummi ausgepolstert sein wird.» Der Kapitän nahm rasch eine Prise. «Eine lebensgefährliche Waffe schwingen bedeutet Meuterei, und Meuterei auf hoher See wird mit lebenslänglichem Gefängnis bestraft. Nach unserer Rückkehr werden Sie in London der Polizei übergeben und – im Zuge des üblichen Gerichtsverfahrens, selbstverständlich – in einer der Strafanstalten Ihrer Majestät auf beträchtliche Zeit eingesperrt. Sie können noch von Glück reden, Beauchamp. In früheren Tagen hätte ich Sie morgens bei Sonnenaufgang an der Rahnock aufhängen lassen können. Führen Sie ihn ab.»

«Aber das ist ein schreckliches Mißverständnis!» Der Maat überwältigte Basil mit einem vollen Nelson. «Fragen Sie nur den Doktor – er ist einer meiner ältesten Freunde –»

«Total verrückt», nickte der Kapitän.

«Aber, Gaston, liebes Jungchen! Bin ich's nicht?»

«Er rast wohl, Doktor, nicht wahr?»

«Ein trauriger Fall, Sir.»

«Gaston, Grim! Seit den Tagen in unserer gemeinsamen lieben alten Bude –»

«Hab ihn natürlich nie gesehen, bevor er an Bord kam», fügte ich hinzu.

«Gaston! Ich flehe dich an –»

«Führen Sie ihn ab, Maat», sagte der Kapitän.

15

Natürlich hatte ich mich wieder recht gemein benommen. Aber es bekümmerte mich nicht mehr. Endlich war mir der Star gestochen worden, der meine Augen seit Weihnachten befallen hatte.

Nur um ein Stückchen ihrer alten Macht über Basil zurückzuerobern, hatte Ophelia mit voller Absicht die Geschichte unseres Liebeslebens skizziert und mich dadurch fast um Leib und Leben gebracht. Plötzlich ging mir ein Licht auf, was für eine böse kleine

Hexe dieses Frauenzimmer war. Ich wunderte mich, warum ich erst bei dieser schauerlichen Verfolgungsjagd rund ums Deck daraufgekommen war, als sie sich rasch von meinem Lebenslicht zu meiner *bête blonde* verwandelt hatte.

Man wird verstehen, daß sie am nächsten Morgen, als sie die Kühnheit hatte, an meine Kabinentür zu klopfen, eine recht frostige Begrüßung fand.

«Darling, du siehst so schrecklich blaß und angegriffen aus», sprach sie mich an. «Ist dir am Ende nicht gut?»

«Nicht aus Mangel an körperlicher Übung, kann ich dir versichern», erwiderte ich brüsk.

«Meinst du vergangenen Abend? Es tut mir so leid, Darling. Wie schrecklich. Ich hatte keine Ahnung, daß Basil sich so aufregen würde.»

«Aufregen? Hol's der Teufel! Fast hätt's schon einen Mord auf hoher See gegeben.»

Ophelia seufzte tief auf. «Ich begreif's nicht, warum er sich so ärgerte. Schließlich bedeuten Basil und ich einander doch nichts mehr, nicht wahr?»

Ich schnaubte. «Wenigstens ist der Kerl jetzt zwischen den Kettenkasten und dem Farbenlager sicher aufgehoben und wird nicht mehr in der Lage sein, weiter mordend herumzulaufen, bis wir sicher daheim in London sind.»

«Der arme Basil!» murmelte Ophelia.

«Er hat nur den verdienten Lohn erhalten.»

«Der arme liebe Basil!»

«Der arme liebe Basil, das hab ich gern! Und was ist mit dem armen lieben Grim?» fragte ich. «Du hättest mich heute genausogut in Streifen geschnitten vorfinden können.»

«Aber es ist schrecklich! Sich vorzustellen, daß Basil im Kerker verfault.»

«Mich persönlich erfüllt diese Vorstellung mit großer Befriedigung.»

Ophelia erschauerte leicht und begann wolkenbruchartig zu weinen.

Man müßte natürlich ein Herz von Stein haben, um sich von eines Weibes Tränen nicht rühren zu lassen, noch dazu von Ophelias Tränen. Nach einem Weilchen begann ich unruhig zu werden und sagte unbehaglich:

«Er wird's wohl ganz gemütlich haben, sicher. Kriegt regelmäßige Kost und massenhaft Zigaretten. Und wenn man bereits eine

Kabine mit zwölf anderen Stewards geteilt hat, muß es zur Abwechslung ganz angenehm sein, einmal eine zur eigenen Verfügung zu haben.»

«Ich kann den Gedanken an ihn einfach nicht ertragen!» Ich bot ihr ein Taschentuch an. «Der liebe, gute Basil. Glaubst du, daß Ratten in seiner Zelle sind? Vor Mäusen hat er sich immer riesig gefürchtet.»

Ich reichte ihr meine Tabatiere, aber sie weinte so sehr, daß sie die Hälfte der Zigaretten ruinierte.

«Auch Sybil regt sich schrecklich darüber auf», fuhr Ophelia unter gewaltigem Schneuzen fort.

«Sybil? Doch nicht Sybil van Barn?»

«Sie ist, wenn man sie einmal kennt, eine direkt süße Person. Wir beide haben uns heute morgen gründlich ausgeweint.»

Schon wollte ich eine garstige Bemerkung machen – über Krähen, die einander nicht die Augen aushacken –, aber all das Geweine brachte mich derart aus der Fassung, daß ich es an der Zeit fühlte, den Haupthahn abzudrehen.

«Jetzt hör mich einmal an, Ophelia», sagte ich artig, aber entschieden. «Bezüglich Basils brauchen wir uns keine allzugroßen Sorgen zu machen. Wenn ich dem Kapitän einfach die glatte Wahrheit auseinandersetze, nämlich daß der Bursche eigentlich ein psychiatrischer Fall ist, wird ihm nichts Schlimmeres zustoßen, als daß er in Rio abgeheuert wird und als B. S. S. O. S. auf einem anderen Schiff heimfährt.»

«Als B. S. was?»

«Britischer Seemann in Not.»

«Nein, Basil nimmermehr!»

«Aber verdammt noch mal, Ophelia!» Der verflixte Kerl war lang genug ein britischer Schauspieler in Not gewesen, als daß ihm der Unterschied auffiele. «So etwas geschieht öfters –»

Ophelia trocknete sich die Augen. «Ich werde hinaufgehen und mit dem Kapitän sprechen.»

«Ich glaube nicht, daß das viel Sinn hat», sagte ich ihr. «Nach seiner Miene zu schließen, als er Basil das letztemal begegnete.»

«Wir werden sehen.» Sie zog ihre Puderdose heraus, um die Nase zu betupfen. «Der arme, arme Basil!»

«Der arme Basil!» stieß ich hervor, als sie gegangen war. Ich versetzte dem nächsten Kissen einen Tritt. Nicht nur, daß dieses Frauenzimmer eine regelrechte Harpyie war, benahm sie sich noch dazu ganz unmöglich.

Da nun Ophelia und Basil aus meinem Leben geschieden waren, gab es nichts anderes als Sir Lancelots Memoiren, um die Lücke zu füllen. Als wir uns Rio de Janeiro näherten und das Ventilationssystem ständig zusammenbrach, bot das Deck einen recht angenehmen Aufenthaltsort, ich aber saß, ein Handtuch um meine Lenden geschlungen, in meiner Kabine und ackerte mich durch Stöße von Tischreden durch, die der alte Knabe vor Jahren geschwungen hatte; ich hoffte, sie hatten besser geklungen damals, als man sich nach einer Mahlzeit von sechs Gängen mit einer Zigarre und einem Glas Brandy im Sessel zurücklehnte.

Aber im Lauf der Tage konnte ich nicht umhin, Mitleid mit dem alten Basil zu empfinden, der drunten neben den Farbtöpfen sich die Seele aus dem Leib schwitzte. Im Grunde genommen war er wohl kein schlechter Kerl. Der Haken bei ihm war nur sein ewiger krankhafter Betätigungsdrang als Schauspieler. Während unseres kleinen Laufs rund um das Deck war er natürlich nicht wirklich Basil Beauchamp gewesen, der Gaston Grimsdyke mit einem Operationsmesser verfolgte. Er war Macduff gewesen, der Macbeth durch ganz Dunsinan nachhetzte. Daher schob ich zwei Tage vor unserer fahrplanmäßigen Ankunft Sir Lancelots Leben beiseite, schlüpfte in meine weiße Uniform und trat aufs Deck hinaus, mit dem Vorhaben, einen seiner Wächter zu bestechen, damit er ihm eine kalte Flasche Bier zuspiele.

Als ich um die Ecke des Flügelhauses bog, stieß ich auf den Kerl selbst; er lümmelte sich, angetan mit einer purpurroten Badehose, in einem Strecksessel und hielt ein großes Glas Gin and Tonic in der Hand.

«Basil!» rief ich. «Ja, mein lieber alter Junge! Bist du entwischt?»

Er erwiderte meine Begrüßung durch einen langen, leeren Blick.

«Verdammt noch mal!» fragte ich, «was hast du denn hier verloren, mitten unter den Erste-Klasse-Passagieren?»

«Ich *bin* Passagier erster Klasse, belästigen Sie mich nicht», erwiderte er kalt.

Ich fragte mich einen Augenblick, ob seine garstigen Erfahrungen ihn am Ende tatsächlich geistig umnachtet hatten.

Basil sog an der Zigarre, die er eben rauchte. «Entnehme ich Ihren Epauletten zu Recht, daß Sie der Schiffsarzt sind?»

«Natürlich bin ich der Schiffsarzt, du Idiot. Du weißt recht gut –»

«Dann halten Sie sich gefälligst Ihre Position vor Augen: Sie gehören der Mannschaft an.»

«Also hör mal.» Ich blickte mich um. «Ein Späßchen in Ehren, aber jetzt mach einmal damit Schluß, den weltreisenden Grandseigneur zu spielen, und erklär mir das Ganze. Wenn übrigens der alte Shuttleworth kommt und dich erwischt –»

«Ich verstehe Sie nicht, Doktor.» Basil maß mich vom Kopf bis zu den Füßen. «Ich kann mich sogar nicht einmal entsinnen, Sie je gesehen zu haben.»

«Basil, du Esel! Noch in unsrer alten Bude –»

«Mr. Beauchamp, wenn ich bitten darf. Machen Sie einen Sprung zur Bar hinüber und holen Sie mir noch einen Gin and Tonic, ja?»

«Hol dir selber deinen dreckigen Gin and Tonic.»

Basil seufzte. «Du lieber Gott, diese Insubordination in der Schiffsbesatzung! Muß wirklich bei der Gesellschaft darüber Beschwerde führen.»

«Wieso, zum Teufel», fragte ich, «kommt es, daß du nicht eben jetzt unten im Schiffsbauch Putzwolle zupfst?»

Basil leerte gemächlich sein Glas. «Ich habe eine sehr gute Freundin an Bord – eine gewisse Miss Ophelia O'Brien. Vielleicht ist sie Ihnen nicht unbekannt? Sie klärte Captain Spratt über gewisse Umstände auf, die meine Anwesenheit an Bord bedingten, und vermochte den lieben alten Herrn zu bestimmen, meine Freilassung vorzunehmen. Nach einigen wenigen Formalitäten vor unserem Konsul in Rio werde ich meines Kontrakts mit der Schiffsgesellschaft entbunden. Da er keine Optionsklausel enthält, steht es mir danach frei, in meine Heimat zurückzukehren.»

«Ja, dir die Seele aus dem Leib schwitzend, unter Kaffeebohnen auf einem gemeinen Frachter.»

«Eine weitere gute Freundin an Bord – eine gewisse Mrs. van Barn», fuhr Basil gelassen fort, «hat den Kapitän dazu bestimmt, für den Rest der Fahrt die Bezahlung für mein Ticket erster Klasse anzunehmen. Sie bestreitet desgleichen liebenswürdigerweise meine Auslagen bis London. Wir werden via New York die Reise gemeinsam zurücklegen. Ich werde im Waldorf Astoria absteigen. Übrigens, Doktor – es wäre möglich, daß ich auf Grund meiner angegriffenen Nerven eine eingehende ärztliche Behandlung benötige. Ich werde Sie wahrscheinlich im Laufe des Nachmittags fortwährend in meine Kabine beordern, Sie tun daher wohl am besten, sich nicht zu Ihrem üblichen Nachmittagsschläfchen niederzulegen, ja?»

Wir kamen nach Rio de Janeiro.

Ophelia flog nach London zurück. Ich nahm mir nicht die Mühe, mich von ihr zu verabschieden. Basil flog mit Mrs. van Barn nach New York, und von ihm erwartete ich noch weniger, daß er sich die Mühe nähme, sich von mir zu verabschieden. Ich blieb an die Reling gelehnt zurück und dachte über das Leben nach.

«Doktor!»

Ich wandte mich um, als Captain Spratt auftauchte.

«Sir?»

«Doktor, ich habe über recht ernste Dinge mit Ihnen zu reden», begann er. «Mr. Shuttleworth hat mir berichtet, daß man Sie während der Fahrt einmal in der Veranda-Bar nicht nur Crême de Menthe trinken, sondern auch noch die Hand einer jungen Passagierin halten sah, deren Name besser unerwähnt bleibt. Sie kennen nur zu gut meine Ansichten über derlei Dinge. Es gibt dafür keine Entschuldigung. Mir bleibt nichts anderes übrig, als Ihnen Ihren Landurlaub in Rio de Janeiro zu sperren, Ihnen jeglichen Alkoholgenuß zu untersagen sowie überhaupt Ihr Erscheinen auf den Passagierdecks während der restlichen Fahrt. Guten Tag.»

16

«Hoffentlich verbrachten Sie in Gesellschaft meines jüngeren Bruders George angenehme Ferientage», sagte Sir Lancelot Spratt. «Zweifellos haben Ruhe und Entspannung, die traditionsgemäß mit Seereisen verbunden sind, Ihnen enorm gutgetan.»

Da ich seit drei Wochen meine erste Maß Bier getrunken und seit sechs Wochen meinen ersten Schritt an Land gesetzt hatte, wußte ich nicht, was antworten.

«Ich habe vergangene Woche durch Zufall bei einem Dinner in der City erfahren, daß er gezwungen wurde, das rauhe Seemannsleben wieder aufzunehmen.» Der Chirurg schaltete, vor dem Kamin stehend, eine kleine Pause ein. «Es dürfte manchmal nicht ganz leicht sein, die Gesellschaft meines Bruders als restlos genußvoll zu empfinden.»

Dem stimmte ich von ganzem Herzen zu.

«Er hat die abstoßende Gewohnheit, sich seine Schädelhöhlen mit Schnupftabak vollzustopfen. Ich habe ihn vor Jahren gewarnt, das würde einmal seiner Schleimhaut teuflisch mitspielen, aber es war natürlich zwecklos.» Sir Lancelot ließ seine goldene Taschenuhr aufspringen. «Wie ich sehe, ist es sechs. Haben Sie Lust, mit mir ein Gläschen Sherry zu trinken?»

Er drückte auf eine Klingel neben dem Kamin.

Ich war direkt in seine Wohnung in der Harley Street gegangen, um ihm vom Fortschritt der Memoiren zu berichten, denen ich auf der gesamten Rückfahrt von Rio meine volle und nüchterne Aufmerksamkeit zugewandt hatte. Ich war ziemlich gut mit ihnen vorangekommen – die einzige Kompensation für eine Seereise, die meiner persönlichen Ansicht nach die größte maritime Katastrophe seit dem Untergang der *Titanic* darstellte.

«Ich bin sehr froh, daß Sie gerade in diesem Augenblick zurückgekehrt sind, Grimsdyke», fuhr Sir Lancelot fort. «Denn ich lege den größten Wert darauf, daß Sie ein unmittelbar bevorstehendes Ereignis meines Lebens, das sich sogar als eine Art Krönung und Abschluß meines Lebenswerks erweisen könnte, als Augenzeuge mitmachen – und selbstverständlich aufzeichnen.»

Ich richtete mich auf. «Großer Gott, Sir, Sie werden doch nicht in den Adelsstand erhoben?»

«Im Gegenteil, ich wurde verklagt.»

Ich war verblüfft. Mir waren seinerzeit eine Reihe peinlicher Zuschriften von seiten der Anwälte meiner Schneider und ähnlicher Leute zugekommen, die mir durchaus nicht bemerkenswert und wert der Aufzeichnung erschienen.

«Ein niederschmetterndes Zeichen unserer Zeit», fuhr Sir Lancelot kummervoll fort, «ist, daß die Patienten keine Dankbarkeit mehr kennen. In den alten Zeiten konnte man einen Menschen fast umbringen und bekam trotzdem zu Weihnachten eine Schachtel Zigarren. Jetzt jedoch bedienen sich die Leute, kaum daß sie die Gratisbetreuung im Spital hinter sich haben, der Gratisbeihilfe der Rechtspflege, um den Arzt zu verklagen. Aber nach den ungeheuerlichen Bemerkungen, die jetzt in den Gerichtshöfen fallen, kann man wohl nichts anderes erwarten. Sie haben doch die Morgenausgabe der *Times* gelesen?»

Ich nickte; ein Stapel Zeitungen war mit dem Themse-Lotsen eingelangt.

«Meinen Sie am Ende den Fall jenes unseligen Arztes, den man wegen Fahrlässigkeit angeschossen hat, Sir?»

«Jawohl.» Sir Lancelot straffte sein Sakko. «Daß ein Richter, der von der Medizin nicht mehr versteht, als er den Schlafmittel-Reklamen der Zeitungen entnimmt, die Frechheit haben kann, uns öffentlich zu instruieren, wie wir unsere Arbeit zu verrichten haben, ist meiner Meinung nach eine grobe Verletzung der Amtsgewalt.»

Er läutete abermals.

Ich versuchte mich angestrengt irgendeiner besonders gepfefferten Bemerkung von seiten der Obrigkeit zu erinnern, konnte mir aber nur einige Worte zurückrufen, des Sinnes etwa, daß Ärzte den Patienten niemals sagen, was ihnen fehlt – was übrigens durchaus wahr ist.

«Ich glaube, Sir, die gelehrten Herren Richter nehmen die Gewohnheit an, ihre Meinung besonders rücksichtslos zum Ausdruck zu bringen.»

«Richter Fishwick ist ebenso gelehrt wie mein linker Oberschenkel. Ich hab mit dem Kerl das Zimmer geteilt, als er sich auf die Prüfung vorbereitete, fortwährend kam er mich um Zigaretten und Löschpapier anschnorren. Ein kümmerliches Bürschchen mit schauerlichen Zähnen, und von allem, was er aß, bekam er einen recht unerquicklichen Hautausschlag. Da fällt mir übrigens ein, für die Schlußprüfung borgte er sich meine Füllfeder aus, und soweit ich mich erinnern kann, hat er sie mir nie zurückgegeben.»

Sir Lancelot drückte erneut auf die Klingel.

«Ich würde an die *Times* schreiben», fügte er hinzu, «wenn ich's mir nicht zum Prinzip gemacht hätte, niemals offene Briefe an die Zeitungen zu richten. Zeugt von äußerster Geschmacklosigkeit, wildfremden Leuten beim Frühstück seine Meinung aufdrängen zu wollen. Außerdem kriegt man nie ein Honorar dafür.»

Sir Lancelot öffnete die Salontür und rief mehrmals mit lauter Stimme «Maria!»

«Was soll dieser Wirbel?» fragte seine Frau von draußen.

«Ich möchte bloß ein Glas Sherry für mich und meinen Gast haben, meine Liebe.» Er schrie noch ein paarmal nach Maria. «Wo zum Teufel steckt das Mädel?»

«Oh, guten Abend, Gaston.» Lady Spratt erschien im Zimmer. «Haben uns schon endlos lang nicht mehr gesehen. Waren Sie weg? Es hat nicht den geringsten Sinn, so zu brüllen, Lancelot. Maria ist gegangen.»

«Gegangen?» Sir Lancelot sah aus, als wäre er beleidigt worden. «Was heißt das, ‹gegangen›? Ich dachte, sie war bei uns so zufrieden?»

«Sie wird wohl noch zufriedener bei dem jungen amerikanischen Flieger sein, den sie zu heiraten gedenkt.»

«Aber verdammt noch mal! Wer nimmt sich jetzt des Haushalts an? Du hast doch hoffentlich eine andere aufgenommen?»

«Halte dir bitte vor Augen, mein Lieber, daß dies hier dein Haus und nicht dein Spital ist. Da kannst du nicht einfach in die

Hände klatschen, um jemanden in Marsch zu setzen, damit er die Wirtschaft wegräumt.»

«Also wirklich, Maud! Du hättest mich rechtzeitig informieren können –»

«Reg dich nicht auf, mein Lieber. Natürlich hab ich die Stellenvermittlung gebeten, ein anderes Mädel herzusenden. Wenn du bis dahin einen Sherry haben willst, so findest du ihn wie immer in der Speisezimmeranrichte.»

«Als diese Gerichtssache begann, wußte ich nicht, sollte ich darüber lachen oder sie mit Verachtung strafen», fuhr Sir Lancelot fort, als er mit einer Karaffe und Gläsern erschienen war. «Mein erster Instinkt war, das Ganze zu ignorieren, aber Ihr Cousin Miles lag mir die ganze Zeit in den Ohren, meinen Anwalt aufzusuchen. Seit seinem Eintritt in diese Unmoralitäts-Kommission ist er recht scheinheilig geworden. Er zeigt ‹die ganz besondere Widerlichkeit jener, die sich ihre Hände selbstgefällig im Wasser anderer Seelen waschen›», brummte er. «Sie kennen doch Virginia Woolf? Trinken Sie.»

«Vielleicht kommt der Fall nie vor Gericht, Sir», bemerkte ich, um die beiden ein bißchen aufzuheitern. «Soviel ich weiß, gelangen eine Menge Fälle nie über das Wechseln von Kraftausdrücken hinaus.»

«So ungeheuerlich es scheinen mag, dieser Fall *kommt* vor Gericht. Ich hab mich zu früh dazu beglückwünscht, mir diese Brüderschaft der Rechtsverdreher vom Leib gehalten zu haben, seit diesem Handel mit dem vertrottelten Polizeirichter, der der Ansicht war, ich hätte auf der falschen Seite der Harley Street geparkt. Wie es freilich ein Richter auch nur mit halbem Verstand und halber Verschlafenheit versäumen kann, einen solchen Fall von vornherein zurückzuweisen, geht über meinen Verstand.»

Nun, ich stand dem etwas skeptisch gegenüber, eingedenk der zahllosen Widerwärtigkeiten, die ich dereinst über mich ergehen lassen mußte, als ein Botenjunge mit seinem Fahrrad unter meinem Bentley landete. Aber ich nahm zumindest an, man würde den alten Knaben nicht ins Kittchen stecken oder ihm gar das Ärztepatent entziehen.

Lady Spratt griff nach einer Zigarette. «Hast du irgend etwas Neues von der Rechtsberatungsstelle der Ärzteschaft erfahren, mein Lieber?»

Sir Lancelot knurrte. «Alles, was ich dieser Memmenbande entlockt habe, war die Order, mich außer Gericht zu vergleichen. Aber ich bestehe darauf, die Sache durchzukämpfen, und riskiere es, die Gerichtskosten aus eigener Tasche zu bezahlen. Ich werde selbstverständlich von meinem älteren Bruder vertreten, der mir in den Spesen etwas entgegenkommen wird.»

«Von Ihrem älteren Bruder?» fragte ich überrascht.

«Ja, er hat's bei Gericht ganz schön weit gebracht.»

Oft hatte ich in den Zeitungen vom Königlichen Anwalt Mr. Alphonso Spratt gelesen, der stets in jenen komplizierten Fällen in Erscheinung trat, wo ein Finanzgewaltiger den andern in den Dreck zu ziehen versuchte. Ich vermutete, es war jener Bruder, den Sir Lancelot in seinen Aufzeichnungen kurz als der «garstige Alfie» bezeichnete.

«Sie werden so freundlich sein, Grimsdyke, Mittwoch nachmittag um drei einer Konferenz beizuwohnen, die in der Kanzlei meines Bruders im Temple stattfindet. Wir können uns knapp vorher bei meinem Anwalt treffen. Ich wünsche, daß Sie jedes Wort des Verfahrens gewissenhaftest zu Protokoll nehmen. Es wird selbstverständlich nicht nur meine totale Rechtfertigung ergeben, sondern könnte für den Ärztestand dieselbe Bedeutung haben, wie es der Fall John Hampden und die Schiffsgelder für die Nation hatte.» Er goß seinen Sherry hinunter. «Wo haben Sie Ihr Quartier aufgeschlagen? Leider ist es mir unmöglich, Sie im Hinblick auf unsere zerrütteten häuslichen Verhältnisse bei uns unterzubringen.»

«Ich wohne für ein Weilchen bei Miles, Sir.»

«Wir würden uns sehr freuen, Sie als unseren Gast zu sehen», erklärte Lady Spratt. «Aber leider ist *ein* Gast das Äußerste, das wir uns derzeit leisten können.»

Sir Lancelot blickte auf. «Ein Gast? Was für ein Gast?»

«Sagte ich's dir nicht bereits? Mein Bruder trifft heute abend ein. Wie du weißt, muß er jetzt nach London kommen, er ist doch Vorsitzender der Königlichen Kommission.»

Sir Lancelot versetzte dem Kamingitter einen Tritt. «Maud, das ist wirklich die Höhe! Großer Gott! Diese Königliche Kommission tagt in alle Ewigkeit, und ich werde schon jahrelang unter der Erde liegen, wenn es dir gelingt, den verdammten Kerl endlich aus dem Haus zu bringen. Selbst bei komplettem Dienstpersonal wird das Leben in seiner Anwesenheit untragbar –»

«Lancelot, es besteht wirklich keine Notwendigkeit, so dramatische Töne anzuschlagen.»

«Ich will dir sagen, was ich zu tun gesonnen bin. Ich bin bereit, den Kerl auf meine eigenen Kosten im Savoy unterzubringen –»

«Du weißt, daß das nicht in Frage kommt. Und überdies braucht er seinen häuslichen Komfort.»

«*Meinen* häuslichen Komfort, meinst du wohl.»

Sir Lancelot war zornrot. Ich konnte nicht umhin, dem alten Knaben Mitgefühl entgegenzubringen. Nach all den Mühsalen, die es gekostet hatte, das Haus von Bischöfen freizumachen, schlichen sie sich mit dem wärmeren Wetter wieder ein.

«Hoffentlich kommt er diesmal allein?» fragte er kurz. «Ich weiß schon, wie ich dem Kerl beikommen werde. Jeden Samstag morgen werde ich ihm eine Rechnung für den wöchentlich erteilten ärztlichen Beistand präsentieren.» Er schwieg eine Weile, schwer atmend. «Ich meine, Grimsdyke, es ist an der Zeit, daß Sie gehen. Ich möchte mein Arbeitszimmer aufsuchen und einen Moment Ruhe genießen, solang das noch möglich ist.»

Ich verabschiedete mich, schlenderte die Marylebone Street hinauf und nahm einen Bus, um zu Miles' Haus in South Kensington zu gelangen. Und diese um Sixpence erstandene Zeitspanne war mit reiflichem Nachdenken erfüllt.

Es war ja ganz schön und gut, daß Sir Lancelot mich in seinen Prozeß hineinzog, aber es mochte Monate dauern, bis wir das hinter uns gebracht haben würden – wußte ich doch, daß unsere geschätzten Herren Rechtsvertreter eine ähnliche Auffassung von der Zeit haben wie die spanischen Bauern. Und da saß ich nun, von meinem großen Roman innerlich zum Bersten voll wie eine neue Tube Zahnpasta. Überdies konnte ich nicht ewig bei Miles schmarotzen, und die Ophelia-Episode hatte bei mir ein altes Leiden in akuter Form aufflammen lassen: Kassenleere. In der Tat, so überlegte ich, als wir um Hyde Park Corner bogen, wenn ich mich für meine neuen Verleger nicht tüchtig an das neue Buch hielt, würde ich blanker Not, richtig würgender Not ins Auge sehen. Aber dann erinnerte ich mich: hätte mir Sir Lancelot nicht meinen Appendix entfernt, wäre ich jetzt ein stummer, ruhmloser Grimsdyke, und das wäre so manchem recht zupaß gekommen.

Miles kam in seiner kindlichen Art auf dasselbe Problem zu sprechen, als er mir an diesem Abend vor dem Zubettgehen einen Whisky-Soda spendierte – ich sehnte mich schon recht sehr nach den Bequemlichkeiten einer Schlafstätte, die nicht über den Untiefen des Ozeans lag.

«Nach deinen verhängnisvollen Erfahrungen mit Verlegern», begann er, «frage ich mich, warum du nicht endgültig dieses abenteuerliche Romaneschreiben an den Nagel hängst, Gaston. Warum kannst du nicht einfach zu einer seriösen ärztlichen Praxis zurückkehren?»

«Das ist nicht so leicht», erwiderte ich ausweichend. «Würdest du denn einen Unterleib mit einem rostigen Skalpell öffnen?»

«Ich könnte es leicht arrangieren, daß du mit meinen Studenten zusammen an einem Auffrischungskurs im St. Swithin teilnimmst.»

«Schon der alte Trollope hat gesagt: ‹Schwer ist es für einen Mann, wieder zum grünen und schmiedbaren Schüler zu werden, wenn er dereinst den Demütigungen, die dieses Dasein notwendig mit sich bringt, entflohen ist.›»

Dies schien ihn für ein Weilchen außer Gefecht zu setzen, dann aber fuhr er fort: «Ich will es keineswegs am ersten Abend deiner Rückkehr nach England an Milde ermangeln lassen, möchte aber andererseits nicht verschweigen, daß es mir eine große Erleichterung bedeuten würde, wenn du dich eines gesetzteren Lebenswandels befleißigtest. Ich spreche ganz aufrichtig: jegliche andere Existenz würde auf meine Stellung als Mitglied der Königlichen Kommission peinlich abfärben. Diese Ehrung wurde mir unerwartet früh zuteil – freilich habe ich so manche nutzbringende Schrift über Probleme der Moral veröffentlicht –, und du weißt, welch großen Wert ich darauf lege, meine Tätigkeit erfolgreich zu gestalten.»

Miles ist der alte geblieben, dachte ich, immer setzt er voraus, daß jedermann in seinem Tun innehält und zuerst seinen kleinen Problemen dient. In der Schule war's nicht anders, wenn einer seine Murmeln stibitzte.

«Ich werde darüber nachdenken», versprach ich, mir ein zweites Glas Whisky zu Gemüte führend. «Vorher aber», fragte ich, um das Thema zu wechseln, «kannst du mir vielleicht gemeinverständlich auseinandersetzen, wie das Gesetz und Sir Lancelot miteinander kollidierten?»

Das Ganze hatte in Sir Lancelots Donnerstagvormittags-Poliklinik begonnen, die im St. Swithin eher einer Zeremonie ähnelt. Sie findet in einem langen Raum mit weißen Kacheln statt, die so kalt und förmlich wirken wie eine altmodische gestärkte Hemdbrust. An dem einen Ende steht der Schreibtisch des Gewaltigen, mit einem riesigen Tintenfaß aus Messing und einer jener kleinen Tischglocken, wie man sie in Landgasthäusern verwendet, um die Kellnerin herbeizurufen. Am anderen Ende befinden sich ein Laboratoriumstisch mit einem Bunsenbrenner sowie eine Tafel, auf die Sir Lancelot mit farbigen Kreiden interessante Details aus dem

Innenleben der Leute zeichnen kann. Dazwischen stehen Reihen hölzerner Bänke, sichtlich aus zweiter Hand aus Bahnhofswartesälen erworben, auf welchen sich dicht gedrängt die Studenten scharen, um ja keine der Feinheiten zu versäumen.

An jenem Vormittag erschien Sir Lancelot zur angesagten Stunde, und das Summen der Gespräche erstarb so plötzlich wie bei einer zerklatschten Fliege.

«Mr. Harris.»

Er faßte den ihm zunächst sitzenden Studenten ins Auge.

«Sir?»

«Wo können wir einen klassischen Fall von Unterfunktion des Hirnanhanges feststellen?»

Natürlich bibberte der Student ein bißchen.

«Auf der Klinik für Endokrinologie, Sir?»

«In jeder Leihbibliothek. Der dicke Junge in den ‹Pickwickiern› weist sämtliche klinischen Merkmale auf, obgleich weder Dickens noch irgendeiner seiner Zeitgenossen den leisesten Dunst von Drüsen mit innerer Sekretion hatten. Beobachtung, meine Damen und Herren! Sie macht neunzig Prozent der Medizin aus. Die restlichen zehn Prozent sind gesunder Menschenverstand. Sie können sich also damit trösten, daß Mangel an Hirn kein Hindernis für ein Fortkommen im Ärzteberuf ist. Der erste Patient, Schwester, bitte.»

Die Schwester führte die Patienten mit der flotten Routiniertheit einer Wärterin im Old Bailey vor und ab; als erste erschien an diesem Vormittag eine Frau mit Gallensteinen, die Sir Lancelot ein Stückchen weiter oben auf der Tafel skizzierte.

«Cholelithiasis, Madam, ein langes griechisches Wort, das Ihnen nicht das geringste sagt», erklärte er wie gewöhnlich, als sie so tollkühn war, sich zu erkundigen, was ihr fehle. Der alte Knabe fand, jeder Patient, der nach der Diagnose fragte, zeige ein krankhaftes Interesse an seiner Person. «Zerbrechen Sie sich nicht den Kopf darüber – ich bin derjenige, der sich nunmehr den Kopf darüber zu zerbrechen hat, und Sie haben nichts anderes zu tun, als genau das zu befolgen, was ich Ihnen sage, und gesund zu werden. Der nächste, bitte.»

Ein klappriger Geselle in einem blauen Anzug erschien, einen steifen Hut in der Hand.

«Was fällt Ihnen auf, Mr. Harris?» forschte Sir Lancelot. «Na, die Schuhe, Mensch, die Schuhe! Bemerken Sie doch die abgetretenen Stellen an der Innenseite – klarer Fall von Plattfüßen. Wie lange leiden Sie schon unter diesem Zustand, mein Bester?»

«Sir Lancelot Spratt?»

«Ich glaube, das steht deutlich genug an der Türe.»

«Ich habe Ihnen dies hier zu übergeben, Sir.»

Der Mann zog ein Papier aus seinem Hut, ließ es in die Brusttasche des Chirurgen gleiten und strebte plattfüßig der Türe zu.

Jedermann schnappte nach Luft. Seit Sir Lancelots Hose am Bunsenbrenner Feuer fing, hatte es hier keine solche Sensation gegeben.

«Schwester!» brüllte er. «Können Sie die Patienten nicht besser ins Auge fassen? Dieser Kerl ist ein Tollhäusler. Hätte mich glatt umlegen können, wenn ein Revolver in seinem Hut versteckt gewesen wäre. Zufälligerweise hat er sich damit begnügt, mir eine Art Traktat –»

Im selben Augenblick bemerkte er, daß das Papier mit garstigen Sätzen in Frakturschrift bedeckt war; «Der Oberste Gerichtshof» stand da zu lesen, und «Wir laden Sie vor.»

«Aber leider schob er es nur beiseite und murmelte etwas von Narrenpossen», schloß Miles bekümmert seinen Bericht. «Seine einzige Reaktion bestand darin, daß er die übrigen Patienten nackt und nur in ein Badehandtuch eingewickelt antreten ließ.»

17

Ich habe nie viel mit Anwälten zu tun gehabt, außer wenn ich im Wirtshaus «Zur Glocke und Flasche» hinter dem Gerichtsgebäude die Fußballmatches des St. Swithin gegen die Jünger des Rechts arrangieren half; dort konnte man sie zu Dutzenden in ihren schwarzen Röcken und gestreiften Hosen zwischen Biergläsern und belegten Brötchen herumwimmeln sehen. Es ist eine der angenehmsten Seiten Londons, daß man mit den Vertretern jeglichen Standes in vertrauten Kontakt kommen kann, wenn man nur das richtige Wirtshaus kennt: Ärzte trifft man im «Weißen Hirsch» gegenüber dem St.-Bartholomew-Spital, Börsenmakler tummeln sich im «St. Georg und der Geier» am Cornhill, Parlamentsmitglieder im «St. Stephan» in Westminster, Artisten in den «Gekreuzten Schlüsseln» in Chelsea, ja sogar beamtete Marxisten erzählen sich Witze im «Roßkopf» neben dem kommunistischen Hauptquartier in Covent Garden.

Aus Sir Lancelots Bemerkungen im Lauf der Jahre hatte ich geschlossen, daß sein Anwalt in einer Art Dickensschem Mansardenstübchen droben zwischen den Kaminen von Cheapside hauste, und war daher recht überrascht, einen jener modernen Bauten vorzufinden, die nur aus Fenstern bestehen, und deren schlankbeinige Büromöbel und Sekretärinnen gut aufeinander abgestimmt sind. Der Anwalt selbst war ein noch junger Mann, der es an Smartheit mit jedem Autohändler in Picadilly aufnahm.

«Bitte mein Zuspätkommen zu entschuldigen, Beckwith», knurrte Sir Lancelot, als er hereinhastete.

Er war recht übler Laune, wohl weil er sich selbst sein Frühstücksei hatte kochen müssen und ihm der Bischof die *Times* vor der Nase weggeschnappt hatte.

«Wollen wir jetzt in aller Kürze diese geradezu ungeheuerliche Situation aus der Welt schaffen», kam Sir Lancelot sogleich auf das Geschäftliche zu sprechen. «Es ist nicht nur eine Schande, sondern eine Beleidigung, wenn jemand unterstellt, *ich* hätte mir beruflich eine Fahrlässigkeit zuschulden kommen lassen. Ich kann Ihnen versichern, Beckwith, daß ich nie in meinem Leben fahrlässig war, außer in bezug auf die Feier meines verdammten Hochzeitstages. Möchte sogar behaupten, daß ich allen Grund hätte, diese Leute selbst wegen gröblicher Verleumdung zu verklagen.»

«Heutzutage verklagen alle Leute ihre Ärzte», sagte Beckwith lächelnd und mit der heimelig beunruhigenden Miene eines braven Hausarztes. «Man kann geradezu von einer Epidemie sprechen.»

«Eine Epidemie, die ich gründlich auszurotten gedenke. Ich zweifle nicht, daß mir das Ergebnis dieses Falles, wie immer es sein möge, eine ausgezeichnete Handhabe dazu liefert.»

«Sie haben jedenfalls keinen Grund, sich Sorgen zu machen, Sir Lancelot. Von nun an können Sie alle Ihre Sorgen getrost uns überlassen.»

«Seien Sie bitte überzeugt, daß ich mich nicht im mindesten sorge. Ich möchte lediglich meine präzise rechtliche Position von Ihnen erfahren, Beckwith.»

Der Anwalt verzog die Lippen. «Das würde einen beträchtlichen Aufwand an juristischem Jargon erfordern, der Ihnen, wie ich fürchten muß, nichts sagt. Jetzt aber», fügte er im geschäftsmäßigen Ton eines braven Hausarztes hinzu, der den Patienten anweist, die Kleider abzulegen, «ist es, glaube ich, an der Zeit, uns in die Kanzlei Ihres Bruders zu verfügen.»

Mr. Alphonso Spratts Büro bot eine etwas amtlichere Atmosphäre mit seinen Mahagonimöbeln, Lederbänden und festverschlossenen Fenstern; kümmerliche alte Männchen stöberten zwischen Stapeln von Papier herum, die mit rotem Bindfaden verschnürt waren.

«Wo ist Alfie?» murrte Sir Lancelot, als wir eintraten.

«Guten Tag, Mr. Beckwith. Ich fürchte, Mr. Spratt ist aufgehalten worden», sagte einer der Wichte, geschäftig kramend.

«Ich bin sehr beschäftigt», erklärte ihm Sir Lancelot.

«Mr. Spratt desgleichen», erwiderte der Wicht, uns in einen inneren Büroraum führend.

«Alfie war immer schon ein schlampiger Hund», knurrte Sir Lancelot mit einem Blick auf weitere Stöße Papier, die uns umringten. «Sein Schlafzimmer war eine regelrechte Schande.»

Als wir uns niedersetzten, fuhr er fort: «Gott sei Dank habe ich mit dieser schändlichen Seite der Welt seit den Tagen, da ich für Hoppings Zeugnis ablegen mußte, nichts mehr zu tun gehabt. Erinnern Sie sich an ihn, Beckwith? Er spezialisierte sich auf ältere Herren, die sich im Hyde Park eigenartig benahmen. Sobald man die Parkbeleuchtung verbesserte, verlor er seine Praxis.»

Die nächsten fünf Minuten verbrachte Sir Lancelot mit der Betrachtung einer Radierung, die einen strengblickenden Mann mit großer Perücke darstellte – ich bildete mir ein, es sei Richter Jeffries. Plötzlich wurde die Tür aufgerissen, und Mr. Alphonso Spratt schoß herein.

«Lieber Lancelot! Welch ausgesprochenes Vergnügen, dich wieder einmal zu sehen.»

Er war dünner als der Chirurg, sein Bart grauer, sein Haar länger, seine Stimme saftiger.

«Tut mir leid, mich ein bißchen verspätet zu haben», entschuldigte er sich kurz. «Aber in eben diesem Augenblick sollte ich im Apellationsgerichtshof stehen.»

«Und ich», sagte Sir Lancelot, ihm kühl die Hand schüttelnd, «sollte in eben diesem Augenblick in meinem Operationssaal stehen.»

Alphonso schien von dieser Bemerkung keine Notiz zu nehmen, sondern ließ sich im bequemsten Stuhl nieder und fuhr rasch fort: «Wollen wir uns unverzüglich mit dieser Kleinigkeit befassen, ja?»

Er zog aus einer Innentasche ein Etui aus Krokodilleder heraus und entzündete sich eine Zigarre.

«Dieser junge Mann ist mein Amanuensis», erklärte Sir Lancelot, als mich sein Bruder neugierig musterte. «Jetzt hör einmal zu,

Alfie, im wünsche, daß dir von Anfang an die Bedeutung dieser Aktion klar ist. Ihr Zweck ist nicht einfach der, mich selbst zu rechtfertigen, sondern die gesamte Praxis der britischen Ärzteschaft. Ich kann nicht eindringlich genug darauf hinweisen. Ich persönlich war schon knapp genug daran, den ersten Wisch dieser unmöglichen Leute in den Papierkorb zu schmeißen –»

«Gott im Himmel, das war eine Klageschrift des Obersten Gerichtshofes, nicht ein Möbelprospekt», stammelte Alphonso schokkiert.

Beckwith reichte ihm ein Bündel Papiere.

«Ja, aber hast du denn nicht Briefe deines Anwalts erhalten?» fragte der Gerichtsanwalt verblüfft.

«Klar, Mensch! Monatelang.»

«Wohin sind die gekommen, wenn ich fragen darf?»

«Hab sie natürlich zerrissen. Du kannst nicht erwarten, daß jemand von meinem Arbeitsvolumen kostbare Zeit mit einem Haufen prozeßsüchtiger Narren vergeudet. Schließlich ließ ich mich überreden, Beckwith aufzusuchen. Im Gegensatz zur übrigen Bevölkerung erachte ich glücklicherweise Geld, das für Rechtsberatung ausgegeben wird, nicht als in den Wind geschlagen. Obgleich die ganze Affäre selbstverständlich so lächerlich ist wie eine Operette von Gilbert und Sullivan.»

Alphonso paffte an seiner Zigarre. «Ich muß dir im Gegenteil raten, sie äußerst ernst zu nehmen.»

Sir Lancelot blickte verdutzt auf. «Aber hol's der Teufel! Das Ganze ist doch nichts als feige Erpressung.»

«Das sind die meisten Prozesse», gab sein Bruder gelassen zurück. «Also jetzt laß einmal hören – wer ist dieser Herbert Egbert Thomas Possett?»

«Ein ungemein stupider junger Mann mit einem Zwölffingerdarmgeschwür, das in einem ungewöhnlich frühen Alter perforierte und das ich im St. Swithin völlig ordnungsgemäß wieder in Ordnung brachte», erklärte Sir Lancelot. «Er hat auch eine Mutter, die auf der Station schauerliches Ärgernis erregte. Ich halte die beiden für ein bißchen angeschlagen.»

«So?» Alphonso blickte auf. «Vielleicht könntest du das schriftliche Gutachten eines Psychiaters erbringen?»

«Verdammt noch mal, Alfie! Es hat doch nicht den geringsten Sinn, in diese Sache Psychiater, Rutengänger, Spiritualisten und wer weiß wen hineinzuziehen. Wenn ich sage, daß einer verrückt ist, so ist er's, daran gibt's nichts zu rütteln. Du willst doch nicht damit andeuten, daß jemand sich unterstehen könnte, meine Ansichten zu bezweifeln?»

«Aber er erklärt hier in seiner Schadensersatzklage, du hättest ihn überhaupt nicht operieren sollen.»

«Ich kann dir hier an Ort und Stelle versichern: hätte ich den undankbaren Idioten nicht operiert, sollte ich gehängt, nicht verklagt worden sein.»

«Du lieber Himmel», sagte Alphonso. Er zog ein Monokel aus seiner Westentasche und begann in den Papieren zu wühlen. «Possett führt darüber Klage, daß er seit der Operation an Schmerzen in der Magengegend und Gedächtnisschwund leidet», bemerkte er nach einem Weilchen.

«Daran leidet die halbe Bevölkerung», erwiderte Sir Lancelot kurz. «Begreife doch bitte, Alfie, daß du dir nicht den Kopf über die eindeutigen medizinischen Fakten zerbrechen mußt. Überlaß das ruhig alles mir. Deine Aufgabe besteht einfach darin, diesen Kerl in seine Schranken zu weisen. Dann, versichere ich dir, bin ich bereit, die ganze Affäre zu vergessen.»

Er machte eine großzügige Handbewegung, wobei er die Aktentasche des Anwalts zu Boden fegte.

«Mr. Beckwith», sagte Alphonso, der der Gesellschaft seines Bruders ziemlich rasch müde zu werden schien, «ist das ein Fall von *res ipsa loquitur*?»

«Denke kaum.»

Er klopfte die Asche von seiner Zigarre. «Läßt sich also nicht ins Schema Polkinghorne contra Gesundheitsministerium einspannen?»

«Eher Stumley contra Typhoon-Federnschleißerei.»

Der Gerichtsanwalt zwängte sein Monokel vor das Auge. «Aber das führt uns doch zu Heaviside contra Kiddiwinks-Spielzeugwaren, Intervention des Aquariums von Bournemouth?»

«Verzeih, Alfie», unterbrach Sir Lancelot, «aber möchtest du mir nicht freundlichst sagen, worüber zum Teufel ihr da redet?»

«Mein lieber Junge, ich fürchte, es würde dir nicht das geringste sagen, wenn ich's täte. Überlaß mir das Kopfzerbrechen, sei so gut. Wenn du dich damit begnügst, meinen Instruktionen zu folgen, werde ich deinen Fall gewinnen.»

Sir Lancelot glotzte ihn an. «Du willst damit doch nicht nur eine Sekunde lang andeuten, daß du ihn verlieren könntest?»

«Nein, nein. Ich will sogar so weit gehen zu sagen, daß deine Chancen einigermaßen –»

«Einigermaßen!» Sir Lancelot hieb auf den Tisch, daß sich eine dichte Staubwolke erhob. «Hol's der Teufel, Alfie! Jeder Dummkopf könnte konstatieren, daß dieser Possett ein lächerlicher Neurotiker ist. Alle diese Symptome, über die er ein solches Geschrei anhebt, sind durchwegs der Hysterie und einer krankhaften Phantasie entsprungen. Es sollte irgendein Gesetz eingebracht werden, das verhütet, daß dergleichen Fälle vor Gericht kommen.»

«Die Möglichkeit eines Vergleichs hast du wohl noch nicht ernsthaft in Betracht gezogen?»

«Eines Vergleichs?» Sir Lancelot sprang auf die Füße. «Laß dir bitte folgendes gesagt sein, Alfie. Ich werde nicht ruhig zusehen, wie meine Rechte niedergetrampelt werden, und ich bin verdammt stolz darauf. Es war genau dasselbe bei dieser Vorladung wegen des Parkens, als ich mich weigerte, mich dem Diktat irgendeines aufgeblasenen Kleinkrämers zu unterwerfen, der zufällig auf der Richterbank hockte –»

«Ich fände es nicht unangebracht, dir zu einem Vergleich zu raten.»

«So?» donnerte Sir Lancelot. «Du ratest wohl deinen sämtlichen Klienten, an denen Erpressungsversuche vorgenommen wurden, einfach wortlos zu blechen?»

«Ich befasse mich nicht mit Kriminalfällen», erwiderte sein Bruder spitz.

«Ein Vergleich! Bei Gott! Schöne Narren wären wir, uns zu vergleichen, wo der Fall doch zum Straßengelächter –»

«Ich persönlich würde jedenfalls zögern, ein Urteil über einen Fall vorwegzunehmen, der vor Gericht kommt.» Alphonso starrte ihn durch sein Monokel an. «Du scheinst in hohem Maße abgeneigt, meine Ansicht über das Ganze anzunehmen, Lancelot. Aber nimm zumindest meine Warnung an, daß Richter wie Pferde sind, und wie Pferde in völlig unerwartete Richtungen zu springen pflegen.»

«Aber, Alfie, du Esel! Du kannst doch nicht im Ernst einen Augenblick lang ein einziges Wort dieser phantastischen Anschuldigung glauben?»

«Meine eigenen Ansichten sind leider Gottes in dieser Angelegenheit gänzlich bedeutungslos.»

«Alfie, du bist ein Schuft.»

Mr. Alphonso Spratt ließ sein Monokel fallen.

«Verdammt, Lancelot! Hast du gar keinen Respekt vor dem Recht?»

«Vor dem Recht habe ich äußersten Respekt. Aber nicht den geringsten vor Rechtsanwälten. Da es auf der Hand liegt, daß meine Anwesenheit hier völlig unnötig ist, werde ich in mein Spital zurückkehren und mich an eine nützliche Arbeit machen. Kommen Sie, Grimsdyke. Guten Tag.»

Wir gingen. Die kümmerlichen Wichte, die draußen gehorcht hatten, sahen wie die Passagiere in der Veranda-Bar aus, als Basil und ich vorüberhetzten.

«Ich glaube, Sir Lancelot behagte es nicht sehr, einmal zur Abwechslung als Patient behandelt zu werden», äußerte ich an diesem Abend Miles gegenüber, als ich ihm bei einem Whisky-Soda Bericht erstattete.

Mein Cousin gab einen ungeduldigen Ton von sich.

«Ich wollte, er nähme Vernunft an und ließe sich zu einem Vergleich außer Gericht überreden. Er bedenkt nicht im mindesten, welch eine enorm schädigende Wirkung das Ganze auf das St. Swithin ausüben würde.»

«Stets eine eklige Sache, schmutzige Spitalswäsche in der Öffentlichkeit zu waschen», stimmte ich zu.

«Vom Risiko einer schweren finanziellen Einbuße ganz zu schweigen. Und es bestünden dann wenig Chancen, ihn als den nächsten Präsidenten des Königlichen Chirurgenkollegiums zu begrüßen.»

Auch dem stimmte ich zu. Wenn Sir Lancelot seinen Prozeß verlor, konnte man ihn ebensowenig zum Präsidenten ernennen, wie man einen Kapitän befördern konnte, der gerade sein Schiff verloren hatte.

«Außerdem», setzte Miles übellaunig fort, «erwägt er nie nur einen Moment lang, wie sich die Affäre auf mich auswirken könnte. Ich muß derzeit äußerst vorsichtig sein. Von unserem überaus ehrenwerten Vorsitzenden, dem Bischof von Wincanton, gar nicht zu reden. Ich glaube, du hast ihn kennengelernt. Ein faszinierender Mann. Bemerkenswert, wie rührig er ist, trotz seiner so labilen Gesundheit. Er findet das Benehmen Sir Lancelots, bei dem er abgestiegen ist, zuzeiten recht bestürzend.

Ich habe heute eine sehr interessante Berechnung angestellt», fuhr Miles fort. «Weißt du, daß du an den wenigen Abenden, die du hier verbrachtest, bereits zwei Drittel einer Whiskyflasche konsumiert hast?» Er lachte kurz und trocken auf. «Ich werde es dir auf deine Wochenrechnung setzen.»

Auch ich lachte kurz und trocken auf.

«Wäre doch ein Spaß, Gaston, wenn ich dir jeden Freitag eine Rechnung für Kost und Quartier präsentierte?»

«Ich habe sowieso im Sinn, alter Junge», erwiderte ich, «morgen früh auszuziehen.»

Das stimmte natürlich nicht, beweist aber, wie empfänglich ich selbst für den leisesten Wink bin.

«Bleib, solang du willst, das ist doch klar», sprach Miles rasch weiter, aber er sah recht erleichtert aus. «Wir freuen uns alle höchlichst, dich im Haus zu haben, vor allem Klein-Bartholomew. Aber», fragte er nach einer Pause, «was beabsichtigst du nun wirklich zu tun?»

«Ein ruhiges Zimmer zu mieten, Sir Lancelots Memoiren fertigzuschreiben und meinen neuen Roman zu beginnen.» Ich griff nach einer seiner Zigaretten. «Und das bringt mich zur Sache. Wie du weißt, hat mir Opa, knapp bevor ihn dieser Tiger fraß, in seinem Testament ein bißchen Geld vermacht, das du mir auszahlen sollst, wenn ich unbezweifelbar das Alter der Reife erlangt habe. Wie wär's, wenn du mir eine kleine Anzahlung davon zukommen ließest?»

«Das steht leider völlig außer Frage.»

«Aber verdammt! Nur soviel, um die Miete und die Krämerrechnungen zu bezahlen, solange ich den Roman für meine neuen Verleger schreibe.»

Miles warf mir einen jener Blicke zu, die er häufig bei der Königlichen Kommission einsetzte.

«Halte mich bitte nicht für einen Sittenrichter, aber mich dünkt weit eher, du würdest es für die Unterhaltung eines jungen Frauenzimmers vergeuden.»

«Das ist eine sehr unfreundliche Unterstellung –»

«Durchaus nicht. Erinnere dich gefälligst an deinen letzten Besuch hier, zu Weihnachten. Damals gestandest du mir, ernsthaft in eine Dame verliebt zu sein, die du zu heiraten wünschtest. Ich glaube nicht, daß ich dich dieses Projekt seither erwähnen hörte.»

«Ach ja, richtig», sagte ich. Komisch, wie schnell man derlei Dinge vergißt. «Das kam bloß daher, daß ich einen kleinen Fehler in der Diagnose machte.»

«Dann gedenke ich dich bestimmt nicht zu ermuntern, ähnliche Fehler zu begehen. Du kannst versichert sein: wann immer du ein passendes Mädchen heiratest, werde ich dir eine Anzahlung geben – nach abgeschlossener Zeremonie. Bis dahin solltest du mit Freuden im Bewußtsein leben, einen derartigen Heckpfennig zu besitzen.»

«Der bestimmt zu dem Zeitpunkt, da ich meine Hände darauf legen kann, verrottet sein wird», sagte ich kurz.

Da ich wußte, daß es ebenso schwer war, Miles Geld abzuzapfen, wie Blut aus einer von Thrombose befallenen Krampfader, war ich entschlossen, das Thema fallenzulassen. Aber Miles fuhr fort:

«Ich flehe dich an, dich wieder seriöser medizinischer Arbeit zuzuwenden statt diesem stumpfsinnigen Romaneschreiben. Wie du weißt, könnte ich dich leicht als Spitalsarzt im Temperenzlerspital von Tooting unterbringen –»

«Mein lieber Junge! Wann wirst du's dir endlich merken, daß ich wirklich nicht für den Arztberuf geschaffen bin?»

«Aber zum Teufel, Gaston! Deine verschwendete Ausbildung –»

«Keineswegs.» Ich faßte ihn ins Auge. «Somerset Maugham sagte, er könne sich für einen Schriftsteller kein besseres Training vorstellen als ein paar Jahre ärztlicher Betätigung. Und er sollte es wissen. Schließlich ist auch er Arzt.»

Miles schnaubte. «Meiner Meinung nach sollte man ein Gesetz einbringen, wonach nichtpraktizierende Ärzte vom Ärzteregister zu streichen sind.»

«Dafür besteht nicht viel Hoffnung», sagte ich. «Das Unterhaus ist voll von ihnen.»

Daraufhin erhob er sich und erklärte mißgestimmt, daß er zu Bett gehe. Ich blieb zurück und leerte spaßeshalber den Rest seiner Whiskyflasche.

18

«Dr. Grimsdyke», eröffnete mir die hübsche kleine Empfangsdame, «dieser Mann benimmt sich schon wieder im Wartezimmer sonderbar.»

«Großer Gott!» Ich blickte von der Autorubrik des *British Medical Journal* auf. «Doch nicht wieder der, der Gesichter schneidet –?»

Sie nickte. «Ich fürchte, sein Zustand hat sich verschlimmert. Diesmal scheint er seinem Hut Liebeserklärungen zu machen.»

Ich erhob mich ungestüm vom Chippendale-Schreibtisch.

«Oh, wirklich? Na schön – führen Sie den Unglücksmenschen herein. Nein, warten Sie einen Augenblick – entfernen Sie zuerst die Skalpelle aus dem Operationsbesteck.»

Etliche Monate waren vergangen, der Frühling angekurbelt, die

Parks mit frischen bunten Blumen, die Mädchen mit frischen bunten Kleidern bedeckt, und ich in Razzy Potter-Phipps' Ordination in Mayfair zurückgekehrt.

Es waren recht jämmerliche Monate gewesen, die ich, nach jener Auseinandersetzung mit Miles, in einer scheußlichen Kellerwohnung in Paddington verbrachte. In nächster Zeit etwas von Sir Lancelots Prozeß zu erfahren hatte ich nicht erwartet, wohl wissend, daß das Räderwerk einer alten Standuhr, verglichen mit dem Räderwerk der Gerechtigkeit, noch immer als ein hochmodernes Getriebe gelten kann; so setzte ich mich in Ruhe an meinen großen Roman.

Aber das Schreiben eines Romans ist, wie das Einrichten eines Knochenbruches, viel kniffliger, als man's nach dem Ergebnis annimmt. Ob nun die unterirdische Atmosphäre daran Schuld trug oder das eklige Wetter, ob die Nachwirkungen von Sir Lancelots geballter Reden oder all diese Eisenbahnzüge, die kreischend verschoben wurden – über das Spielen mit den interessanten kleinen Schrauben und Hebeln, die da und dort an der Schreibmaschine herausragen, kam ich nicht hinaus. Bittere Not setzte ein. Ich trug Opas Manschettenknöpfe ins Versatzamt, meinen lieben alten Bentley, Modell 1930, hatte ich schon lang vorher verschachert. Ein recht unansehnlich gewordener Grimsdyke entging aufs knappste dem Hungertod durch eine Kost von weißen Bohnen und schwachem Tee. Mehr als einmal war ich versucht, mich bei Miles zum Essen einzuladen, demütig Abbitte zu leisten und diesen Posten in Tooting anzunehmen. Aber ich widerstand der Versuchung. Ich hielt mir vor Augen, daß Dostojewskij erst nach fünf Jahren in Sibirien wahrhafte dichterische Größe erreichte.

Auf einem Spaziergang in der ersten Aprilwärme, den ich unternahm, um meinen Mut und den Vitamin-D-Spiegel zu heben, sah ich Razzys Stadt-Jaguar, vor einem Wohnblock in Berkeley Square geparkt, im Sonnenschein funkeln. Einen Augenblick später entstieg er ihm selbst eilends, gefolgt von einem Chauffeur mit jenem Spezial-Vibrationsapparat, den er zum Zurechtschütteln schwerfällig gewordener Millionäre verwendete.

«Welch ein Glücksfall, dich zu treffen, lieber Junge!» rief Razzy sogleich. «Ich dachte, du seist meilenweit entfernt auf hoher See. Und wie prächtig schlank du bist! Muß wirklich zusehen, daß ich auch etwas Gewicht verliere. Zigarette gefällig?»

Dankbar bediente ich mich.

«Wäre es möglich», fragte er nach einem leichten Geplauder

über die Aussichten der Rennsaison, «daß du soviel Zeit fändest, dann und wann nachmittags für mich die Festung zu halten?»

«Ich fürchte, für ernsthafte Medizin bin ich schon ein bißchen eingerostet», sagte ich zweifelnd.

«Lieber Junge, die Medizin ist das letzte, das in meiner Praxis ernsthaft zu nennen wäre. Schließlich kannst du für *solche* Fälle immer noch einen Spezialisten zuziehen. Die Patienten sind's, die einem zu schaffen machen. Vielleicht hast du in der Presse über diese italienische Primadonna gelesen, deren nervöses Temperament ich behandelt habe?»

Ich nickte. «Du willst also die Nachmittage frei haben, um dich in Covent Garden herumzutreiben und sie vor der Vorstellung zu beruhigen?»

Razzy hüstelte. «Nicht ganz, lieber Junge. Es ist weitaus einfacher, ihre Behandlung nach der Vorstellung in der Nacht vorzunehmen. Aber ich fürchte . . . na ja, diese Behandlung setzt meinen Kräften so sehr zu, daß ich bisweilen dringendst ein paar Stunden Erholung und Ruhe brauche. Glaubst du . . . könntest du vielleicht gleich heute nachmittag mit der Arbeit beginnen?» schloß er bange.

So zog ich also wieder in die Park Lane ein, und das ließ sich um so erfreulicher an, als Razzy diesmal den Lunch beisteuerte. Doch schon war – o Fluch der bösen Tat! – mein Friede wieder gestört.

«Mein liebes Jungchen!» Basil stand, mit einem breiten idiotischen Grinsen, auf der Schwelle des Ordinationszimmers. «Wieder in der alten Rolle!»

«Guten Tag, Beauchamp.» Mein Ton gab zu verstehen, daß die Milch der frommen Denkart in mir tiefgekühlt war.

«Welch herzerfreuende Überraschung!»

Seine überwallende Freundlichkeit schien die Knöpfe der Weste zu sprengen. Diese Schauspieler sind doch ewig gleich: in der einen Minute bespeien sie einen mit Gift, in der nächsten sind sie die dicksten Freunde – wie Miles' Klein-Bartholomew.

«Schon seit Wochen beschäftigt mich nichts anderes, als wieder mit dir in Kontakt zu kommen, Grim.»

«Nimm bitte Platz, Beauchamp.»

Ich fragte mich, ob es mir gelingen würde, ihm eine Injektion mit jenen Nadeln zu verabreichen, die Razzy für säumige Zahler bereithielt.

«Was wünschst du diesmal?» fragte ich kurz.

«Hätte gern eine komplette ärztliche Untersuchung, bitte. Ich gedenke mich in Kürze zu verheiraten, liebes Jungchen.»

«Schon wieder einmal. Mit –»

«Mit einer charmanten Witwe namens Sybil van Barn. Aber du kennst sie ja.»

«Du willst dich doch nicht im Ernst mit dieser alten –»

Basil bot mir ein goldenes Zigarettenetui dar.

«Ich räume gern ein, liebes Jungchen, daß zwischen uns ein geringfügiger Unterschied an Alter und ehelicher Erfahrung besteht. Doch zwischen zwei fühlenden Herzen fallen auch die letzten Schranken. Was ist schließlich das Wichtigste, das Mann und Weib verbindet? Gemeinsame Interessen.» Basil ließ ein Feuerzeug schnappen, das mit seinen in Rubinen eingelegten Initialen geziert war. «Und Sybil hat ein enormes Interesse für die Bühne. Ja, wirklich. Wußtest du, daß der erste ihrer verblichenen Gatten sämtliche Theater auf der einen Broadwayseite besaß? Und der zweite sämtliche auf der anderen?»

Ich schnaubte verächtlich. «Wie schade, daß sie nicht auch Beziehungen zu Barnum und Bailey unterhielt.»

«Es wird dir also einleuchten, liebes Jungchen, wie froh ich bin, daß ich mich von London losriß, um diese Vergnügungsfahrt anzutreten.» Basil zupfte seine neue Flanellhose zurecht. «War ja zuzeiten recht strapaziös, die Sache. Aber wie lohnte es sich, mit einer Frau wie Sybil am selben Tisch zu sitzen!»

Dieser Trottel von einem Basil! dachte ich, richtig in Saft geratend. Er hatte völlig vergessen, daß er als Steward an Bord kam, und als der miserabelste noch dazu.

«Meine Braut trifft nächste Woche, aus New York kommend, hier ein, wir werden im Juni heiraten. In St. George am Hanover Square. Du bist selbstverständlich eingeladen. Wir haben eines jener bezaubernden Herrenhäuser in Sussex erstanden, die für die amerikanischen Magazine fotografiert werden, um Touristen in unsere grauenhaften Hotels zu locken. Sybil legt schrecklichen Wert auf den richtigen englischen Hintergrund, und an den Wochenenden werde ich endlich imstande sein, mich meiner Vorliebe für ländliche Betätigung zu ergeben –»

«Die bis jetzt darauf beschränkt war, in einem Kistchen vor dem Budenfenster Gänseblümchen zu ziehen.»

Basil fummelte an seiner neuen perlenbesetzten Krawattennadel.

«Du kannst dir vorstellen, wie entsetzlich angehängt ich jetzt bin, alles vorzubereiten, vom Bändigen all dieser Theatermanager und Filmproduzenten zu schweigen, die sich um mich reißen. Hast du schon gehört, daß ich diese Saison als Hamlet eröffne? Sybil wünscht den düstren Dänen in einer völlig neuen Auffassung zu bringen –»

«Wohl einen Hamlet, der aus Versenkungen auftaucht?» fragte ich.

Basil war sichtlich verletzt.

«Täusche ich mich, liebes Jungchen», erkundigte er sich, «wenn ich in deinem heutigen Benehmen eine gewisse Reserve wahrnehme?»

«Nein, du täuschst dich nicht im geringsten. Du hast die Stirn, hier herumzuparadieren und die höchsten Töne zu blasen, und dabei ist's gar nicht so lang her, daß du mich um einen Shilling angeschnorrt hast, um deinen Sonntagshering auf dem Gas zu braten. Gar nicht davon zu reden, daß du mich vor kurzem ambulant zu sezieren versucht hast.»

Basil seufzte. «Unsere kleine Meinungsverschiedenheit hat mich ernstlich beunruhigt, lieber Grim. Auf dem Schiff konnte ich absolut keinen Schlaf finden.»

«Das habe ich bemerkt. Ständig hast du mich wegen irgendwelcher Beruhigungsmittel aus dem Bett geholt.»

«Ende gut, alles gut.»

«Für dich vielleicht, aber für mich, hol's der Teufel? Für mich heißt's eher ‹Verlorene Liebesmüh'›.»

«Mein liebes Jungchen!» Er streckte seine frisch manikürte Hand aus. «Ich möchte ja so gerne wieder mit dir gut Freund sein.»

Ich zögerte.

«Bitte, Grim, schlag ein! Gedenk unsrer lieben alten Bude!»

Ich überlegte. Schließlich hatte ich mich ihm gegenüber recht gemein benommen. Ich möchte zwar wetten, nicht viele könnten dem Engel, der die guten und bösen Taten verzeichnet – und ihren Ehegattinnen und Steuereinnehmern nicht minder –, gegenübertreten ohne zuzugeben, daß sie seit dem sechzehnten Lebensjahr regelmäßig zweimal wöchentlich sich gemein benommen haben.

«Na schön», sagte ich.

«Ich bin ja so froh», strahlte Basil. «Zumal es da eine kleine Sache gibt, die nur auf dem Wege vertrauter Freundschaft geregelt werden kann.» Er sog den Duft seiner Knopflochnelke ein. «Ich gedenke in letzter Zeit des öfteren der kleinen Ophelia.»

Ich auch, die Wahrheit zu sagen. War anders auch schwer möglich – sooft man auf der Untergrundbahn fuhr, sah man sie in den allerneuesten Gummischlüpfern auf den Plakaten herumhüpfen.

«Ein einzigartiges Mädchen», fügte Basil hinzu. «Die Natur hat nicht viele Geschöpfe in so reichem Maße ausgestattet.»

Ich stimmte zu. Die Natur hat auch nicht viele Pantherweibchen in so reichem Maße ausgestattet, aber deswegen verzehrte man sich noch lange nicht vor Sehnsucht nach ihnen.

«Ein Mädchen, das einer großen Zukunft würdig ist, Grim.»

«Es geht ihr nicht so schlecht. Letzte Woche zierte sie das Titelblatt von *Reveille*.»

«Ich meine eine reichere und erfülltere Zukunft, die ihr nur an der Seite eines glücklich liebenden Gatten zuteil werden kann.»

«Ach so?»

«Laß es uns ehrlich aussprechen, liebes Jungchen – wir haben uns ihr gegenüber geradezu miserabel benommen.»

«*Wir?* Zum Teufel! Du warst der einzige, der offiziell Schlange stand, um ihr ohne jegliche Mittel eine reichere und erfülltere Zukunft zu bieten.»

«Man hätte eine Art zwangloses Abkommen treffen können.» Basil drehte geistesabwesend seinen goldenen Siegelring. «Aber ich denke lediglich an Ophelias Glück. Ich war ja, genaugenommen, nichts als ein stellenloser Schauspieler. Mit einem soliden Berufsmenschen, so wie du einer bist, wäre sie weitaus besser dran.»

Ich enthielt mich eines Kommentars.

«Verstehst du denn nicht?» drang er in mich. «Ich habe dir Ophelia zum Geschenk gemacht.»

«Und ich will, hol's der Teufel, dieses Geschenk nicht.»

Basil blickte überrascht auf. «Aber ich dachte, du liebst sie?»

«Sie war bloß eine weitere Schlange an meinem bereits stark zerbissenen Busen.»

«Oh?»

Er starrte auf die Spitzen seiner neuen Schuhe.

«Jammerschade, denn ich hab mich fest drauf verlassen, daß du mir diese Laus aus dem Pelz klaubst . . . will sagen, ihr künftiges Glück sicherst. Liebes Jungchen, ich will frei von der Leber weg reden. Unsere kleine Ophelia ist, wie du weißt, manchmal recht ungestüm.»

Ich nickte. «Salome ist das reinste Lämmchen, mit ihr verglichen.»

«Und als ich knapp vor Verlassen des Schiffs auf einen Sprung in ihre Kabine kam, um ihr Adieu zu sagen, bemerkte sie . . . mit einem Wort: sie sagte, wenn es mir wirklich je einfiele, Sybil van Barn zu heiraten, würde sie zur Hochzeit kommen und bei jener widerwärtigen Frage, ob jemand einen Grund oder bloß ein Hindernis wüßte, weshalb das Paar nicht zusammengegeben werden sollte –»

«Würde sie sich mit einigen wohlgewählten Worten erheben?»

«Genau.» Basil nickte tragisch. «Würde meinem Ruf auf der Bühne entsetzlich schaden. Und Sybils Gefühlen selbstverständlich nicht minder. So meinte ich, ob du nicht vielleicht mit dem lieben Mädel ein Wörtchen reden und ihr dieses kleine Geschenk von Asprey einhändigen könntest?»

Er zog ein blaues Lederetui hervor, das mit Diamanten vollgestopft war.

«Es würde Sybil natürlich nicht sehr recht sein, wenn sie daraufkäme, daß ich persönlich bei Ophelia war. Sie sollte von diesem Armband lieber gar nichts wissen. Sybil ist die großzügigste und verständnisvollste Frau, aber sie legt Wert darauf, daß ich allmonatlich eine Art Aufstellung meiner Ausgaben mache. Habe das da als Düngemittel für das Landgut angeführt.»

Ich wußte nicht, was ich sagen sollte. Hatte ich schon nicht unbedingt gewünscht, Basil nach unserer Schiffsreise wiederzusehen, so sehnte ich mich noch weit weniger danach, je wieder Ophelia zu begegnen. Da aber Basil und ich das Kriegsbeil begraben hatten, hatte ich das Gefühl, ich sollte dem Trottel zu einer glatten Abwicklung seiner Hochzeit verhelfen, wenn auch nur um unsrer lieben alten Bude willen.

«Schön», willigte ich ein. «Werde sie morgen anrufen.»

«Liebes Jungchen, das ist einfach überwältigend von dir! Wie oft hab ich's nicht gesagt, daß man sich auf Grimsdyke als einen wirklich wahren Freund verlassen kann?» Er warf einen Blick auf seine neue Armbanduhr. «Du wirst dich aber mit meiner Untersuchung tummeln müssen. Muß um vier in einer Stellenvermittlung in der Bond Street sein, um einige Butler in Augenschein zu nehmen. Scheußlich schwer, heutzutage noch den richtigen Typ des englischen Kammerdieners aufzutreiben. Diesmal bestehe ich mit Entschiedenheit darauf, die Behandlung zu bezahlen, klar. Und überdies, liebes Jungchen», fügte er hinzu, während er seine neue Seidenkrawatte zu lösen begann, «wäre es diesmal auch besser, wenn du mir das Resultat der Laborteste per Post zuschicktest.»

19

«Ich hörte gestern von Potter-Phipps in der Privatabteilung des St. Swithin, daß du geruht hast, zur Abwechslung wieder einmal ein bißchen Medizin zu betreiben», sagte mein Cousin Miles.

«Stimmt», erwiderte ich. «Die Medizin ist meine legale Braut, und die Literatur meine Geliebte. Wenn ich der einen überdrüssig bin, schlafe ich mit der andern.»

«Habe mir nichts anderes erwartet, als daß du mit einer ähnlich abgeschmackten Bemerkung reagierst.»

«Sie stammt nicht von mir, sondern von Tschechow.»

Miles runzelte die Stirne. «Höre doch endlich auf, Gaston, meine schwachen Seiten zur Zielscheibe deiner Witze zu machen. Es war schon schlimm genug auf der Schule, als du, wie ich mich gut erinnere, alles mögliche unternahmst, um meine Autorität als Aufsichtsschüler zu unterminieren.»

Ich enthielt mich einer Erwiderung, während Miles seinen Alvis um Hyde Park Corner lenkte. Das Pech bei meinem Cousin war eben, daß er keinen Sinn für Humor besaß. Diese Sache mit den Kricketschuhen würde er mir nie verzeihen.

«Ich muß dich allen Ernstes bitten, mehr Rücksicht auf mich zu nehmen», fuhr Miles erbittert fort. «Ich bin nur einer von Ihrer Majestät königlichen Kommissaren, und du, mein Cousin, führst weiterhin in einer elenden Kellerwohnung in Paddington eine Bohème-Existenz.»

«Nicht aus freien Stücken, laß dir das gesagt sein», gab ich ihm prompt zurück. «Habe nicht das geringste für kümmerliche Brotrinden und Wie-eiskalt-ist-dein-Händchen übrig. Wenn du nur mit einer Kleinigkeit von meinem Geld herausrücktest, würde ich sofort beginnen, im unerhörten Luxus regelmäßiger Mahlzeiten und ein paar Schnappern frischer Luft zu schwelgen.»

Miles preßte die Lippen zusammen. «Kommt nicht in Frage. Du würdest es bloß für Frauenzimmer verschleudern.»

«Mein lieber Junge! Das Mädchen, das du meinst, habe ich seit Monaten nicht gesehen, und es liegt mir nichts daran, ihr je wieder zu begegnen.»

«So? Ich dachte, als wir uns vorhin trafen, hattest du mit ihr eine Verabredung für heute abend vereinbart?»

«Natürlich hab ich das, hol's der Teufel! Aber das hat einen ganz anderen Grund –»

«Beleidige bitte meinen Verstand nicht mit weiteren faulen Ausreden dieser Art.»

Miles schwenkte seinen Wagen um den Verkehrspolizisten der Vauxhall Bridge Road und stoppte ihn mit einem Ruck vor der Auskunfthalle des Victoria-Bahnhofs.

Ein schwieriger Tag lag hinter mir. In der Woche, die meinem Wiedersehen mit Basil Beauchamp gefolgt war, hatte ich vergeblich Ophelias Wohnung angerufen; erst an diesem Morgen war es mir geglückt, sie beim Bad zu erwischen.

«Darling, ich triefe vor Nässe», hatte sie erklärt. «Wo hast du denn die ganze Zeit gesteckt? Hab schon eine Ewigkeit nichts mehr von dir gehört!»

«Stecke bis zum Hals in Arbeit, weißt du.»

«Ja, auch ich hab wahnsinnig zu tun.»

«Hör mal, Mädel», kam ich rasch zur Sache. «Wie wär's mit einem kleinen gemeinsamen Drink? So wie in den guten alten Zeiten?»

«Aber, Darling! Es ist mir schleierhaft, wann ich je wieder einen freien Abend haben werde.»

«Hab dir eine sehr wichtige Nachricht zu übermitteln», drang ich in sie. «Von einem recht niedlichen Präsent ganz zu schweigen, das einigen Glanz in dein Leben bringen wird.»

«Na gut, Darling.» Ihre Stimme klang skeptisch. «Für einen ganz Schnellen kann ich mich wohl frei machen, wenn du mich um sechs hier abholen kommst.»

Ich hatte einen Strauß Blumen erstanden, indem ich auf den Lunch verzichtete, und war gerade im Begriff, meinen Keller zu verlassen, als ich Miles' Wagen entlang der Gosse vorfahren sah.

«Gaston!» rief er mich durch das Fenster an. «Bist du dir dessen bewußt, daß ich halb London nach dir durchsucht habe? Was ist dir nur eingefallen, dich in diesem widerlichen Bezirk zu vergraben?»

«Oh, hallo, Miles. Wenn die Sonne über Wormwood Scrubs untergeht, ist es ganz reizvoll hier –»

«Du mußt mich auf der Stelle zu Sir Lancelot begleiten.»

«Zu Sir Lancelot? Aber ich habe leider eine recht dringende Verabredung –»

«Du mußt die betreffende Dame einfach versetzen.» Miles glotzte die Blumen an. «Sir Lancelot legt ganz besonderen Wert darauf, daß du zum Dinner kommst. Eine inoffizielle Angelegenheit im Beisein des Staatssekretärs für Inneres.»

«Des Staatssekretärs für Inneres?» Ich war aus allen Wolken gefallen. «Großer Gott! Was veranlaßt Sir Lancelot zu denken, daß der scharf drauf ist, meine Bekanntschaft zu machen?»

«Steh nicht hier herum und verkneif dir gefälligst deine idiotischen Bemerkungen. Steig bitte ein.»

«Na schön. Werde Ophelia anrufen und das Rendezvous verschieben. Die Blumen kannst du für Bartholomews Kinderzimmer haben.»

Bezüglich meiner Einladung ging mir ein Licht auf, sobald wir vor Sir Lancelots Haus eintrafen; der Chirurg öffnete uns persönlich die Tür, in Hemdsärmeln und Zierschürze.

«Freue mich, daß Sie uns in der Krise beistehen, mein Junge», begrüßte er mich. «Können Sie kochen?»

«Nun ja, Sir, auf meine Omeletten glaube ich mir ein bißchen was einbilden zu dürfen.»

«Als ein auf sich selbst angewiesener Junggeselle verstehen Sie voraussichtlich, eine Salatmarinade zu bereiten? Begleiten Sie mich also in die Küche und probieren Sie's. Miles deckt inzwischen den Tisch. Und vergessen Sie nicht, die Champagnergläser zu polieren.»

«Haben Sie denn noch immer kein Mädchen, Sir?» fragte ich bestürzt, während ich Sir Lancelot durch das Haus nachtrabte.

«Vielleicht interessiert es Sie zu erfahren, daß die letzten zwei Monate meines Lebens durch eine Reihe von Weibsbildern getrübt wurden, die sich in gleicher Weise einer auffallenden Unfähigkeit in der Beherrschung der Anfangsgründe der englischen Sprache sowie einer krankhaft hysterischen Veranlagung erfreut haben. Von einer Dame aus einer obskuren Gegend der Alpen ganz zu schweigen, die ausschließlich zu dem Zweck hierherkam, um ihr Kind auf Kosten unserer überpfleglichen Krankenkasse in die Welt zu setzen. Zum Glück hab ich ein Auge für derlei Sachen. All dies hat verständlicherweise bewirkt, daß sowohl meine Geduld wie die unserer trefflichen Köchin riß. Die Köchin nützte ihren Vorteil, indem sie ihre Koffer packte und ging.»

«Oh, Sir, wie peinlich.»

Es ging mir gewaltig gegen den Strich, diesen Abend als Sir Lancelots Mädchen für Alles zu roboten, statt Ophelia mit Diamanten zu überschütten, aber dann rief ich mir erneut ins Gedächtnis zurück, daß ich, wäre der alte Knabe nicht gewesen, noch vor Weihnachten das St. Swithin in einem jener geschmackvoll schlichten Behälter verlassen hätte, die man zu diesem Zweck vorgesehen hat.

«Meine Frau ist augenblicklich drunten in der Stellenvermittlung, um herauszubekommen, wohin zum Teufel die uns empfohlene Mademoiselle aus Paris geraten ist», fuhr Sir Lancelot fort. «Da dieses Frauenzimmer augenscheinlich auf der Überfahrt verlorenging und wir einen Staatssekretär schwerlich ausladen können, bleibt uns nichts anderes übrig, als selber zu kochen und Mundschenk zu spielen.»

In der Küche traf ich den Bischof an, er hatte seinen Rock abgelegt und ein schwarzes Gesicht.

«Verdammt noch mal, Charles! Funktioniert der Warmwasserbehälter noch immer nicht?»

«Ich fürchte, Lancelot, dies übersteigt meine Kräfte. Wahrhaftig, das ist ein äußerst widerspenstiger Apparat. Scheint direkt eine eigene Persönlichkeit zu besitzen.»

«Wenn du den verflixten Boiler nicht in Ordnung bringen kannst, haben wir kein Warmwasser», schnaubte Sir Lancelot. «Und du bist an der Reihe, das Geschirr zu waschen, wie du weißt.»

«Ich wollte gerade bemerken, daß ich eine recht unangenehme Schnittverletzung an der Hand habe, zugezogen beim Gurkenhobeln. Und du weißt, wie leicht mein Fleisch eitert, ich fürchte mich geradezu davor, mit heißer Lauge in Berührung zu kommen –»

«Ich scher mich den Teufel drum, ob du am oberen Fingerglied akute Gasgangräne kriegst. Du bist an der Reihe, das Geschirr zu waschen.»

«Du könntest schon ein wenig Mitgefühl an den Tag legen», klagte der Bischof.

«Wir haben uns schon vor Wochen dahingehend geeinigt, daß derjenige, der den Frühtee serviert, nicht das Geschirr zu waschen braucht. Und heute morgen hast du es vorgezogen, dich im Bett zu suhlen.»

«Ich versichere dir, daß ich mit äußerst lästigen Kopfschmerzen aufwachte –»

«Und ich mußte dir dein Frühstücksei kochen. Noch dazu hast du mir die *Times* geklaut –»

«Es ist mir unbegreiflich, warum du nicht zwei Exemplare der *Times* bestellen kannst», erwiderte der Bischof gereizt. «Immer dieses Aufhebens deswegen!»

«So, du möchtest mich also in glatte Verschwendung hineinreiten?»

«Es stand etwas über die Kommission drin, das mich besonders interessierte.»

«Du hast aber nicht gelesen. Du hast das Kreuzworträtsel gelöst. Heute war ich mit dem Kreuzworträtsel dran.»

«Das stimmt nicht. Du hast es gestern gelöst.»

«Klar. Du wirst dich bestimmt entsinnen, daß du mir ein außerplanmäßiges Rätsel zugestanden hast, wenn ich die Badewanne putze.»

«Ich gehe auf mein Zimmer», erklärte der Bischof kurz. «Von allem anderen abgesehen, verspüre ich wieder Kopfschmerzen. Von einer beträchtlichen Menge Ruß auf Gesicht und Hals ganz zu schweigen.»

«Wenn der Kerl noch länger hierbleibt, verkaufe ich das Haus dem Abbruchkommando und ziehe in eine möblierte Wohnung.» Sir Lancelot reichte mir eine Salatschüssel. «Sie können sich nicht vorstellen, wie unerträglich es mir ist, zusehen zu müssen, wie Maud ihn noch dazu bei jeder Gelegenheit verhätschelt. Nur meine gute Kinderstube hindert mich daran, ihm zu verstehen zu geben, daß er länger geblieben ist, als es dem Wirt lieb ist. Dieser Mensch hat ein Fell wie ein – Ah, da bist du ja, meine Liebe. Hast du Erfolg gehabt?»

«Alles in Ordnung, Lancelot», verkündete Lady Spratt atemlos. «Mademoiselles Schiff hatte eine Verspätung, das ist das Ganze. In fünfzehn Minuten trifft sie auf dem Victoria-Bahnhof ein.»

«Gut», rief Sir Lancelot. «Grimsdyke – *cherchez la femme*.»

«Ich, Sir?» fragte ich bestürzt. «Ja, wie soll ich sie denn erkennen?»

«Sie hat ein Sträußchen Maiglöckchen angesteckt und trägt eine Nummer von *Paris Match* in der Hand», erklärte mir Lady Spratt rasch. «Sie versteht natürlich kein Wort Englisch.»

«Über eine Speisekarte hinaus hab ich nicht sehr viel Ahnung von diesem *défense-d'afficher*-Zeug», meinte ich zweifelnd.

«Dann nehmen Sie sich halt um Gottes willen jemanden mit», befahl Sir Lancelot ungeduldig. «Miles zum Beispiel. Der war einmal vierzehn Tage in Dinard und bildete sich nachher monatelang ein, Ehrenmitglied der Académie Française zu sein.»

Da Miles sowieso mit dem Fischbesteck in arge Bedrängnis gekommen war, atmete er erleichtert auf, als er mit mir zum Victoria-Bahnhof fahren durfte. Wo ihm dies noch dazu Gelegenheit für eine kleine Vorlesung *en route* verschaffte.

«Es ist wirklich ein Verhängnis, daß Sir Lancelot nicht besser mit dem Personal umgehen kann», klagte er abschließend, als wir aus dem Auto stiegen. «Es könnte höchst unheilvolle Folgen haben, wenn der Staatssekretär irgendwelche Mängel bemerkt. Der Bischof und ich bemühen uns nach Kräften, ihm die richtige Geisteshaltung beizubringen, um die Ansichten unserer Minderheit vor der Kommission zu diskutieren.»

«Nun, wie floriert die liebe Unmoral?» fragte ich.

«Du hast es nicht not zu spotten, Gaston», sagte Miles schmerzlich betroffen. «Du ahnst nicht, wie unendlich mühsam und widerlich unsere Arbeit ist. Fast täglich bin ich gezwungen, Dinge zu beobachten, die selbst mich in Erstaunen setzen. Hätte man sich je vorgestellt, daß in ganz London Menschen stundenlang dasitzen, um zuzusehen, wie eine Reihe von Mädchen ihre Kleidungsstücke ablegen? Unsere moderne Zivilisation ist von einer immer mehr um sich greifenden Epidemie befallen – diese ekelerregenden Voyeurs –»

Ich nickte. «Ich erinnere mich an den ersten Fall. Wurde aus Coventry berichtet, wo im Jahre 1040 eine gewisse Lady Godiva –»

«Dummkopf», rief Miles und schlug krachend die Wagentür zu.

Ich für meine Person finde Victoria Station sehr unterhaltsam. Während die anderen Londoner Bahnhöfe kaum aufregendere Ziele als Glasgow haben, ist es hier stets vergnüglich, an Winterabenden auf dem Abfahrt-Bahnsteig strahlende junge Urlauber mit den Skiern auf den Schultern ihrem Ferienglück entgegenstreben, und auf dem Ankunft-Bahnsteig mit Gipsverbänden und Krücken herumhumpeln zu sehen. Im Sommer wimmelt es von Eimerchen, Schaufelchen, nackten Knien und Kinderchen, die sich vor den Fahrkartenschaltern übergeben, und das ganze Jahr lang fühlt wohl jedermann ein innerliches Prickeln, wenn er während des Wartens auf einen Zug nach Balham die Tafel «Zu den Zügen nach dem Kontinent» erblickt.

«Der Schiffszug scheint bereits eingetroffen zu sein», bemerkte Miles, als wir uns durch die Menge bei den Schranken bahnten.

«Wenn du sprachliche Hemmungen hast: der Mann von Cook dort drüben brennt danach, eine französische Ansprache zu halten», machte ich ihn aufmerksam.

«Lieber Gaston, ein bißchen Intelligenz könntest du mir schon zutrauen. Wir dürften wohl imstande sein, die junge Frau ohne Schwierigkeiten zu identifizieren. Maiglöckchen sind schließlich recht ungewöhnliche Blumen.»

Ich nickte. «Dann ist es also diese grauhaarige liebe Alte dort mit dem Eßkorb.»

Miles runzelte die Stirne.

«Oder dieser Bub mit der Lutschstange. Oder gar dieser Vogel mit dem Schnurrbart und dem Astrachankragen? Der trägt ein ganzes Büschel davon.» Ich lachte. «Weißt du, was für einen Tag heute ist?»

«Was für ein Tag? Der erste Mai, natürlich.»

«Ja, der Tag, an dem die Franzosen Maiglöckchen korbweise kaufen und sie anstecken – nur nennen sie sie *muguets.*»

Miles biß sich auf die Lippen. «Wie ungeschickt!»

«Mach dir keine Sorgen, wir können unsere Diagnose noch immer nach dem Magazin stellen.» Ich faßte die Menge ins Auge. «Wie wär's mit jener kleinen Blondine?»

Eigentlich hatte ich nichts mehr dagegen einzuwenden, bei Sir Lancelot Geschirr zu waschen.

«Das bezweifle ich. Lady Spratt sagte, es sei eine reife Frau und äußerst achtbar – Tochter irgendeines kleineren *fonctionnaire.*»

Düsteren Blickes ließ mein Cousin ein Paar Nonnen die Schranken passieren, denen im Gänsemarsch Schulmädchen folgten, von *muguets* besät. Dann begann er sich unbegleiteten Frauen zu nähern, indem er den Hut zog und mit seinem «*Est-ce que vous êtes la bonne de* Sir Lancelot Spratt?» loslegte; aber es trug ihm nichts anderes ein als schmutzige Blicke.

«Du könntest mir wohl ein bißchen helfen», sagte er ungeduldig, «statt herumzustehen und Münzen in Automaten zu werfen.»

«Mir knurrt der Magen», erklärte ich. «Hab keinen Lunch gehabt.»

«Hol dich der Teufel», stieß Miles hervor.

Nun, ich war auch schon recht nervös geworden: der Bahnsteig war leer bis auf einige Afrikaner in langen Gewändern, mit denen uns bestimmt nicht gedient war. Doch in ebendiesem Augenblick tauchte eine recht ehrsam aussehende Frau mittlerer Jahre in einem Teddybärmantel hinter einem Stapel Kisten auf; sie trug ein Magazin, und allenthalben sprossen Maiglöckchen üppig aus ihr hervor.

«*Pardonnez-moi*», begann Miles neuerlich. «*Mais êtes-vous engagée à* Sir Lancelot Spratt?»

Sie lächelte freundlich. «*Que vous êtes gentil!*»

«Gott sei Dank!» rief Miles erleichtert aus. «Gaston, nimm den Koffer der Dame. *Par ici,* Mademoiselle. *Nous avons l'auto dans* dem *qu'est-ce que c'est* draußen.»

«*Comment? Vous êtes venus me chercher en auto?*»

«Seulement le meilleur est assez bon pour la bonne», sagte ich, einigermaßen stolz auf meine sprachliche Wendigkeit.

Wir drei verfrachteten uns in den Alvis und sausten zur Harley Street zurück.

20

«Moral ist letzten Endes bloß eine Sache des Breitengrades», erklärte Sir Lancelot Spratt munter. «Was innerhalb einer gesitteten Gesellschaft auf Bali gang und gäbe ist, wäre am Berkeley Square nie und nimmer angebracht.»

«Ahem», sagte der Bischof.

Miles hatte den Boiler entzündet und ein bißchen ausgeputzt, und wir vier genehmigten uns im Salon ein Glas Sherry, während Lady Spratt das neue Mädchen droben installierte.

«Die unselige britische Bevölkerung ist überreich von Moralisten heimgesucht worden.» Sir Lancelot stand vor dem Kamin und strich sich den Bart. «Wahrhaftig, man hat sie seit Oliver Cromwell kaum je in Frieden ihren natürlichen Instinkten nachgehen lassen. Kein Wunder, daß unsere Kliniken vollgestopft sind von den Opfern der Massenunterdrückung.»

Miles wetzte unruhig hin und her.

«Ich dächte, unsere Nation sollte stolz auf ihre Achtbarkeit sein, Lancelot.»

«Das ist sie auch, genauso wie auf unsere Zugluft, unsere scheußlichen Eisenbahnzüge, unser grauenhaftes Klima und unsere lausige Küche. Im Grunde sind wir natürlich nichts anderes als eine widerliche Bande von Masochisten.»

«Apropos, Sir», schaltete ich mich ein, «nun, da der Haushalt wieder geregelt ist, legen Sie auf meine Anwesenheit wohl keinen Wert mehr?»

Miles und der Bischof heiterten sich bei meinen Worten sichtlich auf, aber Sir Lancelot erwiderte:

«Ganz im Gegenteil. Ich habe Sie zum Dinner eingeladen, und Sie werden zum Dinner bleiben. Ich will in Ihnen nicht die falsche Hoffnung erwecken, daß unser Gast ein zweiter Dr. Johnson ist. Als ich im Vorjahr seine Krampfadern behandelte, gelang es mir, das Eis zu brechen, und darunter fand ich recht kaltes Wasser vor.»

Er schenkte uns Sherry nach.

«Grimsdyke und ich werden uns sowieso nach dem Dinner zurückziehen, um meine Memoiren durchzugehen», fügte er, zu den andern gewandt, hinzu. «Wie weit sind Sie mit dem Buch, mein Junge?»

«Es ist fast fertig, Sir. Ich warte nur noch darauf, es mit einer wirkungsvollen Gerichtsszene abzurunden, ähnlich wie bei den ‹Brüdern Karamasow›.»

«Dann werden Sie mit Freuden vernehmen, daß Sie nicht mehr lange zu warten haben. Ich vergaß in dem Wirbel ganz, Ihnen zu sagen, daß laut Beckwith' Information die Sache nächsten Montag steigen wird.»

«Ich kann nur hoffen, Lancelot, daß die Wahrheit triumphieren möge», bemerkte der Bischof vorsichtig.

«Mein lieber Junge, die Fakten sind völlig unanfechtbar. Selbst ein so aufdringlicher Querkopf wie Richter Fishwick –»

Ich blickte auf. «Fishwick?»

«Es ist vielleicht ein Nachteil, daß mein Prozeß auf seiner Liste erscheint. Aber Fishwick gehört zumindest, wie wir, einem Intelligenzberuf an», gestand ihm Sir Lancelot zu, «und ich zweifle nicht im geringsten daran, daß er sich bereitfinden wird, das Verfahren abzuschließen, bevor sich noch mein Bruder der Mühe unterzogen hat, seinen Mund aufzutun.»

Die Türglocke schellte.

«Kaum möglich, daß unser hoher Gast so früh erscheint.» Sir Lancelot blickte stirnrunzelnd auf seine Uhr. «Seien Sie so gut, Grimsdyke, und gehen Sie öffnen.»

Auf der Hausschwelle stand jener Polizist, der damals die Nachrichten vom Zoo gebracht hatte, an seiner Seite eine recht nette Blondine in einem roten Mantel.

«Guten Abend, Sir», begrüßte er mich artig. «Kann ich vielleicht Sir Lancelot Spratt sprechen?»

Ich musterte das Mädchen nochmals und fragte mich, wen sie wohl an die Raubtiere verfüttert haben mochte. Mit der Frage, ob Sir Lancelot einen Augenblick erübrigen könne, führte ich den Sergeanten in den Salon, während ich das Mädchen in der Halle zurückließ.

«Oh, da ist ja wieder unser Sergeant Griffin», empfing Sir Lancelot ihn herzlich. «Wie geht's dem alten Leistenbruch?»

«Sehr gut, danke, Sir.»

«Freut mich zu hören. Ein Glas Sherry?»

«Nein, danke, Sir Lancelot.»

«Sie kennen bereits den Bischof von Wincanton, glaube ich?»

Sein Schwager versuchte eben hinter einer Azalee unterzutauchen.

«Sie sind wohl wegen der Versicherung gekommen, Sergeant?» erkundigte sich Miles.

Der Polizist hob erstaunt die Brauen. «Wegen welcher Versicherung, Sir?»

Miles schien sich ein wenig unbehaglich zu fühlen.

«Oder einfach nur», fügte er hoffnungsvoll hinzu, «weil mein Wagen draußen den Straßenverkehr behindert?»

«Nein, 's ist wegen Ihrem Mädel, Sir.»

«Meinem Mädel?» fragte Sir Lancelot.

«Die junge Dame, die vom Pariser Zug abzuholen war.»

«Sie ist doch hoffentlich in jeder Hinsicht ehrbar?» unterbrach der Bischof rasch.

«Sie scheint tatsächlich eine sehr ehrbare junge Person zu sein, Sir. Sie hat sich nur verirrt, das ist das Ganze. Die Bahnpolizei hat sie von Victoria Station herübergeschickt, und ich hab sie gleich mitgebracht.»

«Aber das ist doch geradezu lachhaft!» stieß Miles hervor. «Denn das fragliche Mädchen ist bereits im –»

«Schon gut, Sergeant, schon gut», unterbrach ihn Sir Lancelot. «Ich danke Ihnen vielmals. Die junge Dame steht draußen? Ausgezeichnet. Wir haben uns bereits gefragt, was ihr passiert sein mag. Bedaure, daß Sie sich soviel Mühe gemacht haben.»

«Für Sie ist mir keine Mühe zuviel, Sir Lancelot. Eigentlich hätt ich ganz gern mit Ihnen auch ein Wörtchen über meine Operation –»

«Ein andermal, Sergeant, ein andermal.»

«'s ist nur, weil ich so ein kitzliges Gefühl in der Narbe hab.» Der Polizist schien einem kleinen Plausch nicht abgeneigt. «Könnten Sie nicht vielleicht doch schnell einen Blick drauf werfen?»

«Ich werde mich freuen, wenn Sie morgen bei mir vorsprechen.»

«'s ist so ein Mittelding zwischen einem Kitzeln und Stechen –»

«Das ist also die junge Dame?» Sir Lancelot schob ihn durch die Tür vor sich her. «*Enchanté*, Mademoiselle. Meine Liebe», fügte er hinzu, als Lady Spratt auf der Treppe erschien. «Hier ist unser neues Mädchen aus Paris. Führe sie bitte in das zweite Gastzimmer.»

«Lancelot, bist du völlig von Sinnen –»

«Das ist das *neue Mädchen*», wiederholte Sir Lancelot mit Nachdruck. «In den ersten Stock bitte, *s'il vous plaît, pronto.*»

«Hören Sie –» begann Miles, ebenso verwirrt wie das Mädchen, das weggeführt wurde. «Ich kann nicht verstehen –»

«Ich hoffe von Herzen, daß nichts Verkehrtes –» murmelte der Bischof.

«Sie wollen sich sicher wieder auf den Weg machen, Sergeant», unterbrach Sir Lancelot die beiden. «War äußerst aufmerksam von Ihnen, hierherzukommen.»

«Ich möchte anfragen, Sir, ob Sie uns die Ehre erweisen werden, an unserem nächsten geselligen Abend teilzunehmen?»

«Mit Freuden. Aber Sie werden jetzt wohl etliches zu tun haben –»

«Alte Tänze, wissen Sie. Mit Buffet. Schluß um Mitternacht.»

«Klingt riesig verlockend. Werde bestimmt kommen.»

«Hab zufälligerweise schon einen Block Eintrittskarten bei mir.»

«Ich nehme das Ganze.» Sir Lancelot drängte ihn zur Eingangstür. «Morgen früh geht Ihnen mein Scheck zu.»

«Aber da sind mehr als hundert Karten drauf, Sir Lancelot!»

«Ich habe einen sehr großen Bekanntenkreis.» Sir Lancelot schubste ihn durch die Tür. «Nun, meine Herren», er fixierte uns drei, «erhebt sich die Frage: Wen zum Teufel haben wir bereits droben untergebracht?»

«Aber sie *muß* Ihr Mädchen sein», erwiderte Miles ärgerlich. «Sie hat es bestimmt gesagt. Überdies trug sie dieses Magazin auf dem Tisch da.»

«Das zufälligerweise *L'Illustration* ist.»

«Meiner Seel, ja», rief Miles überrascht.

«Höchst verhängnisvoll, wenn wir in irgendwelche Komplikationen verwickelt werden sollten», machte sich der Bischof bemerkbar.

«Das kann sicher ganz leicht aufgeklärt werden», protestierte Miles. «Sie war bestimmt eine hochanständige Person, nicht wahr, Gaston?»

«Nun, gehen Sie lieber hinauf zu ihr und bringen Sie ihr bei, daß sie an eine andere Adresse gehört», beauftragte ihn Sir Lancelot.

«Ja, aber wohin?» unterbrach ich.

«Das herauszufinden ist Sache Ihres Cousins Miles.»

«Ich finde, Sie alle machen viel zuviel Aufhebens um einen durchaus verzeihlichen Irrtum», entgegnete Miles kurz.

Sir Lancelot wurde ungeduldig.

«Darüber können wir uns bei passender Gelegenheit unterhalten. Statt hier herumzustehen und Zeit zu vergeuden, gehen Sie hinauf und ermitteln Sie, wohin die arme Frau gehört.»

Miles zögerte.

«Vielleicht möchte Gaston sie fragen gehen –»

«Nein, das möchte ich ganz bestimmt nicht! Schließlich hast du mir erklärt, daß du Experte in Französisch bist.»

«Es wäre angezeigt, die Sache auf der Stelle zu erledigen», drängte der Bischof.

«Verdammt, Miles!» explodierte Sir Lancelot. «Sie können doch zumindest herauszufinden versuchen, womit sie ihren Lebensunterhalt verdient.»

Doch dies erwies sich als unnötig, denn kaum hatte Miles den Fuß auf die erste Stufe gesetzt, erschien das Mädchen selbst.

«O Schrecken!» schrie der Bischof auf.

Unser Frauchen in den mittleren Jahren von Victoria Station hatte eine beträchtliche Verwandlung erfahren. Erstens einmal erstrahlte ihr Gesicht in allen Farblichtern des Piccadilly. Zweitens trug sie eine etwa vierzig Zentimeter hohe rote Perücke. Drittens bestand ihre einzige Bekleidung aus einem großen rosa Fächer.

«Gott sei mir gnädig», bemerkte Sir Lancelot Spratt.

Sie schenkte uns vom Treppenabsatz ein süßes Lächeln.

«'allo, Boys. Geht die Show los, ja?»

«Aber – aber das ist doch nicht menschenmöglich!» rief Miles.

«So nett ik finde eure englische Klubs.» Sie wogte abwärts. «So korrekt. *Très anglais.*» Sie tätschelte dem Bischof die Wange. «Bin ik shocking, eh?»

«O Schrecken über Schrecken!» ächzte der Bischof.

«Miles!» Sir Lancelot brach in ein brüllendes Gelächter aus. «Wissen Sie, was Sie sind? Ein verdammter *procureur!*»

In einem solchen Zustand hatte ich den armen Kerl nicht gesehen seit damals, als der Aufsichtslehrer entdeckte, daß er im Schlafraum weiße Mäuse hielt.

«So unternehmt doch etwas!» entfuhr es ihm. «Auf der Stelle! Lancelot – Gaston – ihr müßt dieses Weibsbild von hier fortbringen –»

«*Sie* haben sie gefunden», sagte Sir Lancelot kurz. «Sehen Sie zu, daß Sie sie wieder verlieren.»

«Gaston!» Miles umkrallte meinen Arm. «Du bist mein Cousin . . . du mußt mir helfen, verstehst du? Ich flehe dich an. Meine ganze Karriere –»

Das Mädel zwinkerte Sir Lancelot zu. «Sie werden mik nak Show besuken komm?»

«Die überwältigende Liebenswürdigkeit Ihrer Einladung, Madame, macht mir meine notgedrungene Absage doppelt schwer.»

Sie griff sich den Zylinder des Bischofs vom Hutständer und setzte ihn sich à la Marlene Dietrich im «Blauen Engel» auf.

«Mir wird schwach», schrie der Bischof auf und ließ sich in einen Armstuhl fallen.

«Ein Familienübel, Charles.» Sir Lancelot schien in ähnlichen Lustgefühlen zu schwelgen wie Klein-Bartholomew am Christtagmorgen. «Du weißt, wo der Brandy zu finden ist.»

«Mein Gott», keuchte Miles. «Wenn das in die Zeitungen käme –»

«In die Zeitungen!» Der Bischof ließ sein Taschentuch flattern. «Ich muß fort. Ich muß augenblicklich fort –»

«Gewiß, auch ich bin der Meinung, daß die Landluft deiner Konstitution weitaus zuträglicher ist», stimmte ihm Sir Lancelot gelassen zu. «Ich werde dich persönlich um sechs Uhr früh wekken –»

Das Mädel warf den Fächer weg und trug nun lediglich den Hut des Bischofs in der Art eines Muffs.

«Was ist los mit dir, Charles?» fragte Sir Lancelot. «Also weißt du! Das ist doch weiter nichts als ein gesundes nacktes Frauenzimmer.»

«Ich fahre weg. Noch heut abend –»

«Es gibt einen ausgezeichneten Abendzug. Und mein Auto steht dir jederzeit für die Fahrt zum Bahnhof zur Verfügung.»

Das Mädel begann den Hut spielerisch zu bewegen.

«Mir wird übel», verkündete der Bischof.

«Aber du wirst doch nicht das Dinner versäumen, Charles?»

«Das Dinner!» Miles gab es einen Riß. «In zwanzig Minuten kommt unser Gast!»

«Hören Sie –» Mir selber stiegen nun Bedenken auf. «Wir sollten wirklich etwas unternehmen, und zwar rasch.»

Mein Cousin und ich vermochten ja in vergangenen Tagen unsere kleinen Unstimmigkeiten ausgetragen haben, aber ihrer jetzt zu gedenken wäre nicht anders gewesen, als klagte man über feuchtes Bettzeug, während ein Schiff sinkt. Ich persönlich hatte gegen ein bißchen Kabarett beim Dinner nichts einzuwenden, sah jedoch ein, daß Miles unter den obwaltenden Umständen nichts dafür erübrigen konnte. Da der Bischof aussah, als käme er nach einer totalen Magenresektion frisch vom Operationstisch, Sir Lancelot sich bestürzt den Bart strich und Miles einem hysterischen Zusammenbruch nahe war, fand ich es an der Zeit, die Führung an mich zu reißen.

«Ist doch ganz einfach», bemerkte ich. «Das Mädel dürfte für eine Show in irgendeinem Klub in Soho engagiert sein. Wir haben nichts anderes zu tun, als sie hinzubringen, und zwar so schnell wie möglich. Von allem anderen abgesehen, vermute ich, daß man sie dort bereits erwartet und zum x-tenmal die Ouvertüre spielt.»

«Wo glauben Sie denn, daß Sie sind, Madame?» erkundigte sich Miles heftig. «*Où croyez-vous que vous êtes?*»

Sie lugte erstaunt hinter dem Hut hervor. «*Mais c'est* Willie's Club, *n'est-ce pas?*»

«Willie's Club!» stammelte Miles.

«Der liebe gute Willie's Club!» rief ich aus. «Aber dort bin ich ja Mitglied! Willie und ich waren dicke Freunde, solange ich noch am St. Swithin war. Du brauchst nur ein paar Stufen von der Frith Street hinunterzusteigen und findest dort einen Barmann, der schon wer weiß wie viele Jahre in –»

«Hol's der Teufel, Gaston!» explodierte Miles. «Man kann doch nicht mit einem halbnackten Weib dort auftauchen! Das würde bestimmt der Presse zu Ohren kommen!»

«Du hast noch etliches auf dem Gebiet der Unmoral zu lernen, alter Junge», grinste ich. «Wieviel Pinke hast du bei dir?»

«Wieviel Geld? Etwa zwanzig Pfund.»

«Da werden wir eine kleine Stiftung veranstalten. Darf ich mir Ihren Rolls ausborgen, Sir?»

«Ich begleite Sie», sagte Sir Lancelot auf der Stelle. «Gott sei Dank, einer in Ihrer Familie verfügt noch über ein bißchen gesunden Menschenverstand. Miles, holen Sie meinen Ulster für die Dame. Unserem hohen Gast bestellen Sie bitte, daß ich zu einem dringenden Fall abberufen wurde. Unser Beruf versieht uns ja zum Glück stets mit einer unangreifbaren Ausrede. Kommen Sie, Madame. Wir wollen unseren *faux pas* wieder zurücknehmen.»

«Ich sterbe», stöhnte der Bischof.

«Nicht sehr rücksichtsvoll von dir, Charles. Bedenke doch die Mühen, die wir alle deines Dinners wegen auf uns genommen haben.»

«Miles war heute nicht im Spital», teilte mir seine Frau Connie mit, als ich am nächsten Abend bei ihnen vorsprach. «Der arme Kerl ist völlig zusammengebrochen. Wahrscheinlich infolge der Überarbeitung bei der Kommission.»

Ich war ein wenig irritiert, hatte ich doch geplant, mir's gemütlich zu machen und von seinem Whisky zu trinken, bis er nach Hause kam. Statt dessen traf ich meinen Cousin an, wie er in Hemdsärmeln zwischen seinen Moraltraktaten auf und ab schritt, mit der Miene eines Propheten, der eine Kanzel sucht, um von ihr den Weltuntergang zu künden.

«Hallo, Alter», begrüßte ich ihn. «Wie war das Dinner?»

Miles wand sich in Pein.

«Wie eine grauenvolle Halluzination . . . Dieses entsetzliche Weib!»

«Clementine entpuppte sich am Ende als eine recht fidele Person. Während wir mit ihr quer durch London fuhren, lernten wir sie ziemlich gut kennen.»

«Was geschah?» fragte er düster.

«Alles ließ sich so glatt an wie eine von Sir Lancelots Blinddarmoperationen. War ich auch jahrelang nicht mehr bei Willie gewesen, kannte ich doch wenigstens den Drill des Hauses bei sämtlichen Verstößen, vom Kitzeln der Empfangsdamen angefangen bis zum Verschachern von Maschinengewehren.»

«Du hast mit Bestechung gearbeitet?» murmelte Miles schwerfällig.

«Gewiß hat ein bißchen Geld die Hände gewechselt. Ganze Pakken Banknoten sogar aus Sir Lancelots Brieftasche.»

Mein Cousin verfiel in Schweigen.

«Du hättest wenigstens zurückkehren und uns mitteilen können, daß die Sache in Ordnung gebracht worden war», sagte er endlich. «Wir saßen wie auf glühenden Kohlen – es war einfach schrecklich.»

«Daran war Sir Lancelot schuld. Er bestand darauf, sich die Show anzusehen.»

«Er muß sie doch ekelerregend gefunden haben.»

«Im Gegenteil, er fand sie recht amüsant. Gar nicht zu reden davon, daß er einen Fall von X-Beinigkeit, zwei Leistenbrüche und mehrere Fälle von ausgedehnter Hypertrophie der Brüste zu diagnostizieren Gelegenheit fand.»

«Sir Lancelot ist einfach unverbesserlich.»

«Er half dir, mit heiler Haut davonzukommen, Alter», rief ich ihm ins Gedächtnis. «Sonst hätte sich das ganze Land morgen beim Frühstück gefreut, dich zerreißen zu können.»

Er blickte auf. «Es steht also *nichts* in der Presse?»

Ich schüttelte den Kopf. «Hab jede Zeitung in der öffentlichen Bibliothek durchgeblättert. Freilich gibt's immer noch den Sonntag und die *News of the World*.»

Miles stöhnte abermals auf.

«Aber laß dir keine grauen Haare wachsen, es wird bestimmt alles gut gehen. Clementine wurde übrigens bei Willie ein überaus warmer Empfang zuteil. Obwohl sie meiner Meinung nach mit dem Hut besser ausgesehen hat.»

«Ich bin dir selbstverständlich zutiefst verpflichtet, Gaston», rang Miles sich ab.

«Gern geschehen», wehrte ich leichthin ab. «Schließlich sind wir doch eines Fleisches und Blutes, etcetera.»

«Meine gesamte Karriere ist dir auf Gedeih und Verderb ausgeliefert.»

«Großer Gott, du glaubst doch nicht, daß ich petzen werde?» rief ich schockiert. «Verdammt, das hab ich doch nicht einmal auf der Schule getan, als du mir meinen Kümmelkuchen geklaut hast.»

«Ich bedaure die Sache mit dem Kümmelkuchen, Gaston. Bedaure sie zutiefst.»

«Bin durchaus bereit, sie zu vergessen», erwiderte ich kavaliersmäßig.

«Möchtest du nicht ein Glas Whisky-Soda? Bediene dich. Sooft du willst.» Als ich seiner Einladung folgte, fuhr er fort: «Zugegeben, wir haben in der Vergangenheit unsere Auseinandersetzungen gehabt –»

«War nichts als ein Zusammenprall unsere Temperamente. Wirkt nur anfeuernd auf den Familiensinn. Schau dir die Familie Lear an.»

Miles spielte mit einer Seite seines Berichts.

«Ich muß dir gestehen, Gaston, daß ich im Lauf der Jahre ganz automatisch dazugeführt wurde, dich als einen Narren einzuschätzen.»

«Die heitere Maske trügt oft.»

«Aber die Art und Weise, wie du gestern abend einer äußerst gefährlichen und komplizierten Situation begegnet bist, öffnete mir mit einem Schlag die Augen für deine wahren Fähigkeiten.»

«Aber, aber! Sobald man einmal den nackten Tatsachen gegenübersteht –» Ich lachte auf «Wie komisch!»

«Wie oft hab ich dich im stillen um deinen Sinn für Humor beneidet!»

«Still nun», tröstete ich ihn. «Hast selbst sehr oft bei den Schulfeiern wahnsinnig spaßige Geschichten erzählt.»

«Du hast das Zeug zu einem Scarlet Pimpernel in dir, Gaston. Du bist nicht wie ich und – mit Verlaub – meine Kollegen von der Königlichen Kommission. Nein, du bist ein Mann der Tat. Endlich erkenne ich es. Und diese Erkenntnis trug dazu bei, einen Beschluß bezüglich der Gelder, die ich zu treuen Händen für dich verwahre, zu fassen.»

«Komisch, gerade wollte ich selber drauf zu sprechen kommen», sagte ich und schickte mich an, ihm die Daumschrauben anzusetzen. «Du brauchst mir bloß den Scheck auszustellen – ich will dich nicht von deiner Arbeit abhalten.»

Miles strich sich seinen kleinen borstigen Schnurrbart.

«Als du ursprünglich mit dem Romaneschreiben begannst, war ich sehr dagegen. Ich fand, das notorisch laxe Leben eines Schriftstellers würde sich restlos demoralisierend auf dich auswirken.»

«Verstehe.»

Die britische Bevölkerung ist sich natürlich seit langem darüber im klaren, daß Schriftsteller den ganzen Tag mit offenem Hemdkragen müßig herumlungern, während alle anderen arbeiten müssen.

«Andererseits war ich, um die Wahrheit zu sagen, nicht übermäßig bekümmert darüber, daß die Medizin dich abzuschreiben hatte.»

«Das war eine durchaus einhellige Meinung.»

«Doch nun habe ich meine Ansichten geändert.»

«Wenn du so lieb wärst, bloß diesen Scheck auszustellen –»

«Begreifst du's denn nicht? Siehst du's denn noch immer nicht?» Miles packte mich am Ärmel. «Du bist genau jener Typ, den der Ärztestand in diesen Tagen braucht.»

«Das schien aber keineswegs die Meinung all der Examinatoren zu sein, die mich im Lauf der Jahre recht oft zu sehen bekamen.»

«Das ist ja das Witzige daran, Gaston. Was hast du gegen die Medizin einzuwenden?»

«Zu geringe Bezahlung –»

«Wir sind alle zu sehr Theoretiker. Was wir brauchen, sind Praktiker. Männer wie du. Männer, die in die noch unentwickelten Gebiete der Erde eindringen und dort Pionierarbeit leisten, das Licht fortschrittlicher Gesundheitspflege um sich her verbreitend.»

«Halt ein!» rief ich verängstigt. «Für solche Späße bin ich nicht die geeignete Person. Du weißt, wie mir die Moskitos immer zuzetzen.»

«Glücklicherweise gibt es keine Moskitos in jenem Gebiet, das mir vorschwebt. In Kürze macht sich ein internationales Gesundheits-Team daran, an der grönländischen Küste die Arbeit aufzunehmen –»

«Grönland? Hör mal, Miles, laß jetzt deine munteren Kapriolen und stell mir diesen Scheck aus –»

«Mein Vorschlag ist: ich finanziere dir einen sechsmonatigen Auffrischungskurs in New York, und danach wird es mir ein leichtes sein, dir dank meiner guten Beziehungen zur Welt-Gesundheits-Organisation einen Posten für einen Fünf-Jahre-Einsatz in Grönland zu verschaffen.»

«Wenn du mich bloß eine Zeitlang aus dem Weg haben willst», unterbrach ich ihn, «wäre es viel einfacher, mir das Geld zuzustekken, und ich haue nach Paris ab.»

«Ich kann dir versichern, daß dies keineswegs in meiner Absicht liegt.»

«Letztesmal hast du mich in dieses dreckige Amazonasgebiet abgeschoben. Diesmal willst du mich durchaus aufs Eis legen. Nimm doch endlich Vernunft an.»

«Aber, Gaston! Erfaßt du nicht, was ich dir damit biete? Die Chance, ein zweiter Dr. Livingstone zu werden. Ein Schweitzer im Schnee.»

«Begnüge dich damit, mir auf der Stelle das Geld auszuzahlen. Von allem anderen abgesehen, bin ich mit der Miete für mein Kellerquartier schon entsetzlich in Verzug.»

Miles' Züge nahmen einen schmerzlichen Ausdruck an. «Das soll doch am Ende nicht soviel wie eine Absage bedeuten?»

«Ja, es *ist* eine Absage, verdammt! Muß meinen Roman fertig schreiben.»

«Aber, hol's der Teufel! Du hast doch nicht im Ernst die Absicht, dein Leben mit dem Schreiben stumpfsinniger Bücher zu fristen –»

«Du Esel, du ahnungsloser, du! Sobald du einmal damit beginnst, kannst du nicht aufhören – es ist wie bei einer unausrottbaren Infektion. Und übrigens», fügte ich, jetzt wirklich einigermaßen erbittert, hinzu, «wenn schon durchaus jemand mit einer Spritze Gletschern zu Leibe rücken muß, warum nicht du? Das wäre verdammt sinnvoller, als in London herumzusitzen und lange Reden darüber zu halten, warum die Leute sonntags nicht Fußball spielen sollen.»

«Ich kann nicht finden, daß Dankbarkeit zu deinen stärksten Seiten gehört, Gaston.»

«Lassen wir jetzt das Gerede, und stell mir bloß den Scheck aus–»

Miles verschränkte die Arme. «Kommt gar nicht in Frage.»

«Das hab ich gern! Wer bezeigt jetzt Dankbarkeit?»

«Ich habe bereits ein äußerst großzügiges Angebot gemacht.»

«Man könnte es so nennen, wenn ich ein heimwehkranker Eskimo wäre.»

«Erwäge doch, wie sehr du deinen Aufenthalt in New York genießen könntest.»

«Ja, beim Gedanken an all diese gemütlichen künftigen Eiswürfel.»

«Willst du denn nicht verstehen? Ich versuche doch nichts anderes als dich sozusagen zu läutern – was willst du da am Telefon?»

«Ein paar bedeutsame Nummern der Fleet Street anrufen und eine ganz besonders häßliche Katze aus dem Sack lassen.»

«Das würdest du nie tun», sagte Miles gelassen.

Ich hielt inne.

Natürlich, da hatte er mich. Miles mochte ja ein Narr sein. Miles mochte mich seelenruhig in einem Keller Hungers sterben lassen. Miles mochte mir wegen dieser Kricketschuhe das Leben sauer machen. Er mochte mir sogar mein letztes Stückchen Kümmelkuchen geklaut haben. Aber gewisse Dinge tut man eben nicht.

Ich legte den Hörer wieder auf.

«Nimmst du mein Angebot an?» fragte Miles.

«Nein.»

Er seufzte. «Tut mir aufrichtig leid, mehr kann ich nicht sagen. Du gehst schon?»

Nicht einmal meinen Whisky hatte ich ausgetrunken.

22

«Das Honorar für meine Memoiren? Selbstverständlich, lieber Junge», sagte Sir Lancelot. «Werde den Scheck morgen aufgeben. Sie werden verstehen, daß ich heute früh ein bißchen zu sehr mit anderen Dingen beschäftigt bin.»

«O gewiß, Sir. Entschuldigen Sie, daß ich es erwähnte.»

«Tut mir leid, Grimsdyke, Sie darben zu sehen. War nach Miles' Versicherung stets der Meinung, Sie verfügten über flüssige Mittel.»

«Augenblicklich sind sie etwas eingefroren», erklärte ich ihm.

Ein paar recht klägliche Tage in der Kellerwohnung lagen hinter mir. Razzy hatte mit seiner Opernsängerin einen Streit gehabt, den man von Covent Garden bis nach Charing Cross hören konnte, und war infolgedessen wieder in der Lage, nachmittags Ordination zu halten. Meine Hauswirtin gab mir deutlich zu verstehen, daß ich binnen kurzem mein Quartier auf der Straße würde aufschlagen müssen. Dazu kam noch, daß das Wetter das ganze Wochenende hindurch geradezu scheußlich blieb. «Kein trüberes Schauspiel hat unsere Erde zu bieten als einen verregneten Sonntag in London», sagte schon De Quincey – und man weiß ja, was ihm passierte.

Aber ich hatte immer noch meine Pflichten gegenüber Sir Lancelot, und Montag früh unterbrach ich meine geregelte Tätigkeit am Roman, um mit einem neuen Notizbuch bewaffnet bei ihm vorzusprechen und ihn zum Gericht zu begleiten. Auch dem lieben Basil gegenüber hatte ich noch meine Pflichten, erinnerte ich mich, als wir an einer vier Meter hohen Ophelia vorüberfuhren, die sich von einem erquickenden Milch-Nachttrunk äußerst angetan zeigte.

«Darling», hatte sie gesagt, als ich sie vor ein paar Tagen angerufen und sie gerade beim Waschen erwischt hatte, «ich kann mir keine einzige Minute abknappen. Muß gleich wieder wegstürzen.»

«Ich hab dir eine recht dringende Nachricht zu übermitteln, Mädel», erklärte ich ihr. «Von Basil?»

«Von Basil? Was für einem Basil?»

«Basil Beauchamp.»

«Bestell diesem bühnentollen Trottel, wenn er nicht aufhört, mir als Schmieren-Geisterkönig nachzustellen –»

«Ganz im Gegenteil, versichere ich dir. Er möchte dir ein sehr nettes Abschiedsgeschenk zukommen lassen. Es glitzert.»

Pause.

«Oh, na schön, Darling. Ruf mich morgen an. Vielleicht ist's mir doch möglich, dich irgendwann einzubauen.»

Aber dann war sie wie gewöhnlich nicht zu Hause, und es bedurfte eines Gutteils Grimsdykescher Charakterstärke, um nicht mittels des Armbands Opas Manschettenknöpfen nachzujagen.

«Was halten Sie von unseren Chancen, Grimsdyke?» unterbrach

Werde morgen den Scheck aufgeben . . .

. . . sagt Sir Lancelot. Und damit wird für Grimsdyke die finanzielle Frostperiode, die seine flüssigen Mittel einfrieren ließ, einem warmen Frühlingsregen weichen.

Betrachtet man die Wertpapiere unter diesen meteorologischen Aspekten, so zeigt der Pfandbrief vorzügliche klimatische Verhältnisse: Ein anhaltendes Hoch, regelmäßig halbjährlich von kräftigem, fruchtbringendem Zinsregen unterbrochen.

Sir Lancelot meine Gedankengänge im tobenden Verkehr auf dem Trafalgar Square, der sich ausnahmsweise eines strahlenden Maisonnenscheins erfreute.

«Ich stelle mir vor, Sir, daß ein Gerichtsanwalt von der Potenz Ihres Bruders wohl imstande sein wird, seinen Einfluß –»

«Du lieber Himmel, ich meine doch das Fußball-Ländermatch. Die andere Affäre ist so gut wie erledigt. Sie wissen doch, wer als Experte der klagenden Partei gegen mich aussagen wird?»

«Ich dachte, Lord Tiptree, Sir?»

Sir Lancelot lenkte seinen Rolls auf das Gerichtsgebäude zu.

«Ich habe es leider verabsäumt, Sie zu informieren, daß Clem Tiptree unerwartet auf einen Lehrstuhl nach Australien berufen wurde. Seine Stelle wird nun von diesem widerlichen Kerl McFiggie eingenommen.»

«Von McFiggie, Sir?»

«Aber da der Bursche meines Wissens in seiner ganzen Laufbahn noch nie sein Messer in lebendes Fleisch versenkt hat, kann ich mir nicht vorstellen, daß irgend jemand nur eine Minute lang an seinen Ansichten über klinische Behandlung interessiert ist. Noch an seinen Ansichten über andere Dinge.»

«Bei Gericht genießt er aber einen kolossalen Ruf», machte ich vorsichtig geltend.

«Clem Tiptree rüstete sich, mich öffentlich anzuschießen, weil er dafür eine hübsche Stange Geld bekam», fuhr Sir Lancelot fort, meine Worte ignorierend. «Ich mache ihm daraus keinen Vorwurf. Aber McFiggie wird unglückseligerweise nur von Gefühlen der Bosheit bewegt. Seit ich gezwungen war, ihn zurechtzuweisen, weil er im Spital ganz gemeine Geschichten über mich verbreitete, ist er bemerkenswert unfreundlich geworden. Aber da sind wir schon, Grimsdyke. Jetzt kann der Spaß beginnen.»

Der alte Knabe schien mir heute recht aufgeräumt. Wahrscheinlich deshalb, weil er am Morgen die *Times* für sich allein gehabt hatte, vom ungeteilten Genuß des Badewassers ganz zu schweigen.

Ich hatte noch nie im Königlichen Gerichtshof geweilt – meine kleinen Zusammenstöße mit dem Gesetz waren stets in den niederdrückenden Hinterzimmern von Rathäusern beigelegt worden. Mir schienen nur ein paar Automaten und ein bißchen Dampf zu fehlen, um die Örtlichkeit in einen prima Bahnhof zu verwandeln. Es wimmelte darin von einer Menge gestrenger Gestalten in Perücke, die im Eiltempo an uns vorbeiwirbelten, wohl um – ähnlich den Ärzten im St. Swithin – im Beschauer den Eindruck zu erwecken,

Männer ihrer Bedeutung würden irgendwo wahnsinnig dringend benötigt. Einzelne kümmerliche Burschen wandelten herum, die Arme mit ähnlich vom Zahn der Zeit benagten Nachschlagewerken beladen, ein paar liebe alte Weiblein wischten den Fußboden auf, während der einzige wahrhaft majestätische Repräsentant der Gesetzeswürde, der Portier, mit einem kleinen runden Käppchen wie ein viktorianischer Gefängniswärter an der Türe saß, in die Lektüre des *Daily Mirror* versunken.

«Possett contra Spratt, Saal Sechzehn», las Sir Lancelot von den Anschlagtafeln, die sich wie Fahrpläne inmitten der Halle entfalteten.

Er verschränkte die Arme unter den Schwänzen seines Gehrocks. Vermutlich erachtete der alte Knabe diese offizielle Kleidung als die einzig korrekte für Angeklagte.

«Schade, daß wir nicht Zeit haben, uns andere Fälle anzuhören», bemerkte er. «Worauf können nur, zum Beispiel, die Staatlichen Krabbenfischereien die Wirkwarenerzeugung Swindon verklagen? Oder Ebenezar-Scherzartikel das Heim für bedürftige adelige Witwen? Das macht einen doch wirklich neugierig! Aber wir dürfen uns nicht aufhalten, Grimsdyke. Beckwith erwartet uns im Saal.»

Mr. Beckwith trug nun die strahlend zuversichtliche Miene eines Hausarztes zur Schau, der seinen Patienten zu einer Operation auf Leben und Tod ins Spital geleitet.

«Wo ist Alfie?» fragte Sir Lancelot unverzüglich.

Mr. Beckwith erklärte, der Gerichtsanwalt befinde sich einige Korridore weiter, um die Klage eines Geflügelzüchters gegen einen Einäscherungsunternehmer zu betreiben.

«Eine himmelschreiende Schande», schnaubte Sir Lancelot. «Was glauben Sie, würde man im St. Swithin sagen, wenn ich eine Bauchspeicheldrüsenoperation mittendrin unterbräche, um ein Paar Mandeln herauszunehmen? Die Rechtswahrung Englands wird auf eine geradezu lachhafte Weise dem Zufall überlassen. Aber etwas anderes kann man wohl auch nicht erwarten, wenn jedermann sich endlos lange Ferien genehmigt und schon um vier Uhr abhaut.»

«Leider hat die Verhandlung Ihres Falles überhaupt schon eine kleine Verzögerung erfahren», entschuldigte sich Mr. Beckwith. «Fishwick hat heute morgen offenbar einen Gallenanfall gehabt und möchte eine kurze Ruhepause einlegen.»

«Verdammt! Wenn ich jedesmal mein gesamtes Operationspersonal aufhielte, sooft mir nicht ganz wohl ist –»

«Fishwick hält sehr auf seine Gesundheit, Sir Lancelot.»

«Mit anderen Worten, der Kerl ist ein entsetzlicher Hypochonder, was ich Ihnen bereits vor Jahren hätte sagen können. Ich frage mich nur, was zum Teufel er inzwischen mit meiner Füllfeder angefangen hat?»

Wir zogen in den Gerichtssaal ein, der eine Anhäufung von geschnitzten eichenen Baldachinen, tintenbekleckten Bänken und Firnis war und mir als eine Kreuzung zwischen dem Bethaus der Revivalisten-Sekte und einem Hörsaal im St. Swithin erschien.

Hier westen weitere kümmerlich aussehende Burschen mit Büchern, nebst einem Gerichtsdiener in einer Art Kittel, der zu schlafen schien, und wir drei setzten uns auf eine Bank, während Mr. Beckwith in seinen Papieren zu blättern begann. Nach etwa einer halben Stunde füllte sich der Saal langsam, rundherum setzte ein Murmeln ein, der Gerichtsdiener erwachte und öffnete eine Tür hinter der Richterbank, und alles erhob sich höflich von den Plätzen, als Richter Fishwick erschien.

Ich war recht neugierig, Sir Lancelots ehemaligen Zimmergenossen kennenzulernen. Er war ein langer dünner Mensch mit einer langen dünnen Nase und langen dünnen Bügeln an seinem goldgeränderten Kneifer. Unter erheblichem Getue stopfte man ein Plaid um seine Knie und placierte einige Fläschchen mit weißen Pillen neben den richterlichen Wasserkrug. Richter Fishwick starrte sodann in die Runde, als überlegte er, wie wir alle von der Straße hereingekommen seien, und nun begann die Verhandlung Possett contra Spratt.

«My Lord –»

Ein fetter, rotgesichtiger Anwalt erhob sich – eher ein Buchmacher mit Perücke. Eigentlich sind alle englischen Richter ziemlich dürr und alle englischen Gerichtsanwälte ziemlich wohlbeleibt – wahrscheinlich kommt das von diesen Dinners, zu denen sie auf Kosten jener geladen werden.

«My Lord», sagte der Anwalt, nachdem er erklärt hatte, wes Namens und wes Vertreter er sei. «Ich kann den Fall in aller Kürze –»

«Das höre ich mit Freuden, Mr. Grumley. Je länger wir hier sitzen, desto länger vergeuden wir öffentliche Gelder.»

«Gewiß, My Lord. Ich bin Euer Gnaden für diesen überaus förderlichen Wink zu tiefstem Dank verpflichtet.»

«Bitte fahren Sie fort, Mr. Grumley.»

«Der ist aber heute schief gewickelt», flüsterte Mr. Beckwith, dem all die Symptome wohlvertraut zu sein schienen.

«War immer schon ein griesgrämiger Kerl», murmelte Sir Lancelot zustimmend in seinen Bart. «Vor allem wenn er irgend etwas gegessen hatte, das ihm Bauchgrimmen verursachte.»

«Nur zu sehr bin ich mir bewußt, wie sehr Euer Gnaden eine rasche Erledigung der gerichtlichen Angelegenheiten am Herzen liegt», fuhr der fette Anwalt salbungsvoll fort. «Ich weiß durchaus Euer Gnaden Anliegen zu schätzen, das Hauptaugenmerk schon von allem Anfang an –»

«Bitte kommen Sie zur Sache, kommen Sie zur Sache», knurrte der Richter.

«Wie Euer Gnaden belieben. Wie ich eben bemerkte, My Lord –»

«Sie haben bis jetzt noch nichts bemerkt, Mr. Grumley.»

«Ganz der alte», zischte Sir Lancelot, sich auf den Schenkel schlagend.

Endlich kam Mr. Grumley in Form und ließ eine Rede steigen, die keinen anderen Effekt hatte, als daß Sir Lancelot Spratt, der neben mir saß und auf seine Fingernägel starrte, sich langsam aber stetig von Rosa in Kupferrot verfärbte.

«Ich rufe nun meinen ersten Zeugen auf», schloß der Anwalt. «Herbert Egbert Thomas Possett.»

«Herbert Egbert Thomas Possett», wiederholte der Gerichtsdiener, aus seinem Schlafe aufgeschreckt.

Sir Lancelots Patient war ein junger Bursche mit leerem Blick, knapp sitzendem blauem Anzug und einer Miene, als wünschte er sich just in diesem Augenblick mitten in die Sahara. Er leitete sein Auftreten damit ein, daß er Namen, Adresse, Geburtstag und Datum seiner Aufnahme im St. Swithin angab, ohne jedoch den Eindruck zu erwecken, daß er dieser Dinge sicher war.

«Nun, Mr. Possett», kam Mr. Grumley zur Sache, «was war der eigentliche Grund Ihrer Operation?»

Es breitete sich tiefes Schweigen aus, das nur vom Richter unterbrochen wurde, der mit einem Bleistift auf sein falsches Gebiß klopfte.

«Weiß nich.»

«Wie? Hat es Ihnen der Chirurg nicht mitgeteilt?»

«Niemand hat mir was gesagt.»

Richter Fishwick räusperte sich.

«Ich habe schon des öfteren in diesem Gericht festgestellt, und zögere nicht, es abermals festzustellen, daß die Art und Weise, wie die Ärzteschaft ihre Patienten in Dingen, die auf Tod und Leben gehen, in restloser Unwissenheit beläßt, tadelns- und verdammenswert ist. Sie dient keinen anderen Zwecken, als unbillig jene Aura von Geheimnistuerei und Hexerei zu erhalten, in die sich die Ärzte seit Generationen zu hüllen belieben.»

«Was für ein gottverdammter Unsinn!» rief Sir Lancelot aus.

«Schscht!» zischte sein Bruder, der auf rätselhafte Weise zwischen uns aufgetaucht war.

«Sieh da, hallo, Alfie! Hab mir schon den Kopf zerbrochen, wohin du geraten bist. Fishwick hat eben eine ganz niederträchtige Bemerkung losgelassen –»

«Seien Sie bitte still», flüsterte Mr. Beckwith.

«Aber sie *ist* niederträchtig», beharrte der Chirurg.

«Ruhe!» brüllte der Gerichtsdiener, den ich für fest eingeschlafen hielt.

«Mr. Spratt.» Der Richter warf zuerst dem Anwalt, dann dem Chirurgen Spratt einen durchdringenden Blick zu. «Vielleicht sind Sie so gütig, Ihren Klienten ein wenig unter Kontrolle zu halten?»

«Ich bedaure den Vorfall zutiefst, My Lord. Ich bitte Euer Gnaden ergebenst um Entschuldigung. Mein Klient hat sich leider zu einem kleinen Verstoß hinreißen lassen.»

«Ich hoffe, daß er sich zu nichts Schlimmerem hinreißen lassen wird. Fahren Sie bitte fort, Mr. Grumley.»

Sir Lancelot maß seinen Bruder mit einem empörten Blick. «Du jämmerlicher Speichellecker!» knurrte er.

Ich atmete erleichtert auf, als sich die Sachlage für eine Weile beruhigte. Der junge Possett zählte eine Reihe von Symptomen auf, an denen er seit seiner Operation litt – sie erstreckten sich vom Einschlafen während des Fernsehens bis zu «Anfällen». Mr. Grumley, der Gerissene, fragte ihn andauernd, ob er sich nicht niedersetzen, ein Glas Wasser haben oder sich für ein halbes Stündchen hinlegen wolle, und erweckte im Ganzen den Eindruck, daß er für seine Person mehr als verblüfft sei, den armen Burschen überhaupt auf den Beinen zu sehen.

«Ich habe keine Fragen zu stellen, My Lord», erklärte Alfie, als sein Gegner geendet hatte.

«Führen Sie Mrs. Possett vor», sagte Mr. Grumley.

23

Herberts Mutter war eine jener kleinen dürren Frauen mit Vogelgesichtern, die man oft inmitten von Zebrastreifen den Schirm vor Kraftfahrern fuchteln sieht.

«Eine himmelschreiende Schande», begann sie sofort zu kreischen.

«Gewiß», sagte Mr. Grumley.

«Unerhört, so was.»

«Gewiß. Nun, als Ihr Sohn im St. Swithin-Spital aufgenommen wurde –»

«Da war ein gesunder, kräftiger Junge. Und sehen Sie sich ihn jetzt an! Sehen Sie sich ihn nur gut an! Kann kaum mehr sein Abendessen herunterbringen. Es sticht ihn so, daß er's kaum aushält. Stiche kriegt er beim Essen, regelrechte Stiche.»

«Gewiß, gewiß, Mrs. Possett.» Mr. Grumley begann nun auch so auszusehen, als wünschte er sich mitten in die Sahara. «Als Ihr Sohn im –»

«Ich bin seine Mutter. Ich weiß es. Ich kann's bezeugen.»

«Ich bin überzeugt, daß wir alle, einschließlich Seiner Gnaden – und Seine Gnaden sogar ganz besonders – aufrichtiges Mitgefühl mit dem Kummer einer Mutter empfinden. Aber wollen Sie jetzt bitte dem Gerichtshof erzählen, wie es war, als Ihr Sohn im –»

«Verdauungsbeschwerden?» fragte der Richter düster verzerrten Angesichts.

«Ganz grausame, Euer Gnaden.»

«Habe mein ganzes Leben darunter gelitten. Ich fürchte, es ist hoffnungslos, sich von seiten der Ärzteschaft eine Heilung dieses Leidens zu erwarten. Fahren Sie bitte fort, Mr. Grumley.»

«Hast du das gehört, Alfie?» fragte Sir Lancelot mit lauter Stimme.

«Halt den Mund, Lancelot.»

«Was zum Teufel meinst du mit ‹Halt den Mund›?» begehrte der Chirurg entrüstet auf. «Ich versuche dir zu helfen, indem ich auf eine himmelschreiende Tatsachenverfälschung hinweise –»

«Ruhe!» brüllte der Gerichtsdiener und versank unmittelbar darauf wieder in tiefen Schlaf.

«Fahren Sie fort, Mr. Grumley.» Der Richter warf einen Blick in unsere Richtung, der uns wie eine Trepaniersäge durchdrang. Sir Lancelot murmelte etwas in seinen Bart, wovon ich nur das Wort «Femegericht» verstand.

Eine halbe Stunde lang herrschte Frieden, während Mrs. Possett schilderte, wie Sir Lancelot ihren Sohn aus einer Art Tarzan in das gegenwärtige Wrack verwandelt hatte.

«Worauf, Mrs. Possett», forschte Mr. Alphonso Spratt, sich in Sachen seines Bruders erhebend, «führen Sie die gegenwärtige Unpäßlichkeit Ihres Sohnes zurück?»

«Auf den da!» Sie wies auf Sir Lancelot wie ein Sansculotte, der einen Aristokraten aufs Korn genommen hat. «Er ist derjenige, welcher unser Herbertchen zugrund gerichtet hat. Ich kümmer mich nicht um das ganze Gerede über diesen –»

«Madam!» Sir Lancelot sprang auf die Füße. «Es ist für einen Mann meiner Position schon schlimm genug, in ein öffentliches Gerichtsverfahren verwickelt zu werden, aber noch dazu zur Zielscheibe ungezogener Anwürfe –»

«Setzen Sie sich!» fuhr ihn der Richter an.

«Wahrhaftig, Euer Gnaden! Wenn Sie nicht in der Lage sind, in Ihrem eigenen Gerichtssaal unverantwortliche Beschuldigungen –»

«Setzen!»

Mr. Beckwick und ich zerrten Sir Lancelot auf seinen Sitz zurück.

«Ruhe!» schrie der Gerichtsdiener, diesmal etwas zu spät erwacht.

«Mr. Spratt –» sagte der Richter.

«Wollen Euer Gnaden meine Versicherung annehmen, daß ich in aller Ergebenheit –»

«Mr. Spratt, Sie werden nach Ihrem Kreuzverhör die Güte haben, Ihren Klienten über die Strafmaßnahmen bei Mißachtung des Gerichtshofes aufzuklären.»

«Ja, My Lord. Natürlich, My Lord. Ich bin Euer Gnaden zu Dank verbunden –»

«Ich würde Ihnen raten, dies in aller Deutlichkeit zu tun.»

«Natürlich, My Lord. Ich bin Euer Gnaden zutiefst für diesen wohlgemeinten Vorschlag verbunden.» Er wandte sich um und schoß seinem Bruder einen wütenden Blick zu. «Du gottverdammter Esel», zischte er.

«Fahren Sie fort», fügte der Richter hinzu.

Sir Lancelot saß schweratmend da. Ich rückte ein bißchen näher und setzte mich auf einen seiner Rockschöße.

«Dr. Angus McFiggie», verkündete Mr. Grumley nach dem Abgang Mrs. Possetts.

Der Richter blickte auf.

«Ihr einziger Experte, Mr. Grumley?»

«Ja, My Lord.»

«Ich bin bereit, sein Gutachten anzuhören, aber nach dem, was hier bis jetzt vorgefallen ist, erachte ich es als meine Pflicht, dem Angeklagten – mit Rücksicht auf die Ersparnis sowohl meiner Zeit wie der öffentlichen Mittel – vorzuschlagen, einen Vergleich in Erwägung zu ziehen. Ich bin durchaus willens, zu diesem Zwecke eine Vertagung des Falles anzuberaumen.»

Sir Lancelot blickte drein, als hätte eine Schwesternschülerin im St. Swithin seine Diagnose angezweifelt.

«Ein geradezu ungeheuerlicher Vorschlag!»

«Wirst du den Mund halten, Lancelot?» fuhr ihn sein Bruder an.

«Entschließe dich lieber, Alfie», erwiderte der Chirurg aufgebracht, «wessen Partei du ergreifen willst.»

«Ich entnehme dem allen, daß Sie einem Vergleich abgeneigt sind?» erkundigte sich Richter Fishwick kalt.

«Nie und nimmermehr!» Sir Lancelot verschränkte die Arme.

«Ich will soviel Nachsicht üben, die Ablehnung des Angeklagten als eine Äußerung des Gerichtsanwalts zu betrachten, der als einziger befugt ist, das Wort an die verhandelnde Amtsperson zu richten. Sie werden auch dies Ihrem Klienten auseinandersetzen, Mr. Spratt.»

«Ich bin Euer Gnaden zutiefst für den wohlgemeinten und förderlichen –»

«Fahren Sie fort, Mr. Grumley.»

Als Mr. McFiggie den Zeugenstand betrat, steckte mir Beckwith einen Zettel folgenden Inhalts zu: «Hoffentlich ist Sir Lancelot ein guter Verlierer.» Ich hielt es für das beste, von einer Äußerung abzusehen.

Ich muß gestehen: diese Verhandlung ging mir stark an die Nieren. Davon abgesehen, daß Sir Lancelot mein Lebensretter war, hatte ich in unseren gemeinsamen Abenteuern der vergangenen Monate einen gehörigen Respekt vor dem alten Knaben bekommen. Es giftete mich gewaltig, mit ansehen zu müssen, wie er nicht nur vom Sog des Gesetzes mitgerissen, sondern auch von Fishwick fast genauso behandelt wurde, wie ich von Miles behandelt worden war.

McFiggie bot sich nun natürlich als ein wesentlich anderer Bursche dar als jener, der an seinen Zähnen saugend in Sir Lancelots Salon gesessen hatte. Im Gerichtssaal fühlte er sich ebenso zu

Hause wie in der Trinkstube seines Wirtshauses. Er stand da und rollte die Augen in die Runde, seine Brauen bewegten sich langsam auf und ab wie ein Paar besonders stark behaarter Insekten, die im Begriff sind, sich auf jemanden zu stürzen, um zu stechen. Selbst Richter Fishwick schien beeindruckt; er bediente sich mit einigen Pillen und einem Glas Wasser.

«Dr. McFiggie», begann Mr. Grumley, nachdem er Titel und Ämter unseres Pathologen wie eine königliche Proklamation verlesen hatte, «würden Sie auf Grund Ihrer zahlreichen – Ihrer zahlreichen und überaus hoch eingeschätzten – Jahre als Spezialist auf dem Gebiete der forensischen Medizin sagen, daß die Symptome, über die Mr. Possett klagt, eine durchaus mögliche Folge der an ihm vorgenommenen Operation sind?»

«Ja.»

Sir Lancelot knurrte.

«Sie können also vor Gericht vertreten, daß der jetzige bejammernswerte Zustand dieses vorher gesunden und kräftigen jungen Mannes tatsächlich aus einem operativen Eingriff des Angeklagten erfolgt sein könnte?»

«Ja.»

Ich verankerte Sir Lancelot noch ein bißchen fester.

«Dr. McFiggie, haben Sie bereits Totenbeschau an verstorbenen Patienten des Angeklagten vorgenommen?»

«Ja.»

«Und war Ihrer Ansicht nach in manchen Fällen die vorgenommene Operation notwendig oder unnotwendig?»

«Unnotwendig.»

Sir Lancelot sprang auf. Ein Rockschwanz wurde abgerissen.

«Das bestreite ich!»

«Ruhe!» riefen mehrere Leute gleichzeitig.

«Ich fordere McFiggie auf, einen einzigen winzigen klinischen Beweis –»

«Setz dich und kusch!» zischte ihn sein Bruder an.

«Misch dich gefälligst nicht ein, Alfie –»

In der darauffolgenden beträchtlichen Verwirrung konnte ich den Richter nach dem Ordnungspolizisten rufen hören.

«Selbst dem beschränktesten Verstand ist es klar, daß Sie nicht die leiseste Ahnung haben, wovon Sie reden, McFiggie», ereiferte sich Sir Lancelot. «Wenn Sie sich die Mühe genommen hätten, das chirurgische Elementar-Lehrbuch eines Medizinstudenten nachzuschlagen –»

«Sir Lancelot Spratt!» Der Richter erbleichte. «Ich habe vor, Sie in die Strafanstalt von Brixton überweisen zu lassen.»

Sir Lancelot starrte ihn an. «*Was* haben Sie vor?»

«Sie wegen Mißachtung des Gerichtshofes festzunehmen.»

«O Gott», stammelte Mr. Beckwith.

Ich war nicht mehr meiner Sprache mächtig. Ich konnte nur sehen, wir unser hochverdienter Chirurg – der Mann, der um meinetwillen dem Tod die Tür vor der Nase zugeschlagen hatte – im Namen des Gesetzes dazu verdammt wurde, Steine zu brechen.

«Alfie, bringe das Ganze sofort in Ordnung», befahl Sir Lancelot.

«Hol dich der Teufel, Lancelot! Wenn du darauf beharrst, dich ohne die geringste Spur von Respekt –»

«Mr. Spratt!» donnerte der Richter.

«Ich bedaure, My Lord. Bedaure zutiefst. Ich bitte Euer Gnaden um Entschuldigung. Ich kann nur sagen –»

«Hätten Sie Ihren Klienten entsprechend im Zaum gehalten, würde diese unglückselige Situation nie eingetreten sein.»

«Im Zaum halten? Versuchen Sie das –»

«Mr. Spratt!»

«Bedaure, My Lord. Bedaure zutiefst. Dieser Fall hat meine Nerven übermäßig beansprucht.»

«Hör mal, Alfie, ich bin vollkommen davon überzeugt, daß ein Richter in einem Zivilprozeß absolut nicht das Recht hat, derartige Drohungen auszustoßen.»

«Um Gottes willen, Lancelot, kannst du nicht dein Maul halten?»

«Mr. Spratt! Achten Sie auf Ihre Sprache!»

«Verdammt noch mal! Verstehst du denn nicht, Fishi, daß ich mit meinem Latein am Ende bin?» jammerte Alfie. «Ich hab dir doch gestern abend im Klub erklärt, daß mein Bruder sich ganz unmöglich benimmt. Will sagen, ich bitte Euer Gnaden ergebenst um Verzeihung –»

«Laß das Speichellecken, Alfie», forderte ihn Sir Lancelot auf. «Mich kommt das Kotzen an, wenn ich dich höre.»

«Halten Sie Ihren Klienten im Zaum, sage ich!»

«Ich tue ja mein Bestes», rief Alfie erbittert. «Aber du machst die Sache nicht besser, wenn du von da droben mit Haftbefehlen drohst –»

«Mr. Spratt! Sie vergessen sich –»

«Es ist höchste Zeit, daß einmal einer vom Gericht aufsteht und gegen die Art protestiert, wie du dich seit neuestem gegenüber einer recht ansehnlichen Reihe von prozessierenden Parteien benimmst –»

«So ist's recht, Alfie!»

Der Richter sprang auf. «Ich werde Sie *beide* in die Strafanstalt von Brixton überweisen lassen.»

«Was?» Alfie blieb die Spucke weg. «Aber das ist doch –»

«Wo ist der Ordnungspolizist? Man rufe den Ordnungspolizisten! Man schicke nach dem –»

Gerade fragte ich mich, ob ich nicht als Ablenkungsmanöver ein brennendes Streichholz an die Gerichtsakten halten solle, als der Richter aufstöhnte, nach seiner Pillenflasche tastete und auf seinem Pult zusammensackte.

«Allmächtiger!» rief Sir Lancelot. «Grimsdyke!»

«Sir?»

«Reichen Sie mir diese Wasserflasche. Man beruhige sich allerseits. Ich nehme mich des Falles an. McFiggie, stehen Sie nicht so dumm herum, packen Sie seine Füße. Ich erinnere mich nun, daß ihm dies schon einmal zustieß, damals, als ich zum Jux aus dem Anatomiesaal einen Fuß nach Hause brachte und in sein Bett steckte.»

24

Sir Lancelot und ich saßen zusammen in seinem Salon.

Er hatte nur einen einzigen Beleuchtungskörper entzündet, und der Abend wirkte dadurch noch trübseliger. Schweigend schlürften wir einen Whisky-Soda. Lady Spratt befand sich in Hampstead; sie versuchte eine neue häusliche Kraft aufzutreiben. Das französische Mädchen war bereits gegangen.

«Heute», bemerkte Sir Lancelot endlich, «ist mein Geburtstag.»

Neuerliches Schweigen.

«Viele . . . viele herzliche Wünsche, Sir.»

«Danke, Grimsdyke.»

Eine fünf Minuten währende Schweigepause.

«Ich war wohl heute vormittag bei Gericht ein bißchen stürmisch», ließ sich Sir Lancelot herab zu bemerken.

«Durchaus verständlich, Sir», murmelte ich.

«Im Gegenteil, es war sehr dumm von mir. Leider Gottes ist die Natur oft stärker, als man will.»

«Manchmal eine sehr nützliche Sache, Sir», versuchte ich ihn zu trösten.

«Ich kann wohl behaupten, daß ich in meiner Praxis ein bis zwei Leben gerettet habe, indem ich mich auf Dinge stürzte, an die heranzutreten weder Engel noch meine Kollegen gewagt hätten», stimmte er zu.

Ein Weilchen saß er da, seinen Bart streichend.

«Man muß Strafe dafür zahlen, daß man vorübergehend die wichtigste Person im Leben einiger Patienten ist», fuhr er fort. «Wenn man Tag für Tag für einen Gott angesehen wird, erfordert das, fürchte ich, größere Charakterstärke, als ich sie besitze, um sich nicht wirklich gottähnlich zu fühlen. Ja, man spielt meiner Seel bewußt diese Rolle, wenn man am Bett des Kranken sitzt. Es beruhigt den Patienten und erfüllt einen selbst mit einem Vertrauen, das so oft in schmerzlichster Weise fehlt.» Er machte eine Pause. «Aber leider Gottes ist diese Haltung bei Gericht nicht angebracht.»

«Am Ende wird ja doch alles wieder gut werden, Sir», versuchte ich ihm weiter Mut zuzusprechen.

Sir Lancelot enthielt sich einer Antwort, griff bloß nach einem neben ihm liegenden Briefumschlag.

«Das lag in der Portiersloge des St. Swithin. Es ist für Sie.»

Ich öffnete wortlos das Kuvert. Es enthielt eine Einladung zur Hochzeit von Mr. Bridgenorth und Miss Miggs.

«Und hier Ihr Scheck, Grimsdyke. Wiewohl ich nach meinem heutigen Rencontre mit Richter Fishwick fürchten muß, daß es wenig Sinn hat, Ihre Aufgabe zu beenden. Ich kann Ihnen lediglich meinen aufrichtigsten Dank für die geleistete Arbeit aussprechen.»

«Es war das Geringste, das ich tun konnte. Schließlich war mein Leben eines jener, die Sie gerettet haben, Sir.»

«Was meinen Sie damit?»

«Meinen Blinddarm, Sir.»

Sir Lancelot schien verblüfft. «Wollen Sie damit sagen, daß Sie das Schreiben meiner Memoiren nur deshalb auf sich nahmen, weil Sie sich mir um dieser Operation willen verpflichtet fühlten?»

«Diese Aufgabe hat meine Arbeitspläne ein bißchen durcheinandergebracht, Sir», gestand ich. «Aber – na also, Abtragung einer Herzensschuld, und so weiter.»

Der alte Knabe starrte mich ganz eigenartig an. «Grimsdyke, ich muß Ihnen wirklich – Es läutet», unterbrach er sich. «Seien Sie so gut und gehen Sie öffnen.»

Mr. Alphonso Spratt kam in den Salon geeilt.

«Lancelot, mein lieber Junge, mein lieber Junge . . .»

Die beiden Brüder wechselten einen herzlichen Händedruck.

«Ich fürchte, ich hab dich heut vormittag ganz jämmerlich hineingeritten», sage der Gerichtsanwalt zerknirscht. «Ich ließ mich gehen – vollkommen unverzeihlich.»

«Nein, Alfie. Ich hätte soviel Selbstdisziplin aufbringen sollen, mich im Zaum zu halten, während der Richter sich so gemein unfair benahm.»

«Da muß ich dir zustimmen, er war niederträchtig unfair. Mir völlig unerklärlich, warum. Aber Fishy hat sich in letzter Zeit überaus komisch benommen. Dem ganzen Gericht ist das bereits aufgefallen.» Sir Lancelot reichte ihm ein Glas Whisky. «Aber was war die Ursache von seinem Kollaps? Von derlei Dingen versteh' ich natürlich nichts.»

«Einfach eine Kolik. Er war so klug, die Verhandlung zu vertagen und sich zu Hause ins Bett zu legen. Morgen wird er ohne Zweifel wieder in glänzender Form sein, wenn er uns beide ins Kittchen schickt.»

Alfie schüttelte den Kopf. «Ich glaube, wenn ich mich genügend kriecherisch entschuldige – und das nach einer durchschlafenen Nacht –, werde ich in dieser Hinsicht unsere Haut noch retten können. Aber mit deinem Fall sieht es, fürchte ich, ziemlich düster aus.»

«Und mit meiner Karriere», vollendete Sir Lancelot trübe. «Da wird wohl Tiptree der nächste Präsident des Königlichen Kollegiums werden. Muß noch froh sein, daß es McFiggie niemals werden kann.»

«Tut mir zutiefst leid, Lancelot. Wo ich noch, wie ich's dir jetzt gestehe, von allem Anfang an fest darauf baute, daß es uns ein leichtes sein würde, zu gewinnen. Es war nur, daß Fishwick in die falsche Richtung sprang.»

«Vielleicht könnten Sie mit einer Appellation Erfolg haben?» warf ich hoffnungsvoll ein.

«Das bezweifle ich, junger Mann. Ohne gesetzliche Handhabe würde man Fishwick nicht desavouieren.»

«So besteht also keine Hoffnung?» fragte Sir Lancelot trostlos.

«Ehrlich gestanden, so grausam es ist: nein. Nur eine Wiederaufnahme des Verfahrens –»

Es läutete abermals. Diesmal fand ich Captain Spratt auf der Hausschwelle vor.

«Was zum Teufel haben Sie hier verloren?» erkundigte er sich unverzüglich.

«Ich bin hier zu Besuch, Sir», erwiderte ich, automatisch salutierend.

«Wo ist mein Bruder?»

«Im Salon. Eigentlich befinden sich ihrer zwei dort.»

Der Kapitän brach in seiner Art wie ein Hurrikan über die beiden herein.

«Lancelot! Alfie! Lieber Junge, diese Berichte in den Abendblättern haben mich in richtige Weißglut versetzt. Tod und Teufel! Diese Sache ist ein Skandal, der zum Himmel stinkt. Ich kam so rasch es mir möglich war hierher, um dir meine Hilfe anzubieten. Werde tun, was in meinen Kräften steht.»

«Äußerst freundlich von dir, George.»

«Halten wir nur zusammen», stimmte Alfie ein. «Das öffentliche Geschrei bewirkt zumindest, daß einer dem andern zur Seite steht.»

«Jammerschade, daß wir uns dessen erst erfreuen, als uns der Zahn der Zeit schon heftig benagt hat», fügte Sir Lancelot hinzu.

Es war, ich muß es gestehen, ein herzerquickender Anblick: die drei Spratts vereint am heimischen Herdfeuer. Sie wirkten so eindrucksvoll wie eine Viktorianische Flottenschau.

Captain Spratt nahm eine Prise.

«Es mag vielleicht nicht der richtige Augenblick sein, mit einer weiteren Neuigkeit herauszurücken», sagte er mit einem raschen Blick in die Runde, «aber es fällt mir, ehrlich gestanden, schwer, sie zurückzuhalten.»

Die Brüder blickten ihn fragend an.

«Mit einem Wort – Alfie, Lancelot – ich hab mich soeben verheiratet.»

«Verheiratet!» riefen wir alle wie aus einem Munde.

«Gestern früh.» Captain Spratt lachte auf. «Befinde mich augenblicklich in den Flitterwochen. Morgen nachmittag treten wir auf der *Capricorn Queen* unsere Hochzeitsreise an. Als Passagiere, selbstverständlich.»

«Aber, mein lieber George!» Sir Lancelot schien recht verwirrt. «Herzliche Glückwünsche, natürlich. Ich kann dir nur versichern, daß Alfie und ich danach brennen, unsere neue Schwägerin –»

«Meine Frau sitzt draußen im Auto. Der junge Doktor ist vielleicht so liebenswürdig, sie hereinzuführen.»

Ophelia machte allseits den günstigsten Eindruck.

«Ihr werdet desgleichen mit Staunen vernehmen, daß ich aus der Capricorn-Schiffahrtsgesellschaft austrete», erklärte der Kapitän einige Minuten später. «Wißt ihr, wie sehr mir die See zuwider ist? Ich werde gemeinsam mit meiner Frau in einer Fotomodell-Vermittlung arbeiten.»

Sir Lancelot verschüttete seinen Whisky.

«Höre ich recht – Fotomodell, George?»

«Ja, ich hielt die Kerle für verrückt, als die Gesellschaft mich vor Monaten fotografieren ließ. Aber aus irgendeinem Grund kommt meine Visage granz grandios heraus. Nun sind sich diese Reklame-Bonzen eins, daß so anheimelnde Gesichter wie meins genau das Richtige sind, um das Publikum zum Kauf von Seifen und Cornedbeef und Hundekuchen und ähnlichem Zeug zu überreden. ‹Captain Spratt empfiehlt –› werden sie in meterlangen Lettern überall hinpflastern, Gott steh ihnen bei. Mir ist's schnuppe. Die Arbeit ist leicht, und das Geld stinkt nicht. Ein Kollege von mir macht in New York Reklame für Röst-Ingwer. Aber jetzt müssen wir gehen, Liebe –»

«Einen Augenblick noch», unterbrach ich.

«Ja, Dar . . . Doktor?» fragte Ophelia.

«Ich – ich habe zufällig von Ihrer Hochzeit gehört. Ganz geheime Informationsquelle, wissen Sie. Möchte Ihnen, wenn Sie gestatten, ein kleines Hochzeitsgeschenk verehren.»

Ich förderte Basils Armband zutage.

Natürlich gab's ein gewaltiges Ah und Oh wegen der Diamanten, und als wir die Vortreppe erreichten, zog mich der Kapitän kurz beiseite.

«Moment mal, Doktor», sagte er rasch, «ich weiß natürlich, daß sowohl Sie wie dieser andere Bursche – wie heißt er doch gleich? Dieser Steward – gleichzeitig meiner Dame recht zugetan waren. Hoffentlich nehmen Sie mir nichts übel?»

«Da gibt's nichts übelzunehmen. Glückauf und viele herzliche –»

«Das ist nicht ganz, was ich meine.» Captain Spratt schlug die Augen nieder. «Ich bin mir nun bewußt – werde mir vielleicht viele Jahre meines Ehelebens dessen bewußt bleiben –, daß ich mich Ihnen beiden gegenüber recht . . . recht gemein benommen habe. Gute Nacht!»

Alfie verabschiedete sich kurz danach. Ich steckte meinen Scheck ein und schickte mich zum Gehen an, im stillen berechnend, wie lange er mich in meinem Kellerlogis über Wasser halten würde, wenn ich mich darauf beschränkte, von hochwertigen Proteinen zu leben.

«Noch etwas, Grimsdyke.»

«Sir?»

Sir Lancelot versenkte seine Hände unter die Rockschöße und schritt sodann eine Weile schweigend im Zimmer auf und ab.

«Ich habe Ihnen etwas recht Peinliches zu gestehen, mein Junge.»

«Sie haben *mir* etwas zu gestehen, Sir?»

Er nickte.

«Ihr Blinddarm –»

«Der mich fast um die Ecke gebracht hätte –»

«Im Gegenteil, Grimsdyke. Ich habe ein vollkommen normales Organ entfernt.»

Ich schnappte nach Luft. «Ein normales, Sir?»

«Ich habe eine Fehldiagnose gestellt. Ist schon vorher passiert und wird ganz bestimmt auch weiterhin passieren. Das war das Ganze.»

«Aber all diese schrecklichen Schmerzen und Symptome –»

«Rein psychischer Natur. Wie bei – äh – Possett. Pseudoappendicitis, unter Ärzten und Krankenschwestern durchaus üblich, wenn sie längeren Strapazen ausgesetzt waren. Hätte es wissen müssen. Mir erschien's jedoch besser, Ihren Zustand nicht noch dadurch zu verschlimmern, daß ich Ihnen die Wahrheit sagte, daher verschwieg ich sie. Ich besprach mich sogar mit einem Psychiater, bevor Sie sich von der Anästhesie erholten, und dieser drängte mich, zurückhaltend zu sein. Er erinnerte sich vom St. Swithin her, daß Sie – Sie werden verstehen, daß ich jetzt lediglich als Ihr Arzt spreche? – daß Sie eine recht schwache Persönlichkeit besitzen. Eine, die sich zu leicht dem Willen anderer beugt. Ich glaube mich entsinnen zu können, daß er Sie als einen ‹psychischen Ballon› bezeichnete. Ich hatte damals den Eindruck, es wäre besser, Sie erführen es nicht.»

«Ja, natürlich, Sir», sagte ich langsam.

Ich war jammervoll desillusioniert. Noch dazu hatte ich ihm geholfen, diese dreckigen Bälger in den Zoo auszuführen.

«Nun, fürchte ich, habe ich Sie bereits allzulange aufgehalten –»

Das Telefon klingelte.

«Hier Spratt. Hallo? Wer? Oh, Potter-Phipps. Wie geht's? Ja, natürlich kenne ich Richter Fishwick. Ja, genau derselbe. Wußte nicht, daß er einer Ihrer . . . Hm . . . Tatsächlich? . . . Klingt mir recht vertraut. Allgemeine Unterleibslähmung? Schön. Bin gleich drüben.»

Sir Lancelot legte den Hörer auf. Er schien mir unendlich erleichtert.

«Grimsdyke –»

«Sir?»

«Ich wäre Ihnen dankbar, wenn Sie die Privatabteilung des St. Swithin anriefen und den Auftrag erteilten, alles Nötige für ein perforiertes Unterleibsgeschwür vorzubereiten. Sie können auch das Operationspersonal informieren, daß ich in einer Stunde, von jetzt gerechnet, operieren werde.»

«Das nenn' ich famos! Das bedeutet soviel wie eine neue Verhandlung – Will sagen, der arme Alte tut mir natürlich schrecklich leid –»

Sir Lancelot lächelte. «Dann rufen Sie also meinen Anästhesisten an. Sagen Sie ihm, er soll mich daran erinnern, daß ich dem Patienten genau erkläre, was ihm fehlt, bevor ich ihn unter das Messer nehme. Und das ist noch schimmer als alles, was mir der verdammte Kerl angetan hat.»

Sir Lancelot gewann in der nächsten Woche seinen Prozeß vor einem anderen Richter, und die Robe des Präsidenten des Königlichen Chirurgenkollegiums kleidet ihn vortrefflich. Captain Spratt grinst jedermann beim Frühstück vom Cornflakes-Paket entgegen. Der Bischof hat sich, wie ich höre, über die Zuträglichkeit der Luft von Canterbury erkundigt.

Ich kehrte in mein Kellerquartier zurück. Mit meinem großen Roman war ich nicht weitergekommen, als Basil die Theatersaison als Hamlet eröffnete und damit umwerfenden Erfolg hatte. Nicht einmal Freikarten bekam ich.